W0350229

Marie Vareille

Marie Vareille est née en Bourgogne en 1985 et vit aux Pays-Bas avec son mari et ses deux filles. Elle est l'autrice de plusieurs best-sellers totalisant plus d'un demi-million de ventes en France, parmi lesquels *Désenchantées* (Prix des Lecteurs de la Librairie Lamartine 2023, Prix des Lecteurs U 2023) et *La Vie rêvée des chaussettes orphelines* (Prix des Lectrices Charleston 2020 et Prix des Petits Mots des Libraires 2021). Ses livres sont traduits dans plus d'une dizaine de pays. *Le Syndrome du spaghetti* a paru en 2020 aux éditions Pocket Jeunesse et connaît le même succès que tous les autres romans de l'autrice (Prix Babelio, 2021).

LE SYNDROME DU SPAGHETTI

MARIE VAREILLE

LE SYNDROME DU SPAGHETTI

POCKET JEUNESSE
PKJ·

Le Code de la propriété intellectuelle n'autorisant, aux termes de l'article L. 122-5, 2° et 3° a, d'une part, que les « copies ou reproductions strictement réservées à l'usage privé du copiste et non destinées à une utilisation collective » et, d'autre part, que les analyses et les courtes citations dans un but d'exemple et d'illustration, « toute représentation ou reproduction intégrale ou partielle faite sans le consentement de l'auteur ou de ses ayants droit ou ayants cause est illicite » (art. L. 122-4).
Cette représentation ou reproduction, par quelque procédé que ce soit, constituerait donc une contrefaçon, sanctionnée par les articles L. 335-2 et suivants du Code de la propriété intellectuelle.

© 2020, éditions Pocket Jeunesse,
département d'Univers Poche pour la présente édition.

ISBN : 978-2-266-33521-8
Dépôt légal : février 2024

À mon bébé Dart,

À Arthur,

À Guillaume,

À Olivier,

Et, de toute évidence, à mon Papa <3

« Il faut toujours viser la lune, car même en cas d'échec, on atterrit dans les étoiles. »

Oscar Wilde

« La vie, c'est ce qui arrive pendant que tu es occupé à faire d'autres plans. »

John Lennon

Salut,

C'est moi.

Ça fait un moment qu'on ne s'est pas vus. Cent deux jours, pour être précise. J'espère que je te manque atrocement, ça t'apprendra. N'en déduis pas que je n'avais pas envie de te voir ou que, vu le chaos intersidéral qu'est devenue ma vie dernièrement, je n'ai plus le temps de penser à toi. Je pense à toi à peu près deux mille fois par jour. Je vois une feuille, une salière, une voiture, un savon, je pense à toi. C'est plus fort que moi. Je relis nos textos quasiment tous les soirs... Il m'arrive même encore de reconnaître ta silhouette à la sortie du lycée ou sous un abribus. Puis la silhouette se retourne et l'espoir s'envole. Évidemment, ce n'est jamais toi.

Le problème, quand ta vie s'effondre, c'est que personne ne t'avertit. Ce serait cool d'avoir une voix off, une lettre, un message WhatsApp, même un télégramme envoyé par pigeon voyageur : « ALERTE ROUGE, *jusqu'ici ta vie était normale, mais mets ta ceinture, parce qu'elle va basculer dans la merde la plus totale. »*

Bref... En vrai, chialer des baignoires les yeux fixés au plafond en écoutant Adèle à fond n'est pas une solution viable sur le long terme (en tout cas selon Amel). Il faudrait que je passe à autre chose. Comment ? Je ne sais pas. Même Google ne sait pas, c'est dire. J'ai cherché. Ni sur Vinted ni sur eBay on ne trouve de cœur de rechange.

Je te vois sourire d'ici. « Léa écrit des lettres maintenant. » Pour quelqu'un qui n'a jamais réussi à dépasser le 8,7 de moyenne en français, j'avoue, c'est ambitieux, mais je n'ai rien trouvé d'autre. Je sais que ça fait longtemps que j'aurais dû aller te voir, t'expliquer la situation en face, mais je ne peux pas. J'ai trop peur de te décevoir.

Je suis désolée si tu t'es inquiété de mon silence. Avant je pensais qu'on pouvait décider de sa vie, qu'on était maître de son avenir. Mais on ne vit pas dans un film américain avec un happy end à la con. La réalité, c'est que le bonheur et le malheur sont distribués au hasard, par un destin sadique, complètement con, aveugle ou ivre mort.

Voire tout ça à la fois.

C'était la minute philosophie du jour, ne me remercie pas. Il faut dire que j'ai eu beaucoup de temps pour réfléchir depuis les événements.

Bisous et à un de ces quatre, peut-être,

Léa

1er quart-temps

CHOC

1

Quand j'avais douze ans, un type en costard a accosté mes parents dans une pizzeria. J'ai cru qu'il était le manager du restaurant et qu'il venait nous demander si on voulait du parmesan ou quelque chose dans le genre, mais il s'est tourné vers ma mère et lui a demandé de but en blanc si j'avais déjà pensé à être mannequin. Prise de court (ce qui ne lui arrive jamais, soit dit en passant), elle est restée foudroyée par la stupéfaction, la bouteille de sauce piquante à la main. Face à son absence de réaction, le type a sorti une carte de visite de son portefeuille et l'a posée sur la table devant moi.

— Appelez-moi, j'aimerais faire des essais la semaine prochaine.

Je lui ai rendu sa carte sans même y jeter un œil et j'ai répondu avec un grand sourire (et très probablement un morceau de champignon coincé entre les dents) :

— Merci, mais ça ne m'intéresse pas : j'ai d'autres ambitions dans la vie que de faire des photos retouchées et à moitié à poil pour des magazines débiles.

Le type a ouvert et refermé la bouche deux fois de suite, a glissé la carte de visite dans sa poche et est sorti du restaurant. À noter que pendant toute cette scène, ma petite sœur, Anaïs, épluchait la garniture de sa pizza avec les doigts avant de l'aspirer en louchant, avec un bruit de succion immonde, ce qui était particulièrement hilarant.

Ne va pas croire que je suis une bombe sexuelle ou que je raconte cette histoire pour me la péter. Et soyons honnêtes, n'importe qui me connaissant depuis plus de quarante secondes sait que je préférerais manger une assiette de morve tous les midis devant Arte jusqu'à la fin de ma vie plutôt que de devenir mannequin. Il se trouve simplement que j'ai toujours été trop grande et trop maigre. Aujourd'hui, j'ai seize ans, je mesure un mètre soixante-dix-neuf et je pèse cinquante-deux kilos et demi. Je précise : je ne me fais pas vomir dans les toilettes chaque fois que je mange un demi-petit pois, je ne suis pas de régime miracle à base de graine de chia et de bouillon de racines pourries comme ma mère. J'ingurgite même chaque jour autant de calories qu'il en faut pour nourrir une éléphante enceinte de quintuplés. Je ne grossis jamais, c'est ma constitution, d'où l'intérêt de ce type dans la pizzeria. En dehors de ça, je suis une fille à peu près normale. À ceci près que je n'ai jamais aimé les robes de princesse, et même les robes tout court, d'ailleurs. Je n'ai pas le souvenir d'avoir joué à la poupée ou à la dînette. J'ai horreur du rose, des paillettes et des froufrous. Je ne me maquille pas, je ne sais pas faire. La plupart du temps, je porte des jeans déchirés et des sweat-shirts à capuche, et les éléments les plus féminins de ma garde-robe sont une paire de ballerines noires ignobles et une robe Zara atroce que ma mère m'a obligée à porter pour l'anniversaire de mon grand-père l'année dernière.

Je ne sais pas pourquoi je pense à ça. Peut-être parce que j'attends depuis maintenant trois quarts d'heure dans la salle d'attente de la gynéco et que je m'ennuie comme un rat décédé. Accessoirement, je risque une tendinite au pouce à force de faire défiler mon feed Instagram.

Mon père, seul homme présent, assis sur la chaise IKEA à côté de moi, tourne tranquillement les pages de *L'Équipe*, étrangement aussi à l'aise dans la salle d'attente de la gynécologue que dans le canapé du salon à la maison. Je pousse un soupir exagéré et comme il ne réagit pas, je pose la joue contre son épaule. J'ai bien conscience que j'ai l'air d'une gamine débile à l'idolâtrer bêtement comme quand j'avais huit ans et demi, mais c'est plus fort que moi. Même quand je le déteste, je l'adore.

— Je m'ennuie…

— C'est bientôt à nous, Chouquette.

— Arrête de m'appeler « Chouquette », je suis pas un caniche nain.

— OK, Chouquette.

— On peut pas sécher ? J'en ai ras le bol de passer ma vie chez la gynéco !

— À ce point ?

Il lève la tête de son journal et me dévisage comme s'il avait été persuadé jusqu'ici qu'un rendez-vous chez la gynéco était l'équivalent d'un concert de Rihanna avec pass VIP. Je m'affale sur ma chaise, soupire à nouveau, mets mes écouteurs et sélectionne une playlist au hasard.

J'en ai ma claque de ces rendez-vous, c'est la troisième fois en dix-huit mois. La semaine dernière, comme chaque fois, ma mère a débarqué dans ma chambre. Je l'ai vue venir à douze mille kilomètres. Elle m'a demandé l'air de rien comment allaient Amel et Nico, comment s'était passée ma journée… Au bout de trois minutes, elle a balancé très vite sans lever la tête :

— Et sinon, côté garçons ? Rien de nouveau ?

— Arrête avec ça.

— Tu me dirais, si tu envisageais… de… enfin… tu sais…

Je suis devenue rouge comme une tomate et j'ai marmonné :

— J'envisage rien du tout, arrête !

Et évidemment que je ne lui aurais rien dit du tout si j'envisageais de… « enfin… tu sais… »

Ma mère est tombée enceinte de moi par accident quand elle avait vingt ans. Ils ont beau dire que ma naissance a été le plus beau jour de leur vie, l'idée que la même chose puisse m'arriver est leur pire angoisse. Heureusement que je ne suis pas susceptible, d'ailleurs, sinon, je pourrais mal le prendre. Elle est probablement la seule mère au monde qui rêve de me mettre sous pilule depuis mes dix ans et demi. Depuis que j'ai eu mes règles, je dois aller chez la gynéco deux fois par an. En général, elle m'explique sur le trajet ce que signifie l'expression « secret médical » et insiste sur le fait que je peux poser au médecin toutes les questions qui me passent par la tête, vu qu'il n'a rien le droit de lui répéter. Une fois, elle m'a même demandé si je préférais qu'elle attende dans la voiture. Quand je ressors du cabinet, elle me dit systématiquement :

— Si tu as une ordonnance, on peut passer à la pharmacie.

Comme je n'ai jamais d'ordonnance, on rentre à la maison.

— Léa Martin ?

On se lève simultanément avec mon père. Je le toise, un peu étonnée :

— Tu ne peux pas venir avec moi.

— Je sais, mais je voudrais juste parler rapidement en privé au médecin, OK ?

Je me rassois, interdite. La femme enceinte sur la chaise d'en face lui jette un regard surpris quand il entre dans le bureau à ma place : il n'a pas vraiment une tête à s'appeler Léa Martin. Il ressort quelques minutes plus tard, me fait un clin d'œil et serre la main du médecin qui me dit en souriant :

— À ton tour, Léa.

La porte se referme derrière moi et je m'assois devant son bureau. Elle me pose les questions habituelles (non, je n'ai pas de copain, non, je ne suis pas sexuellement active) avant de me demander de me déshabiller. Je retire à contrecœur mon jean et ma culotte et mets les pieds dans les étriers. Je déteste ça. Heureusement que c'est une femme, jamais de la vie je n'oserais faire ça devant un homme. Une fois que je suis rhabillée, elle me demande :

— Léa, est-ce que ça te dirait que je te fasse une ordonnance pour une pilule ? Comme ça, le jour où tu voudras avoir un rapport sexuel avec ton copain, tu n'auras pas besoin d'en parler à tes parents. On aurait juste besoin de te faire une petite prise de sang pour vérifier qu'il n'y a pas de contre-indications, OK ?

Mon sac sur les genoux, je reste un instant silencieuse, pesant le pour et le contre. Pour : je n'aurais plus besoin de revenir ici. Contre : la prise de sang, j'ai la phobie de ce genre de truc.

Je lui sors un sourire ultra-gêné :

— Si vous voulez.

Elle hoche la tête et se met à griffonner sur son ordonnancier tout en me rappelant qu'il est important de faire attention, que les moyens de contraception n'ont jamais protégé contre les MST et bla-bla-bla. Je plie soigneusement l'ordonnance en quatre et la glisse dans mon portefeuille, mal à l'aise.

Une fois dans la voiture, alors que mon père tourne la clé dans le contact, je demande :

— C'est toi qui lui as demandé de me faire l'ordonnance ?

— Oui, comme ça tu n'as pas besoin d'y retourner trop souvent et ça rassure ta mère. Cela dit, juste pour être clair, je pense que tu devrais attendre d'avoir une bonne soixantaine d'années avant de faire quoi que ce soit avec un garçon.

J'éclate de rire. Je suis probablement la seule fille au monde qui préfère aller chez la gynécologue avec son père plutôt qu'avec sa mère.

— Tu sais que j'ai pas le temps pour tout ça, de toute façon.

Il passe tendrement une main dans mes cheveux et s'engage sur la route.

— Quand tu trouveras le bon, malheureusement, tu trouveras le temps… Je peux te poser une question ?

— Tu vas la poser de toute façon, alors vas-y.

— Ça fait combien de temps que tu es amoureuse de Nico ? Dix ans ?

Il m'aurait demandé si j'avais l'intention de vendre ma virginité sur Internet, je n'aurais pas fait une tête différente. Le temps de récupérer ma mâchoire tombée de stupéfaction au niveau de mes Nike Air Max en édition limitée, je lui réponds avec un air offusqué absolument pas crédible :

— Mais ça va pas la tête ! C'est mon meilleur ami, c'est tout !

Je ne mens (presque) jamais à mon père. Ce n'est pas la peine, puisqu'il ne m'engueule (presque) jamais. Mais je ne peux pas lui parler de Nico. Nico est mon meilleur ami. Ex aequo avec Amel, bien sûr. Et la vérité, c'est qu'il est tout à fait logique que je sois amoureuse de lui puisque d'une part, cent pour cent des filles du lycée sont dingues de lui et d'autre part, il est l'incarnation absolue de la perfection. Et puis, je ne suis pas « amoureuse » de Nicolas Roussel : « amoureuse » ne décrit même pas le début du commencement de ce que je ressens pour lui. Comme Amel me l'explique régulièrement (en se foutant légèrement de ma gueule) il serait beaucoup plus approprié de dire que je brûle, voire que je me consume désespérément d'amour pour Nicolas Roussel, telle une chipolata sur un barbecue en enfer. Et ce depuis le jour de notre rencontre devant le vestiaire des mecs du gymnase de Tarny, qui (toujours selon Amel et bien qu'elle n'y ait évidemment jamais fichu un pied) pue la transpiration et le déo Axe Dark Temptation. Soit à ce jour, pour répondre à la question de mon père, six ans, deux mois, trois semaines et quatre jours.

Autant dire que la chipolata a eu le temps de cramer.

Six ans, deux mois, trois semaines et quatre jours que Nico a pour sa part mis à profit pour se taper cent pour cent des filles qui passaient dans un rayon de moins de trois mètres de lui (sauf Amel et moi, bien sûr) et à me le raconter. À quoi servirait une meilleure amie, si ce n'est à lui donner des conseils sur le meilleur moyen de coucher avec l'intégralité de la planète ?

Mais je ne désespère pas. Je sais qu'un jour, il comprendra que celle qu'il cherchait était en fait juste devant lui. Et j'aurai enfin le droit à mon happy end, comme dans un film américain. En attendant qu'il se réveille, je n'ai effectivement pas le temps pour les garçons, parce que comme je l'avais expliqué au type de la pizzeria : j'ai de grandes ambitions dans la vie.

Mon père hoche la tête, l'air indéchiffrable.

— Tant mieux, si tu le dis…

J'essaye de ne pas me focaliser sur la signification de ce « tant mieux ».

Il me dépose à la maison avant de repartir au travail. Je descends et je lui lance :

— Merci, P'pa.

— De rien, Chouquette, et comme dirait Lara Fabian : je t'aime !

Je lève les yeux au ciel et claque la portière en dissimulant un sourire. Je ne sais pas ce qui est le pire : les mêmes vannes pourries qu'il fait en boucle depuis des années, ses goûts musicaux atroces, ou le fait qu'à seize ans passés, cette phrase qu'il m'a sortie deux cent mille fois continue de me faire marrer.

2

Mais je suis partie trop vite et peut-être que je devrais commencer avec un peu de contexte. Je m'appelle Léa Martin et je suis gauchère. Cheveux blonds californiens, longs, ni vraiment lisses ni vraiment bouclés (je veux les couper court depuis des années, mais mes parents s'y opposent), yeux verts (un peu bleus si tu regardes de près). Je suis née à Tarny-sur-Seine, pas très loin de l'aéroport d'Orly. Tarny, tu connais peut-être à cause de l'équipe de basket. Enfin, je dis ça, mais Amel qui est née à dix kilomètres ne sait toujours pas trop si on est champions de basket, de foot ou de lancer de nains de jardin… On a quand même gagné neuf championnats et trois coupes de France. On n'est peut-être pas aussi bons que Limoges pour les mecs ou Bourges pour les filles, pourtant j'aime quand même me dire qu'on les fait un peu flipper. Tarny est à une quinzaine de kilomètres du centre de Paris à vol d'oiseau, mais on n'est pas des oiseaux, et Tarny et le premier arrondissement, c'est le jour et la nuit. Cela dit, grâce à ma mère, qui a un job de malade et gagne beaucoup d'argent pendant que Papa travaille à mi-temps et s'occupe de ma sœur et moi, on habite une grande villa dans le quartier chic, là où les ronds-points ont des géraniums et les maisons des jardins. Par « on » je veux dire mes parents, moi et ma sœur Anaïs, deux ans de moins que moi, possiblement adoptée si j'en crois notre totale absence de points communs. Petite, je l'adorais, mais depuis quelque temps, toute conversation de plus de huit secondes entre elle et moi finit en mode Deuxième Guerre mondiale (avec elle dans le rôle de l'Allemagne nazie, et moi dans celui des gentils résistants, je précise). Je ne sais pas trop pourquoi. Peut-être parce qu'on a des goûts radicalement opposés : elle les livres, le maquillage et les fringues et moi, tout sauf les livres, le maquillage et les fringues. Globalement, on est juste une famille normale, le genre qui se dispute rarement et qui mange des spaghettis bolognaise tous les dimanches soir.

Voilà pour ma famille.

Sur le mur de l'escalier, il y a une photo de moi à la maternité. J'ai deux jours et je suis perdue dans les plis d'un maillot des Chicago Bulls (le numéro 23, évidemment, celui de Michael Jordan, *Air Jordan, the greatest player of all times*). Cadeau de naissance de mon parrain Benjamin, Oncle Ben's pour les intimes. Même s'il n'est pas vraiment mon oncle, juste le meilleur pote de Papa.

Souvent, mon père dit : « Léa est née avec un ballon dans les mains. » C'est même lui qui l'y a mis. Je précise qu'il est coach de basket et qu'il mesure un mètre quatre-vingt-dix-huit. J'ai commencé à jouer en club à dix ans, j'ai quatre entraînements par semaine et des matchs quasiment tous les week-ends. On a une bonne équipe de filles à Tarny, mais mon père voulait que je m'entraîne avec les garçons. Il connaît tout le monde dans le milieu, donc même pour les matchs, ils font des exceptions. Je sais que ça en énerve certains, des joueurs comme des joueuses, ça murmure dans mon dos dans les couloirs du club. Comme quoi je me crois trop bonne pour jouer avec les filles ou que je suis un handicap pour les garçons, que je ferais mieux de rester à ma place… Quand j'ai quitté l'équipe des filles, elles m'ont coincée dans les vestiaires, m'ont traitée de traîtresse, de lâcheuse et j'en passe. J'ai même cru que Salomé, la deuxième meilleure joueuse de l'équipe, allait me frapper tellement elle était en colère. Pourtant, on s'entendait plutôt bien, avec Salomé. J'ai fait la maligne, et comme d'habitude, j'ai encaissé sans rien montrer, mais au fond, c'était horrible. Je savais bien que j'avais fait la pire chose qu'on puisse faire dans un sport collectif : j'avais laissé tomber mon équipe.

J'ai entendu mon père expliquer à Oncle Ben's ce jour-là : « Je ne suis pas là pour faire de la politique, tu sais comme moi que la meilleure chance que Tarny place un jour un joueur parmi les grands, c'est Léa, alors il faut mettre toutes les chances de son côté. » Selon lui, quand on veut réussir, quel que soit le domaine, on ne peut pas se permettre de plaire à tout le monde. Il sort toujours plein de citations américaines un peu niaises comme ça : « ils ne savaient pas que c'était impossible alors ils l'ont fait », « si tu peux en rêver, tu peux le faire », « seul on va plus vite, mais en équipe on va plus loin », bla-bla-bla. Du coup, j'ai appris à laisser parler les mauvaises langues et je m'entraîne quatre fois plus que tout le monde. Être la meilleure reste le seul moyen que j'ai trouvé de prouver que je suis à ma place, quel que soit le terrain et quelle que soit l'équipe. Quand le découragement l'emporte, je pense à cette phrase de mon père : « La vie est un combat. » Alors je me relève et je me bats. C'est le seul moyen de gagner. J'ai appris à encaisser, à me défendre, et j'ai une règle absolue : je ne pleure jamais. Même quand je me suis déboîté le genou sur le terrain à onze ans, je n'ai pas versé une larme. Si je suis malade, si j'ai mes règles, je prends deux Nurofen et je serre les dents, mais je joue quand même. En dehors de cette fois où je me suis luxé la rotule, je n'ai jamais loupé un entraînement. Mais même si je ne le montre jamais, c'est loin d'être tous les jours facile, d'être la seule fille dans un univers de mecs. Heureusement, il y a Nico.

Nico m'a toujours défendue, il est le seul qui ait toujours trouvé parfaitement normal que je joue avec eux. Et si j'ai fini par me faire accepter par les autres comme un membre à part entière de l'équipe et pas juste « la fille du coach », c'est en grande partie grâce à lui. La réalité, c'est qu'aujourd'hui il n'y a aucun doute sur le fait que dans notre niveau, je suis la meilleure basketteuse du club, tous sexes confondus, et que ce serait dans l'intérêt de toute l'équipe que j'atteigne mon objectif. Je le sais depuis toute petite : moi, Léa Martin, je serai la quatorzième basketteuse française historiquement acceptée en WNBA, la « Women National Basketball Association », aux États-Unis, le plus grand championnat de basket du monde. C'est mon rêve ultime, ma raison de me lever le matin, tout ce que j'ai toujours voulu.

Avec Papa, on a développé un plan de carrière très précis, et depuis qu'il est entré dans ma vie, Nico en fait partie aussi. Cette année, on a tous les deux passé les tests pour entrer à l'INSEP. L'INSEP, c'est l'Institut National du Sport, de l'Expertise et de la Performance, là où vont les meilleurs espoirs du sport français. Tu ne peux pas postuler à l'INSEP, c'est ta fédération qui fait le choix de te présenter s'ils jugent que tu as « un très haut potentiel ». On attend encore les résultats, mais au pire, si Nico est pris et pas moi, il y a d'autres écoles. Ensuite, on se fera « repérer » pour jouer dans un super club et un jour, on attirera l'attention d'un recruteur américain. On prendra l'avion jusqu'à New York avec Nico et mon père, on roulera en taxi jaune jusqu'au Barclays Center à Brooklyn et on sera « draftés », c'est-à-dire sélectionnés pour entrer dans une équipe de la NBA ou de la WNBA.

Voilà le plan, ou plutôt « le Map », comme on dit tous les trois en rigolant, Nico et mon père étant aussi nuls que moi en anglais. La suite du Map, que pour le moment je garde pour moi, c'est que j'épouserai Nico, on habitera à San Francisco et on aura des enfants américains. Mais cette partie-là, évidemment, n'est pas encore tout à fait officielle, puisque Nico n'a pas encore compris qu'on était faits pour être ensemble. Une petite anomalie qui devrait se régler rapidement. Jusqu'ici, j'ai toujours réussi tout ce que j'entreprenais. C'est pas si compliqué de réussir après tout : comme dit mon père, il suffit de te lever tôt le matin et d'y travailler sans relâche jusqu'à ce que ça marche.

3

La dame de la cantine me tend mon assiette : du « sauté de veau aux champignons » selon le tableau à l'entrée. J'examine les frites détrempées et le morceau de caoutchouc dans la flaque de sauce qui ressemble à du sauté de veau, et pousse un soupir. Je la remercie quand même avec un sourire, après tout, ce n'est pas elle qui fait les menus. Je cherche des yeux les volumineuses boucles brunes d'Amel dans la foule des lycéens. Je me dirige vers elle avec mon plateau quand une voix bien connue m'interpelle.

— Léa !

Je me retourne et souris automatiquement à Nico quelques mètres derrière moi. Comme chaque fois qu'il m'approche à moins de dix mètres, j'ai l'impression que si je ne pose pas immédiatement les mains sur ses joues lisses et parfaites ou dans ses cheveux décoiffés juste ce qu'il faut, je vais tout simplement mourir sur place. Évidemment, comme je ne suis pas une psychopathe (ou tout du moins, que j'espère le lui cacher pendant encore quelques années), je n'en fais rien et je me contente de fermer les yeux et d'inspirer profondément son odeur pendant qu'il me fait la bise. Il jette un coup d'œil à la table bruyante et animée où il mange d'habitude. Je reconnais sa dernière ex en date, Virginie, qui lui fait un petit signe de la main. Ils ont rompu il y a une semaine et, manifestement, elle n'a pas l'intention de lâcher l'affaire. Il se détourne l'air inquiet et me demande :

— Je peux manger avec vous ?

Je hausse un sourcil désapprobateur :

— Tu veux dire : est-ce que je t'autorise à m'utiliser comme pathétique excuse pour fuir lâchement ton ex au lieu d'avoir une explication franche et honnête avec elle ?

— T'inquiète, elle s'en remettra.

Il se détourne, le visage de Virginie s'affaisse et j'ai un pincement au cœur. Si on met de côté le fait qu'elle sortait avec l'amour de ma vie, contrairement à la plupart des ex de Nico, je l'aimais bien.

Nico a toujours été hyper populaire, déjà à l'école primaire. Peut-être grâce à son statut de basketteur de haut niveau. Je ne sais pas pourquoi, chez une fille, ça ne fait pas le même effet. Il faut aussi préciser qu'il est beau à en crever : un mètre quatre-vingt-quatorze et une vraie carrure de sportif. Les mèches de ses cheveux blonds en bataille retombent sur un regard bleu clair indescriptible qui fait fantasmer jusqu'à notre prof d'arts plastiques. Elle rougit et se met à bégayer dès qu'il entre dans la classe.

Moi, je n'ai pas beaucoup d'amis. J'ai Amel depuis la sixième et je l'ai, lui. On forme une équipe solide, ça me suffit. D'ailleurs, personne ne comprend vraiment pourquoi un mec aussi cool que Nico s'entend aussi bien avec une fille insignifiante comme moi.

Je pose mon plateau sur la table et me glisse en face d'Amel. J'ai à peine le temps de poser mon sac à dos à mes pieds que mon téléphone sonne, « Alexandrie Alexandra » de Claude François. Pas du tout mon truc, mais c'est la chanson préférée de mon père et dans mon répertoire, tous les gens que j'aime ont droit à leur chanson en guise de sonnerie. Pour Amel, c'est « California Dreamin », la version de Sia (bonjour l'effet dépressif) ; avant c'était la chanson de *Toy Story* « Je suis ton ami », parce qu'on est encore totalement fans du film, mais en entrant au lycée, je l'ai changée. Je ne voulais pas passer pour une gamine. Pour Nico, c'est « Take me to Church » de Hozier parce qu'on a eu une période où on regardait en boucle le clip *Beats by Dre* sur cette chanson, dans lequel LeBron James revient à Cleveland. C'est d'ailleurs typiquement parce qu'on a tous les deux ce genre d'obsession bizarre qu'un mec aussi cool que Nico s'entend aussi bien avec une fille insignifiante comme moi. On a la même passion et les mêmes ambitions. On se comprend.

Je décroche.

— Allô, Papa ?

— Léa, tu es prise !

— Comment ?!

Je suis obligée de lui faire répéter deux fois. Pas tant à cause du brouhaha du réfectoire, mais plutôt parce que j'ai peur d'avoir mal entendu.

— Tu es prise à l'INSEP, a répété Papa dans le combiné, tu as réussi.

— Oh…

Il a tellement de connexions dans le milieu du basket que je ne suis pas surprise qu'il ait eu l'info avant les résultats officiels. Quelque chose enfle dans ma gorge, de la fierté, de l'émotion, je ne sais plus trop. Tony Parker est allé à l'INSEP. Et apparemment, maintenant,

Léa Martin. À côté de moi, Nico se penche par-dessus la table pour piquer une frite molle et trop salée dans l'assiette d'Amel. Je dois faire une tête bizarre, car il la lâche et Amel interrompt la baffe qu'elle s'apprêtait à lui mettre et ils se tournent vers moi, l'air interrogateur. Sans réfléchir, je demande dans le combiné :

— Et Nico aussi ?

Silence au bout du fil.

— Je suis désolé, Chouquette, mais ça n'a pas marché pour Nico.

La boule est toujours dans ma gorge, mais d'un coup, je ne sais plus du tout ce que je ressens. Un peu comme si je venais de mettre dans ma bouche une cuillère de Mc Flurry Oreo (de loin le meilleur, quoi qu'en dise Amel), et qu'au moment où je m'apprêtais à fermer les yeux, histoire de savourer ce goût parfait, une benne à ordures se déversait sur ma tête.

Ce n'était pas prévu du tout. Nico devait être pris. On devait y aller ensemble, c'était le Map. Mon père réalise qu'il a fait une gaffe.

— Tu es avec lui ?

— Je dois y aller, je te rappelle, bisous.

— OK, bisous, et comme dirait Lara Fabian, je t'…

Je raccroche précipitamment avant qu'il ait le temps de me sortir sa vanne habituelle et immédiatement, il me renvoie un texto.

Papa
No stress, Chouquette, je lui annoncerai moi-même ce soir à l'entraînement.

Quand je relève la tête, Amel et Nico me dévisagent toujours, attendant une explication.

— C'était ton père ? demande Amel qui tripote la fine chaîne en or enroulée trois fois autour de son poignet, souvenir de son père parti refaire sa vie en Algérie.

— Oui.

Je regarde Nico dans les yeux. Une partie de moi voudrait ne rien dire, attendre qu'il apprenne autrement la nouvelle, mais je sais bien que ce n'est pas possible. On a tout fait ensemble, les entraînements, les matchs, les championnats. Les déceptions et les réussites. On voit qu'une équipe est solide dans les moments difficiles, pas quand tout va bien. Et Nico fait partie de mon équipe. Alors, je lui annonce comme on arrache un pansement :

— Tu n'as pas été pris à l'INSEP.

Il me dévisage d'un air incertain, comme s'il n'avait pas compris ce que je venais de lui annoncer, et passe nerveusement la main dans ses cheveux blonds.

— Je suis désolée, Nico, il y a d'autres écoles, d'autres formations, je…

Moi qui ne pleure jamais, j'ai quasiment les larmes aux yeux. Et d'un seul coup, le visage de mon meilleur ami s'affaisse et son sourire disparaît. Je veux poser ma main sur son bras, mais il se lève, rabat sur sa tête la capuche de son sweat aux couleurs des Golden State Warriors et s'éloigne à grandes enjambées.

Je me lève à mon tour, mais Amel me retient.

— C'est bon, laisse-le digérer.

Je me rassois, un peu choquée. Amel croque dans une frite en me scrutant avec attention.

— Et toi ? Tu es prise ?

— Oui.

— Oh putain, Léa !!!!!!

Elle veut se jeter à mon cou par-dessus la table, et ne réussit qu'à renverser son verre d'eau. Elle attrape mes épaules et se met à les secouer avec un enthousiasme communicatif :

— Je suis tellement fière de toi ! Tu es tellement forte ! Léa est aussi forte que Michael Bidule !

— Jordan… Michael Jordan… et c'est Tony Parker qui a fait l'INSEP.

Elle envoie valser sa chaise et se lance dans une sorte de mini-danse de la joie, mélange de twist et de danse des canards, en tournant sur elle-même et en répétant « *Yes, yes, yes !* » à intervalles réguliers. Soit exactement le genre de truc qu'elle s'était engagée à ne plus jamais faire à notre entrée en seconde six mois plus tôt, rapport à la préservation de notre réputation au lycée Charlemagne de Tarny-sur-Seine.

Chez Amel, tout est soigné et élégant, les boucles rondes et régulières de son écriture sur ses copies de français comme celles de ses cheveux bruns soigneusement disciplinés dans une demi-queue, à grand renfort de mousse et de gel. Et pourtant, elle se fiche totalement de ce que les autres pensent d'elle et est capable des démonstrations d'enthousiasme les plus extrêmes. Et c'est pour ça que je l'aime. Pourtant, je n'arrive pas à partager sa joie. Ça fait des années que j'attends ce moment et je suis envahie par la panique. Je n'avais jamais envisagé d'être prise à l'INSEP sans Nico. Je n'avais jamais envisagé d'être séparée de lui.

— C'est pas cool quand même…, commente Amel comme si elle lisait dans mes pensées. Nico aurait pu te demander si tu étais prise.

— Tu ne te rends pas compte, c'est horrible. Il faisait une obsession sur l'INSEP, il voulait y entrer depuis qu'il a six ans.

— Toi aussi, non ?

— Oui, mais…

— Mais rien du tout, il abuse, c'est tout.

Je n'ai plus faim. Je repousse mon assiette et sors un Twix de mon sac à dos. Je tends une des deux barres à Amel, un rituel immuable depuis qu'on se connaît.

— Je sais pas pourquoi tu n'achètes jamais autre chose que des Twix, soupire-t-elle la bouche pleine, alors qu'il est évident que les Lion sont bien meilleurs.

Je lui jette un coup d'œil amusé en avalant le dernier morceau de la barre chocolatée.

— Parce que les Twix vont par deux et depuis la sixième, je partage tous mes goûters avec toi.

Amel ouvre la bouche comme si elle allait dire quelque chose et finalement me donne un léger coup d'épaule.

— On s'est bien trouvées quand même.

— Ça, c'est sûr… au fait, je peux venir chez toi après les cours ? J'ai oublié mes clés et mon père va voir ma grand-mère, il va rentrer tard.

Elle hausse un sourcil étonné.

— Tu ne l'accompagnes pas d'habitude ?

— Pas quand il y va le soir.

J'adore ma grand-mère et la première fois que j'ai accompagné mon père à l'EHPAD, j'ai eu un choc. J'aurais voulu qu'on la sorte immédiatement de cet endroit horrible qui empestait les repas sous-vide réchauffés au micro-ondes et le détergent bas de gamme. Ce n'était pas possible, évidemment. J'essaye d'y passer tous les week-ends. Je lui apporte des chocolats et des magazines, j'imprime des photos que j'affiche au-dessus de sa table de nuit, je lui raconte mes derniers matchs… En revanche, j'y vais toujours avant dix heures du matin. L'après-midi, elle est fatiguée, elle confond les époques, me prend pour sa sœur ou une inconnue, parfois elle devient agressive. Ça me brise le cœur, alors quand mon père y va le soir, je ne l'accompagne pas.

Amel hésite.

— Chez moi, tu sais bien que c'est pas super pratique…

— Le CDI est fermé, la documentaliste est en arrêt…

— OK, OK, soupire-t-elle.

4

Amel a sauté le CP parce qu'elle savait lire et écrire à la fin de la grande section de maternelle. Elle a appris toute seule. À la question « Qu'est-ce que tu veux faire plus tard ? », elle répond « millionnaire ». Ça fait sourire les profs qui pensent (à tort) qu'elle plaisante. On était dans la même classe en sixième, mais on ne s'était jamais parlé. Amel est toujours première partout sauf en sport parce que (je cite) « le sport, ça sert à rien ». Enfin, sauf cette année, elle a été deuxième en physique aux deux premiers trimestres, ce qui, pour elle, est à peu près aussi dramatique que si elle avait été sélectionnée pour participer aux Hunger Games. Au deuxième trimestre de sixième, quand j'ai commencé à faire quatre entraînements par semaine et que mes notes se sont effondrées, la CPE a convoqué mes parents et leur a proposé qu'Amel, « une élève brillante d'une intelligence rare », vienne chez moi tous les dimanches après-midi et les soirs où je n'avais pas basket pour qu'on fasse nos devoirs ensemble.

On s'est tout de suite trouvé un point commun : on se sentait toutes les deux exclues au lycée Charlemagne, un lycée privé très cher, avec un niveau record de mentions au bac. Amel, parce qu'elle « vient d'un milieu défavorisé » et moi parce que je suis nulle en cours. Amel a obtenu une bourse parce qu'elle est un génie et en ce qui me concerne, ma mère a négocié avec le directeur (qui, par chance, se trouve être le père de Nico) pour qu'il m'accepte malgré mes résultats catastrophiques. Ma mère a toujours été persuadée que j'avais besoin d'un plan B pour mon avenir. Résultat, je suis encore plus nulle à Charlemagne que si j'étais dans le public. Heureusement que tu n'as pas besoin d'être un génie des maths pour jouer en WNBA…

Depuis ce jour, Amel vient chez moi deux ou trois fois par semaine. Il faut dire que j'habite à sept minutes à pied du lycée et elle à une demi-heure à vélo ou une heure en bus, à la cité du Val-Fleuri, qui n'a rien d'un vallon et où la seule chose qu'on ait jamais vue fleurir sont les paraboles et les étendoirs à linge sur les balcons gris des HLM. Chez elle, la télévision est toujours allumée en bruit de fond et les avions passent à intervalles réguliers au-dessus de l'immeuble. Il n'y a pas de bureau dans la chambre qu'elle partage avec sa sœur et elle fait ses devoirs sur la toile cirée de la minuscule cuisine. Pourtant, Amel adore sa cité qu'elle considère comme une grande famille et elle ne se plaint jamais de sa situation. Cela dit, je crois que la CPE essayait de l'aider autant que moi le jour où elle a proposé à mes parents qu'on fasse nos devoirs ensemble à la maison.

Je fais le trajet sur le porte-bagages du vélo de ma meilleure amie. Je n'ai pas le temps d'enlever mon sac à dos, que Khadidja, la mère d'Amel, dépose devant nous deux énormes parts de gâteau au chocolat. J'enfourne aussitôt une gigantesque cuillerée et laisse le goût du chocolat se répandre sur ma langue. Il est encore tiède à l'intérieur. Khadidja nous sert du thé à la menthe fumant dans des petits verres décorés de motifs dorés, tout en nous racontant que la police a fait une descente chez des habitants de l'immeuble d'en face.

— Ils ont trouvé de l'herbe et ils ont arrêté l'aîné, je le vois dealer dans le square en bas, mais ça m'étonnerait pas que le petit frère soit impliqué. Bref… je vous embête avec mes histoires… Léa, tu connais le terrain de basket à cent mètres à peine d'ici, juste derrière le centre de réinsertion sociale ?

J'ai la bouche trop pleine pour répondre, mais j'aime bien écouter Khadidja. Elle parle tout le temps, se perd dans ses récits et ouvre des parenthèses dans les parenthèses… On ne travaille qu'à moitié et je ne vois pas l'heure passer. Quand elle me demande si je veux rester dîner, je réalise qu'il est presque dix-neuf heures.

— Merci, mais je dois rentrer, je vais appeler mon père pour qu'il vienne me chercher.

J'appelle, mais je tombe sur son répondeur. Quelques minutes plus tard je reçois un texto :

Papa
Mamie a fait un malaise et doit être transférée à l'hôpital.
A priori rien de grave,
mais elle doit faire des examens.
Je vais rester avec elle.
Tout va bien ?

Inquiète, je le rappelle immédiatement pour en savoir plus et lui expliquer que je n'ai pas pu rentrer à la maison, faute de clés, mais il ne décroche pas. Dans ma bouche, le gâteau au chocolat a pris un goût amer de culpabilité. J'aurais dû l'accompagner. Et si jamais Mamie mourait aujourd'hui, je… Terrifiée, je chasse cette idée d'un geste de la main. Il a précisé « rien de grave ». J'hésite à appeler ma mère, elle doit être dans sa voiture et elle s'arrangerait pour passer me prendre en rentrant du travail, mais j'ai peur que si elle voit où Amel habite, elle ne me laisse plus y aller.

— Je vais prendre le bus, dis-je à Amel après lui avoir expliqué la situation.

Amel secoue furieusement ses boucles brunes.

— Pas moyen que tu rentres seule en bus à cette heure-là, il faut deux changements et tu risques de te faire embêter… Prends mon vélo et je le récupérerai demain au lycée.

— Tu es sûre ?

— Oui, t'inquiète. Le matin ça craint rien. Simplement, n'oublie pas de me le rapporter.

Amel a une relation particulière avec son vélo. C'est un vélo d'occasion, un peu pourri, mais elle y tient comme à la prunelle de ses yeux. Il lui évite de perdre deux heures par jour dans les transports et sans lui, elle n'aurait sans doute pas pu accepter la bourse offerte par le lycée. Je l'embrasse sur la joue.

— Merci, tu es une mère pour moi, j'y ferai super gaffe.

Elle rigole tandis que je réponds à mon père :

Léa Martin
Tout va bien.
J'espère que ça va aller, Mamie <3

Quelques minutes plus tard, je pédale vers Tarny. Une brise de début de soirée, inhabituellement tiède pour un mois d'avril, souffle entre les hauts buildings de béton. Je suis les indications d'Amel, je tourne à gauche après le tag de la fille aux cheveux bleus. Et j'aperçois alors le terrain de basket dont a parlé Khadidja, ses paniers sans filet et ses hauts grillages comme dans les films américains. Ils sont quatre à se disputer le ballon sur le terrain. Je ne peux pas m'empêcher de ralentir. Ils ont l'air tellement insouciants. Depuis combien de temps je n'ai pas joué comme ça ? Juste pour m'amuser ? Je fronce les sourcils, quelque chose cloche… Je freine brutalement et m'arrête pour les observer.

Il me faut quelques secondes pour comprendre ce qui ne va pas : ils jouent à trois contre un. Les trois joueurs de la première équipe ne jouent pas trop mal pour des amateurs. Et puis il y a le quatrième, celui qui joue solo. À vue de nez, je dirais qu'il mesure un mètre quatre-vingt-onze, douze grand max. Pas si grand pour un basketteur et pourtant, on voit au premier coup d'œil qu'il n'y a aucun endroit au monde où il serait plus à sa place que sur ce terrain. Il est métis et porte un short noir et un tee-shirt gris clair sans manches, les muscles de ses bras jouent sous sa peau couleur caramel. Ses gestes semblent parfaitement naturels. Il fait quelques passes acrobatiques sans effort, pour le plaisir de frimer, manque un shoot à mi-distance plutôt simple, puis il enchaîne quatre paniers à trois points sublimes aussi nonchalamment que s'il balançait une boule de papier dans une corbeille. C'est comme si la balle lui appartenait, comme si elle revenait à lui encore et toujours, aimantée par sa paume. Lentement, j'appuie le vélo sur le grillage et je descends. Il va marquer à nouveau, à un mètre derrière la ligne des trois points, quand un joueur de l'équipe adverse le bouscule brutalement et s'empare de la balle. Au lieu de s'offusquer, il rigole.

— Il y a faute !

J'ai crié sans réfléchir, par réflexe, et sur un ton scandalisé. La balle s'arrête et tous les regards convergent vers moi. Pour la première fois, les basketteurs semblent remarquer ma présence derrière le grillage. Mes mains se crispent dans les poches de ma veste en jean et brusquement, je me rappelle où je suis, j'avais promis à Amel de rentrer directement. Gênée, je répète :

— Il y a faute, non seulement il t'a poussé, et en plus il a marché…

Je cherche dans le regard du joueur en gris un soutien quelconque, après tout, je suis en train de le défendre. L'étincelle de surprise provoquée par mon intervention a laissé place à un semblant de sourire un peu moqueur. Il n'a pas l'air de prendre le match au sérieux. Il a les yeux plutôt clairs compte tenu de sa couleur de peau, différentes nuances de gris qui se fondent les unes aux autres, comme un ciel avant l'orage.

Il soutient mon regard sans ciller et je ne sais pas pourquoi, je suis incapable de détourner le mien.

— Tu la connais, Tony ? demande un des joueurs.

Le dénommé Tony a un sourire imperceptible. Sans rien dire, il s'approche de moi et récupère la balle qui a roulé à mes pieds. Il m'examine attentivement et malgré le fin grillage qui nous sépare, j'ai une envie subite que le bitume m'avale.

— On se connaît ? demande-t-il.

En dépit de l'éclat amusé de son regard, il y a une forme de froideur dans sa voix. Instinctivement, je fais un pas en arrière en secouant la tête.

— Je crois qu'elle a envie que tu joues avec elle…, lance un des joueurs d'un ton railleur et les autres éclatent de rire.

— Je pense pas qu'elle ait le niveau, rétorque un autre.

Ma gêne est chassée par la colère. J'ai l'impression d'avoir dix ans à nouveau, de devoir prouver à un ramassis d'abrutis que ce n'est pas parce que je suis une fille que je vaux moins qu'eux.

Avec défi, je rassemble mes cheveux et les attache en queue de cheval.

— Laisse-moi jouer et tu verras si j'ai pas le niveau…

— C'était une blague, rétorque Tony alors que je pousse la grille pour entrer sur le terrain, tu devrais rentrer chez toi, c'est pas un quartier pour les petites filles, ici.

Je balance mon sac à dos dans un coin et je me plante devant lui, les bras croisés sur la poitrine.

— Tu as peur de perdre ?

Les autres sifflent et rigolent à nouveau.

— Allez, prends-la dans ton équipe, Tony, ça va être marrant.

— Comment tu t'appelles ? soupire Tony.

— Léa.

Un demi-sourire remplace un bref instant son air supérieur et il répond à ses potes sans me lâcher des yeux :

— Vous pouvez me rajouter tous les handicaps possibles, c'est pas comme si vous aviez une chance de gagner…

Handicap. Je retiens mon envie de l'insulter. J'avance sur le terrain, il me balance la balle brutalement, sans prévenir, et je suis lancée. Une fois que le match a commencé, j'oublie mon ressentiment, j'oublie où je suis, je fais la seule chose que je sais vraiment faire : je joue. Et entre ma fierté blessée qui me donne des ailes et l'effet de surprise, je m'en sors encore mieux que d'habitude. Au premier panier, j'ai droit à des exclamations étonnées ; au deuxième, à des sifflements admiratifs ; au troisième, je suis rebaptisée Air Léa. Au bout de sept minutes, l'équipe adverse demande à ce que je passe de leur côté. J'accepte et je prends un malin plaisir à faire planter toutes les tentatives d'Anthony (puisque je comprends au détour d'une conversation que c'est son vrai prénom), pour marquer. Le score remonte. Je mets successivement deux paniers à trois points, ce qui déclenche un tonnerre de sifflements et d'exclamations dans mon équipe d'adoption. Je fais la maligne, mais même à quatre contre un, Anthony est un adversaire redoutable. Il n'a pas de technique à proprement parler, il n'a manifestement pas appris sur un parquet au son des sifflets et des invectives d'un entraîneur. Mais il sait ce qu'il fait.

Pour une fois, je joue sans la moindre pression, comme quand j'étais petite et qu'il n'y avait pas d'enjeu, quand j'avais le droit de me planter, de ne pas être parfaitement concentrée, de ne pas gagner. Au fur et à mesure du jeu, j'apprends les prénoms des joueurs qui m'entourent. En fait, ils sont plutôt sympas. Ils doivent avoir dix-sept ou dix-huit ans. Il y a Djibril, petit mais nerveux, avec un air de Will Smith. Il porte une casquette jaune sur laquelle est inscrit « Loser ». Roméo a un nez fort, presque crochu, et des yeux bleu clair envoûtants. Il porte une chaîne en or autour du cou, fait un bon mètre quatre-vingt-dix, et ses cheveux luisants de gel sont coiffés vers l'arrière. Et enfin, Teddy a la carrure d'un frigidaire, un anneau doré dans chaque oreille et de longues dreads attachées avec un élastique rose fluo qui lui donnent un air de pirate. Quand on arrive à égalité avec Tony, ils se tapent dans le dos et me félicitent avec enthousiasme.

— Allez, on s'arrête là, annonce Djibril, l'histoire retiendra qu'il nous fallait Air Léa dans notre équipe pour battre Anthony Edou…

— Ce sera bien la seule fois, réplique le concerné.

L'agacement transparaît derrière son ton flegmatique.

— Tu déchires, Air Léa, reviens jouer quand tu veux, me lance Djibril avant de s'éloigner.

Teddy et Roméo me félicitent à leur tour et quittent le terrain en riant. Anthony ne les suit pas, il va ramasser son sac de sport laissé au pied du grillage. De toute évidence, je ne reviendrai jamais ici et je ne le reverrai pas, mais il a un vrai talent et c'est plus fort que moi, j'ai envie de lui en parler, de savoir où il a appris à jouer comme ça. J'hésite à peine une seconde avant de me diriger vers lui. Comme si je n'étais pas là, il fait passer son tee-shirt sale par-dessus sa tête et, gênée, je détourne les yeux de son torse lisse. Il a des abdos de publicité photoshopée.

Je lui lance :

— Tu joues trop perso, c'est ta faiblesse. Ça sert à rien d'être doué tout seul, ce qui compte c'est d'être doué dans son équipe.

Je réalise après avoir parlé que la phrase sonnait plus gentiment dans ma tête. Il me jette un coup d'œil indifférent, sort un tee-shirt propre de son sac et l'enfile avant de me répondre d'un ton neutre :

— Et toi tu joues trop sérieux, ça sert à rien d'être aussi douée si tu ne prends pas de plaisir…

J'ouvre la bouche pour rétorquer que c'est plus facile d'être détendu quand tout ton avenir ne dépend pas de ta performance à un match, mais mon regard tombe sur l'écran de son téléphone posé à côté de son sac. Il est vingt heures quarante-sept. Ma mère a dû rentrer. Je vais me faire tuer. Je sors précipitamment du terrain sans même dire au revoir et je m'arrête net.

— Merde, merde, merde.

Le vélo d'Amel n'est plus là. Je regarde autour de moi, complètement paniquée, dans l'espoir d'apercevoir le guidon jaune taché de rouille. Rien.

— Un problème ?

Tony a enfilé un sweat-shirt et observe mes allers-retours affolés entre la grille et le trottoir.

— T'as pas vu mon vélo ? Il est jaune, un peu rouillé...

— Tu l'avais pas attaché ?

— Non, j'ai oublié !

Comment ai-je pu être assez stupide pour me faire piquer le vélo d'Amel ? J'ai honte de ma négligence. Elle y tenait tellement...

Je sors mon téléphone et j'envoie un texto à ma mère.

Léa Martin
Suis chez Nico,
Plus de batterie,
je rentre bientôt.

— Il faut que je trouve un bus, je dois revenir dans le centre de Tarny.

— À cette heure-là ? Y a plus de bus et je doute que tu arrives à Tarny en un seul morceau pour être honnête...

Il répond à un SMS en même temps qu'il me parle. Il doit avoir un rendez-vous avec quelqu'un. Il hésite avant de suggérer :

— On peut aller ensemble jusqu'au RER, j'ai un truc à faire. Il faut marcher vingt minutes, mais c'est encore ce qui craint le moins.

Je mets quelques secondes à réaliser qu'il vient de proposer de m'accompagner.

— Pas la peine, si tu me dis où c'est, je me débrouillerai.

Sur ses lèvres se dessine un sourire légèrement ironique qui, compte tenu de la situation, m'irrite au plus haut point.

— T'as pas l'air très au courant, mais c'est pas la place Vendôme ici…

— Sans blague…, je marmonne, furieuse de m'être mise dans cette situation.

— Allez, dit-il en commençant à avancer, décide-toi parce que je vais pas passer la nuit ici.

Je regrette d'avoir envoyé ce texto à ma mère, j'aurais pu lui demander de venir me chercher en voiture en bas de chez Amel. Elle m'aurait engueulée mais au moins, je me serais sentie en sécurité. Comme s'il avait lu dans mes pensées, Anthony me sort, avec de nouveau une étincelle amusée au fond des yeux :

— T'inquiète, il va rien t'arriver. J'ai pas encore de casier et si ça peut te rassurer, je suis branché ni blonde ni bourge.

Bizarrement, ça me vexe plus que ça me rassure mais ce n'est pas comme si j'avais une autre solution. En désespoir de cause, je lui emboîte le pas.

5

Anthony marche en silence à mes côtés, les mains dans ses poches, l'air plongé dans ses pensées. Je l'observe du coin de l'œil en essayant de déterminer si je dois m'inquiéter ou pas. Il n'a pas le gabarit de quelqu'un qui se laisse facilement embêter et je conclus que ce n'est pas plus mal qu'il me raccompagne. Enfin, sauf s'il a prévu de m'assassiner sauvagement et de me découper en morceaux à la scie circulaire, évidemment. Cela dit, il n'a pas vraiment la tête d'un fou furieux, il dégage au contraire une sorte de calme plus rassurant qu'effrayant.

Il tourne son regard vers moi et je détourne le mien, gênée qu'il m'ait surprise dans mon examen.

— Où est-ce que t'as appris à jouer au basket ? demande-t-il.

— Mon père est coach, je joue depuis que je suis petite. Et toi ?

— Ici, comme ça…

— C'est marrant, au Val-Fleuri, je sais pas… J'aurais plutôt imaginé trouver des fans de foot.

Un sourire un peu moqueur effleure ses lèvres.

— Pas du tout cliché d'imaginer que tous les mecs qui vivent en banlieue rêvent de devenir Mbappé…

— C'est pas ce que je voulais dire… Désolée.

Il a un haussement d'épaules.

— De toute façon, Mbappé ou Michael Jordan, c'est pareil… La réalité c'est qu'au Val ça fait longtemps que tout le monde a arrêté de rêver.

L'ironie désenchantée dans sa voix me fait mal au cœur. Je cherche quelque chose de positif à lui répondre, je pense aux citations américaines que mon père affiche en fond d'écran sur son téléphone, comme quoi la vie est un combat, rien n'est impossible, qu'avec du travail et de la patience, on arrive à tout, bla-bla-bla. Je pourrais aussi lui parler d'Amel, qui n'a jamais quitté le Val-Fleuri, mais qui finira probablement avocate à l'ONU ou quelque chose dans le genre, mais j'ai peur qu'il le prenne mal ou qu'il se moque de mon optimisme. Qu'est-ce que je connais de sa vie pour avoir une opinion ?

Je finis par répondre :

— En tout cas tu joues vraiment bien, surtout pour quelqu'un qui a appris « ici comme ça. » Si mon père te voyait, il dirait la même chose… bref, tu vas regarder l'ouverture des playoffs ?

L'idée que le silence revienne et qu'on n'ait plus rien à se dire me rend nerveuse, alors je me mets à parler non-stop. Je lui raconte ma tradition familiale : tous les ans, je regarde avec mon père l'ouverture des playoffs NBA (les phases finales du championnat). On fait une provision de chips aux goûts les plus improbables possibles, de Nutella, de Redbull et d'Orangina (clairement et de loin ma boisson préférée). On se lève au milieu de la nuit, juste avant les matchs, puisqu'il y a le décalage horaire avec les États-Unis. On met chacun un maillot : mon père, celui de Michael Jordan. Pour ma part, je suis moins fidèle, je change de joueur préféré comme de chaussettes. Cette année, c'est Stephen Curry (rebaptisé « Stéphane Curry de poulet » par ma sœur… sans commentaire).

Je ne sais pas trop combien de temps dure le trajet, mais on se retrouve sur le quai du RER et j'ai l'impression que les vingt minutes de marche sont passées en un clin d'œil. Je ne suis pourtant pas aussi bavarde d'habitude…

— Désolée… Je ne t'ai pas laissé en placer une.

— J'aime bien écouter. (Il m'indique l'écran des horaires d'un geste du menton.) Tu as de la chance, il y a un RER dans quatre minutes.

— Oh… Génial.

— Tu as l'air de bien t'entendre avec ton père en tout cas, c'est mignon.

Je n'ai pas l'impression qu'il y ait d'ironie dans son commentaire, mais le terme « mignon » me vexe un peu. Il me prend pour une gamine.

— Oui… On est très proches, beaucoup plus qu'avec ma mère. Tu ne t'entends pas avec le tien ?

— Il est parti, il y a six ans, fonder une autre famille à trois rues de chez moi.

Il regarde autour de lui et je comprends qu'il attend quelqu'un.

— Je suis désolée, je ne voulais pas…

— Il n'y a pas de quoi être désolée, c'est un connard.

Il a toujours ce ton paisible, presque indifférent, et comme je ne sais pas trop quoi répondre à ça, je change de sujet :

— Tu es en quelle classe ?

— Première, au lycée Jules-Ferry, et toi ?

C'est le lycée où Amel aurait dû aller si elle n'avait pas eu la bourse à Charlemagne. Il est classé réseau d'éducation prioritaire.

— Seconde, lycée Charlemagne à Tarny.

Il a un léger sifflement

— Super lycée…

— Oh, non, je suis nulle, j'ai été acceptée uniquement parce que ma mère connaissait quelqu'un.

Il me dévisage comme s'il hésitait à dire quelque chose, puis il hausse les épaules.

— Tu dois pas être si nulle que ça…

Je n'ai pas le loisir de lui démontrer le contraire, deux mecs franchement inquiétants viennent se planter devant nous.

— Liam s'est encore fait choper ? demande le premier à Anthony.

— Il a pas pu venir, répond celui-ci froidement, mais c'est bon, j'ai ta thune. Laisse-moi juste deux secondes.

Le fracas du RER qui entre en gare recouvre la réponse de l'autre et, alarmée, j'observe les wagons défiler, consciente que je n'aurais pas dû être là et entendre cette conversation. Manifestement contrarié, Anthony m'attrape par le bras, il m'éloigne des deux types et me fait monter dans le premier wagon. Je suis trop surprise pour résister.

— Au fait, demande-t-il, ton vélo, il était comment ?

— Jaune fluo, vieux et rouillé, un autocollant du Tour de France sur le porte-bagages.

— OK, salut.

La sonnerie annonçant le départ retentit. Machinalement, je lui fais un signe de la main et on reste à se dévisager, sans savoir quoi dire. Il y a quelque chose d'à la fois fascinant et dangereux dans son regard, comme s'il renfermait un secret. Il ne dit pas « à la prochaine » ou « à bientôt ». On sait tous les deux qu'on ne se reverra pas. Les portes se referment et je réalise trop tard que j'aurais dû le remercier.

Je m'approche de la vitre pour le suivre des yeux. Il retourne vers les types, leur tend une enveloppe en papier kraft que le petit glisse dans une poche intérieure de sa veste de survêtement. Le RER accélère et Anthony disparaît de mon champ de vision.

Je me laisse tomber sur un strapontin, choquée par cette soirée surréaliste. Je sais que je devrais surtout m'inquiéter d'avoir été témoin d'un trafic très probablement illégal, mais ce n'est pas ça qui occupe mon esprit. Je pense juste que c'est la première fois que je croise quelqu'un qui joue aussi bien que moi ailleurs que sur un écran de télévision. Et je sais que ça devrait m'embêter, mais bizarrement, ça me donne juste envie de sourire.

6

Mon réveil sonne à sept heures trois, comme tous les matins, et comme tous les matins, je marche avec l'énergie d'un zombie dépressif vers la salle de bains. Il était vingt-trois heures passées quand je suis rentrée hier, ma mère avait essayé sans succès de joindre Nico pour savoir où j'étais. Elle était furieuse. J'ai prétexté un exposé à finir pour le lendemain, mais j'ai bien vu qu'elle ne me croyait pas. Heureusement, Papa est rentré de l'hôpital juste après moi, Mamie allait bien, juste un petit malaise. J'ai pu aller me coucher soulagée. J'ai eu très peur pour elle.

La porte est fermée à clé, je tape dessus en râlant.

— Anaïs, ouvre !

À quatorze ans, Anaïs met plus de temps à se préparer avant d'aller au collège que Lady Gaga avant de monter sur scène. Elle est hyper complexée depuis toute petite, elle fait une bonne tête de plus que toutes ses copines et elle a toujours l'air encombrée par ses bras et ses jambes aussi raides et filiformes que des spaghettis pas cuits. Elle me fait penser parfois à ces araignées d'eau avec leurs longues pattes de nylon qui flottaient sur la mare au fond du jardin de Mamie. Je passais des heures à les observer quand j'étais petite et j'avais toujours peur qu'elles s'emmêlent les membres. Ma sœur est si maigre que certaines personnes du collège la surnomment « Anaïsrexique », ce qui est absurde parce que ma sœur est tout sauf anorexique. Avant, elle m'en parlait souvent, parfois elle venait même pleurer dans mon lit le soir, mais aujourd'hui on ne discute plus comme avant. J'aimerais l'aider, lui expliquer qu'on s'en fiche de ce que pensent les autres. Mais au fond, je sais bien qu'on ne s'en fiche jamais vraiment et de toute façon, la seule fois où j'ai voulu la défendre parce que j'avais entendu par hasard un commentaire dans un couloir, elle m'a demandé de ne pas m'en mêler.

Elle me laisse enfin la place et sous le jet d'eau chaude, je me remémore ma soirée d'hier. J'ai aimé parler basket avec Anthony, sans pression, comme si c'était juste un jeu. Personne ne se rend réellement compte de ce qu'est ma vie. J'ai seize ans et vingt heures d'entraînement par semaine, les cours en seconde générale, ma mère qui me met la pression pour que j'aie la moyenne partout… Je ne sors quasiment jamais, je ne vais pas aux soirées, je ne fume pas, je ne bois pas d'alcool. Je passe dix minutes par jour sur Facebook, je ne regarde quasiment pas de séries, je ne joue pas aux jeux vidéo, je ne lis pas de romans. À la télé, je ne regarde que les matchs. Quand je n'ai pas de contrôles à réviser ou de devoirs à faire, je m'effondre en rentrant du club à vingt et une heures et je dors comme une masse. Je ne l'avais jamais réalisé jusqu'ici, mais j'avais besoin de ce match impromptu, sans autre enjeu que celui de m'amuser.

En glissant mon téléphone dans mon sac à dos, je réalise, vaguement inquiète, que je n'ai aucune nouvelle de Nico depuis hier midi. Depuis qu'on a un téléphone portable, on n'est jamais restés aussi longtemps sans communiquer. Je me glisse dans le garage pour récupérer mon vélo. Je ne vois pas d'autre solution que de le donner à Amel. J'irai au gymnase en bus ou à pied. En arrivant en cours de maths, Nico n'est toujours pas là. Je lui envoie rapidement :

Léa Martin
Ça va Nico ?
Tu viens en cours aujourd'hui ?

Puis je m'assois à côté d'Amel et fais glisser vers elle la clé de mon antivol.

— Dans le premier rack après la grille. Je suis désolée, Amel, je me suis fait piquer ton vélo.

Amel ouvre de grands yeux.

— Tu t'es fait agresser ?

— Non, non… Je l'ai posé, cinq minutes pour…, bref j'aurais pas dû, mais je te donne le mien.

Elle tente de me rendre ma clé.

— Tu ne vas pas me donner ton vélo, il est quasiment neuf, c'est…

— Mademoiselle Zaoui, silence s'il vous plaît !

La journée se passe, rien de notable si ce n'est qu'il y a du poulet rôti à la cantine. En cours de SVT, Corinne Petit, l'assistante administrative du lycée, entre dans la salle. Son regard parcourt la classe et s'arrête sur moi.

— Léa Martin, venez avec moi, vous êtes convoquée chez le CPE.

En temps normal, ce genre de sommation se fait sur un ton sec. Mais il y a une douceur dans son ton qui déclenche chez moi une vague d'angoisse. Comme si elle s'excusait. J'attends que la porte soit refermée pour lui demander :

— Il y a un problème ?

Elle tapote mon épaule d'une main affectueuse en guise de réponse et j'ai la sensation qu'une main glacée m'enserre la gorge. C'est forcément une mauvaise nouvelle.

S'il vous plaît, faites que ce ne soit pas Mamie.

En serrant les poings, je me répète cette phrase en boucle alors que nous remontons les couloirs subitement devenus interminables. J'aurais dû aller la voir hier, j'aurais dû l'appeler. J'aurais dû tellement de choses…

S'il vous plaît, faites que ce ne soit pas Mamie.

Mais au fond de moi, je sais déjà que ça ne peut être que ça. Avec un air de commisération terrifiant, Corinne Petit s'apprête à ouvrir la porte du bureau du CPE. Je prends une grande inspiration, prête à affronter le visage probablement désespéré de Papa. Il sera dévasté. Je ne dois pas craquer. Je dois trouver la force de le soutenir.

L'assistante referme la porte derrière moi et immédiatement, mon cerveau bloque sur la scène devant mes yeux.

Je ne comprends pas.

Ma mère ne peut pas être dans le bureau du CPE à quinze heures, elle ne rentre jamais du travail avant vingt heures. Elle ne peut pas sangloter comme une enfant, en déchiquetant un mouchoir en papier humide, elle contrôle toujours ses émotions. Tout chez elle, depuis ses chaussures assorties à son sac à main jusqu'au maquillage qu'elle applique soigneusement tous les matins, est toujours impeccable.

Quant au CPE, assis derrière son bureau, c'est la quatrième fois en cinq secondes qu'il enlève et remet ses lunettes l'air paniqué. Puis Maman se lève brusquement et me serre dans ses bras de toutes ses forces.

Alors je pense :
S'il vous plaît, faites que ce soit Mamie.
Et entre deux sanglots, elle me dit :
— C'est Papa.

2e quart-temps

DÉNI

7

Je vis sous la mer.

Depuis maintenant plusieurs jours.

J'évolue dans un monde sous-marin où les sons sont assourdis, engloutis dans du coton, et où les mouvements se font au ralenti.

Je flotte entre deux eaux.

Je suis un ballon à l'hélium.

Sous l'eau, on ne peut pas pleurer, alors, contrairement à Anaïs qui sanglote tous les soirs dans son lit, si fort que je l'entends à travers la cloison, je ne pleure pas.

Je surnage. Ou plutôt je coule.

Pendant que j'étais en train de garer mon vélo dans la cour du lycée, Papa s'est plaint, lui qui n'avait jamais mal, d'avoir très mal à la poitrine. Lui, le grand sportif, le tout-puissant à l'hygiène de vie irréprochable, s'est effondré sur le parquet du gymnase. Oncle Ben's a appelé les pompiers, pensant qu'il faisait une crise cardiaque. J'étais en cours de maths, en train de griffonner des cœurs dans la marge de mon cahier en bayant aux corneilles, quand il est entré aux urgences de l'hôpital de Tarny. Pendant le cours de français, entre deux strophes de Baudelaire, ils le transféraient à Paris, à La Pitié-Salpêtrière. Il fallait l'opérer tout de suite et le service de cardiologie de Tarny n'était pas équipé.

Il est mort avant d'arriver.

Tout seul. Dans une ambulance entre deux inconnus qui ne savaient peut-être même pas son prénom. Il est mort. Pendant que j'étais à la cantine en train de me demander si je voulais des frites ou de la purée avec mon poulet.

Ma mère raconte cette histoire au téléphone, en boucle et en pleurant. Elle donne beaucoup de détails techniques.

Comme si on en avait quoi que ce soit à foutre.

Est-ce que quand l'univers est englouti sous les eaux et que toute trace de vie a disparu de la surface de la terre, connaître le pourquoi du comment t'apporte quoi que ce soit ?

Je ne crois pas.

Heureusement, dans l'océan de larmes intérieures dans lequel je sombre, les mots flottent et leurs contours sont brouillés. Je les regarde danser devant mes yeux, en état de choc, comme des algues floues et colorées, si jolies qu'on pourrait oublier qu'elles sont mortelles.

Anévrisme aortique… hémorragie interne… dilatation… pression sur le cœur… syndrome… jamais diagnostiqué…

Plus personne, jamais, ne m'appellera « Chouquette ».

Il avait trente-six ans. C'est la première fois de ma vie que je vais à un enterrement.

Salut,

C'est moi.

Je ne sais pas si tu as vu, mais beaucoup de gens pleuraient à ton enterrement. Moi, je ne pouvais pas, j'espère que tu ne m'en veux pas, mais si j'avais commencé à pleurer, je me serais effondrée. Je ne sais même pas comment mon cœur continue à battre, comment mon corps continue à fonctionner.

Je regarde les autres continuer à vivre, le soleil se lever, les jours défiler, les gens s'énerver sur des broutilles, et je me demande si j'ai encore une place dans un monde où tu n'es plus.

Tu te souviens quand j'étais petite, quand je tombais et que je m'écorchais les genoux, quand j'échouais ou que je me faisais mal, tu me répétais toujours : « Relève-toi, Chouquette, ce n'est pas grave, dans un jour, un mois, un an, tu auras oublié. »

Tu ne m'as jamais expliqué ce qu'il fallait faire quand c'était grave, quand on sait très bien que dans un mois, un an, un siècle, on n'aura pas oublié.

Je n'ai jamais eu aussi mal de ma vie et tu n'as pas eu le temps de m'apprendre comment on se remet des chagrins d'adultes.

Tu me manques,

Léa

8

Les trois premiers jours après l'enterrement, je ne vais pas au lycée. Je reste allongée sur mon lit. Je ne peux ni bouger ni manger. Je me noie. J'ai surtout peur de m'endormir, parce que au réveil, pendant un bref instant, j'ai oublié. Puis je reviens me fracasser en mille morceaux contre la réalité. Papa meurt à nouveau tous les matins et chaque fois, la douleur est un peu plus concrète, un peu plus violente. Je ne sais pas comment vivre sans lui et je ne pourrai jamais apprendre.

Le quatrième jour, ma mère débarque dans ma chambre.

— Léa, je sais que c'est dur, mais tu vas en cours aujourd'hui.

Son ton ne souffre aucune contestation. Elle ouvre mon armoire, en sort au hasard un jean, un tee-shirt, une culotte et un soutien-gorge qu'elle jette sur la couette. Pour une fois, elle ne tente même pas de choisir des vêtements susceptibles de lui plaire à elle ou qui correspondraient à son idée, très arrêtée, de ce qui est élégant (ce qu'elle porte) et de ce qui ne l'est pas (ce que je porte).

Elle tire mon sac de sport de sous mon lit. Elle y glisse mon short, mon maillot, mes baskets et une serviette propre.

— Tu vas à l'entraînement ce soir, dit-elle en me regardant droit dans les yeux, ça te fera du bien.

— Je ne veux pas…

— Amel et Nicolas sont en bas, coupe-t-elle, ils t'attendent, il faut être forte, ma puce, tu ne peux pas te laisser sombrer.

Me laisser sombrer. J'ignorais qu'elle avait conscience de ma noyade. Je ressens un besoin brutal de lui parler, mais je n'ai pas les mots. J'aimerais lui expliquer que le chagrin a ligoté ma langue, paralysé mes pensées, que je hurle, je souffre, je pleure dans mon cœur, mais rien n'arrive jusqu'à l'extérieur. Et qu'à force, je vais exploser. Peut-être qu'elle comprendrait. Peut-être qu'elle pourrait m'expliquer comment elle, elle fait pour supporter ça. La mort de Papa. Le fait de savoir que son nom ne s'affichera plus jamais sur l'écran de nos téléphones.

Elle tire ma couette, me force à me lever. Je n'ai pas l'énergie de résister et je marmonne :

— Vivement que tu reprennes le travail.

Elle me pousse dans la douche comme si j'avais six ans, elle m'aide à me laver, inonde la salle de bains et sa robe impeccable. Quand je sors, elle m'enveloppe dans une serviette et, un bref instant, me serre contre elle. Je reste raide, incapable de bouger, mais une chaleur réconfortante m'envahit. L'impression un très bref instant de ne plus être seule au monde. Elle s'éloigne et à nouveau j'ai froid.

— Au fait, c'est demain que tu commences à neuf heures et quart ?

Bien qu'il soit affiché sur le frigo, je m'étonne qu'elle connaisse mon emploi du temps, c'est Papa qui gardait en tête ce genre de truc.

— Oui.

— Vous devez faire une prise de sang avec Anaïs, on ira demain matin, on partira à huit heures et je te déposerai au lycée après.

Je fronce les sourcils.

— Pourquoi ?

Elle se détourne brusquement pour refermer le dentifrice laissé ouvert sur le lavabo et j'ai l'impression qu'elle veut dissimuler son expression.

— Rien, un examen de routine.

Nico et Amel attendent en bas de l'escalier. Je n'ai pas trouvé la force de les voir depuis l'enterrement, ni de répondre à leurs messages.

Amel m'a apporté un pain au chocolat et un Twix. Elle presse brièvement mes doigts entre les siens. Nico me prend dans ses bras. Son odeur est rassurante, un court instant je ferme les yeux, si seulement je pouvais me laisser aller et pleurer…

Toute la journée, ils m'entourent, m'accompagnent partout, ils sont mon armure contre le monde réel. Le midi, à la cantine, je joue avec mes haricots verts. Je n'ai pas faim.

— Au fait, je ne t'ai jamais félicitée, dit Nico gentiment, pour l'INSEP…

Je lève la tête, le regard vide. J'avais oublié. Je crois que même l'INSEP, si c'est sans Papa, je m'en fous. Il prend ma main dans la sienne et la serre entre ses doigts. J'ai l'impression que je vais exploser en sanglots, mais les larmes restent bloquées dans ma gorge. Toutes ces années où j'ai appris à les retenir, à ne rien montrer, à prétendre être forte… C'est devenu un réflexe. Peut-être que je ne pleurerai plus jamais et que je me noierai peu à peu de l'intérieur.

La journée me semble interminable, je me retrouve enfin devant les grilles du lycée. Les yeux dans le vague, je prétends écouter Amel qui discute du dernier contrôle de maths avec Ambre, une fille de notre classe. Je suis partagée entre l'ordre de ma mère d'aller à l'entraînement et une fatigue lancinante, un désir de me glisser sous la couette et de me réveiller après la prochaine ère glaciaire.

— C'est qui le beau gosse, sur le trottoir d'en face, un nouveau ? s'interrompt Ambre avec une moue appréciative sur ses lèvres recouvertes de gloss.

Je n'ai même pas le courage de tourner la tête. Amel balaye le commentaire d'un geste de la main, puis elle s'arrête et ouvre de grands yeux d'abord stupéfaits puis furieux.

— Mais… c'est mon vélo !

Le temps que je réalise ce qui est en train de se passer, elle est partie comme un bulldozer à travers la foule d'adolescents. Mon regard passe du vélo jaune fluo de l'autre côté de la rue à son propriétaire, le beau gosse repéré par Ambre. À savoir, Anthony, adossé au mur, les mains dans les poches d'un jean délavé.

— Je sais pas ce qu'elle fout, mais on va l'aider, lance Nico en m'entraînant par la main à la suite d'Amel.

Amel est arrivée devant Anthony et vocifère en agitant ses mains et ses boucles dans tous les sens. Anthony lève une main apaisante, puis nos regards se croisent.

— Qu'est-ce qui se passe ? demande Nico. Qu'est-ce que tu fous avec son vélo ?

Son ton est agressif et la mâchoire d'Anthony se crispe imperceptiblement, son regard tombe sur mon poignet, encerclé par la main de Nico. Il y a un temps où j'aurais rejoué vingt mille fois le simple contact de ses doigts contre ma peau. Mais depuis l'enterrement, je vis sous anesthésie générale.

— Je pensais que c'était ton vélo, dit Anthony en s'adressant à moi.

Sa voix est calme, posée. Il me dévisage attentivement comme si Amel et Nico n'existaient pas. Pour répondre, il faudrait que je sorte de ma torpeur. Je ne sais pas comment faire.

— Tu le connais, Léa ? demande Nico en fronçant les sourcils.

Je devrais clarifier la situation afin que tout le monde arrête de s'énerver. J'ouvre la bouche, mais aucun son n'en sort. Il faudrait que je réactive le mode cerveau. Je ne sais pas par où commencer, alors je secoue la tête.

— Non.

Parce que c'est la réponse la plus simple, à défaut d'être la vérité. Je baisse les yeux vers le trottoir, honteuse de mon mensonge, incapable de soutenir les trois paires d'yeux qui me dévisagent dans l'attente d'une explication.

— C'est mon vélo, rétorque Amel furieuse, il a dû le piquer à Léa !

— OK, tu lui rends son vélo et tu dégages, ordonne Nico.

Trois de ses copains, attirés par l'altercation, viennent de nous rejoindre. Ils font face à Anthony, l'air menaçant. Lui ne semble pas se soucier de leur présence, il continue de m'examiner, les sourcils légèrement froncés. Son regard est sérieux et inquisiteur, comme s'il essayait de comprendre.

— Arrête de la fixer comme ça !

C'est Nico qui a parlé et, brutalement, il a poussé Anthony contre le mur. Instantanément, ce dernier se redresse, le poing serré, le regard étincelant de colère, prêt à se jeter sur mon meilleur ami. Par réflexe, je me place entre eux et je pose la main sur celle d'Anthony pour le retenir. Silencieusement j'articule « non » avec mes lèvres, fixant Anthony d'un air suppliant. Il hésite, puis son poing retombe. Sans un mot, il tourne le dos et s'éloigne.

— C'est ça, casse-toi ! lance un des potes de Nico.

Je ressens un mélange de soulagement et de culpabilité. Non seulement je ne l'ai pas remercié, mais en plus il a failli se faire frapper par ma faute.

— Allez, on va être en retard à l'entraînement à cause de ce connard, râle Nico.

Alors qu'il s'éloigne avec les autres, Amel m'attrape par le bras.

— Tu peux m'expliquer ce qui vient de se passer ? chuchote-t-elle.

— Quoi ?

— D'où tu le connais ? Pourquoi il a mon vélo ?

Je hausse les épaules.

— Je le connais pas.

— Pas à moi Léa, vous vous connaissez, ça saute aux yeux.

— On s'est croisés quand je suis revenue de chez toi l'autre jour, c'est tout. Il a dû retrouver le vélo.

— Et il est venu jusqu'ici pour te le rapporter ? Tu te fiches de moi ?

Je cherche Nico des yeux dans la foule.

— Mais qu'est-ce que ça peut faire ?!

— Qu'est-ce que ça peut faire ?! Mais tu sais qui c'est ?! Il habite au Val, il est dangereux, c'est un…

Je la coupe :

— Je dois y aller, j'ai entraînement… À demain !

Et je m'éloigne. Je n'ai pas envie de savoir qui est Anthony. Je veux juste oublier le reste du monde.

9

Les jours passent, puis les semaines. Aucune idée de combien. J'ai toujours aussi mal. Au lycée, je suis totalement à l'ouest. À ce stade, plus à l'ouest que moi, c'est l'île de Pâques. Je passe les cours à regarder par la fenêtre, l'esprit vide. Personne n'ose m'engueuler. Les adultes sont gentils, ils me présentent leurs condoléances avec une expression désolée. Je ne parle qu'à Amel et Nico, et encore, pas beaucoup. Je suis toujours sous l'eau et les autres s'agitent à l'air libre. Comme si le monde ne s'était pas effondré. Je ne comprends pas que la vie continue. Et ce, malgré les trois assiettes au lieu de quatre sur la table de la cuisine le soir, l'annonce de recrutement pour un nouveau coach postée dans le hall du gymnase, la télé éteinte pendant la période des playoffs NBA et ce silence affreux à la maison qui hurle l'absence de Papa en continu.

Ma mère, toutefois, avait raison : les seuls moments où j'ai eu la sensation de sortir un peu la tête de l'eau sont les moments où je joue. Alors, j'ai commencé à me répéter en boucle cette phrase que mon père me rabâchait sans cesse quand je me plaignais qu'on me fasse payer continuellement le fait d'être une fille dans un milieu de garçons : « C'est comme ça, ce sera toujours plus difficile pour les filles, mais *tu peux en faire ton excuse ou tu peux en faire ton histoire.* » C'est valable pour n'importe quel obstacle que je croiserai sur mon chemin : je peux en faire mon excuse pour abandonner ou je peux en faire l'histoire que je raconterai quand j'aurai réussi. Je ne ferai pas de la mort de Papa une excuse pour échouer, ce serait une insulte à tout ce qu'il m'a appris. Il ne me l'aurait pas pardonné. J'ai donc trouvé un peu de réconfort dans l'idée que « le Map » n'avait pas changé, je me le répète tous les soirs avant de m'endormir : l'INSEP, la WNBA, épouser Nico. Tout est encore possible. Ce rêve, c'est tout ce qu'il me reste de mon père. Ça et les messages vocaux sur mon répondeur que je réécoute le soir dans mon lit. Je sais bien que seule, ce sera encore plus difficile. Alors je bosse. Tous les soirs et tous les week-ends. Je n'ai pas le droit d'échouer. Je le fais pour lui. Parce que c'est ce qu'il attendait de moi et jamais je n'assumerais de le décevoir.

Oncle Ben's a repris notre équipe en attendant qu'ils embauchent quelqu'un pour remplacer Papa. Depuis le temps, je connais tous ceux qui utilisent les terrains du gymnase de Tarny. La plupart des joueurs connaissaient mon père et savent ce qui est arrivé. Il y a toujours une équipe pro ou amateur prête à m'accepter parmi eux. Il suffit que je me pointe tous les soirs après le lycée et le samedi et le dimanche à l'ouverture. Je reste toujours jusqu'à la fermeture.

J'ai annoncé à Amel que je ne pouvais plus étudier avec elle pour le moment, je dois m'entraîner. Elle m'a répondu qu'elle comprenait et que si j'avais besoin d'aide ou de parler, elle était là… Je n'ai pas besoin d'aide ou de parler, j'ai besoin de jouer. Oncle Ben's s'inquiète pour moi. Il croit que je vais m'épuiser.

Il a même appelé Maman pour la prévenir que si je continuais à ce rythme, je risquais un burn-out ou une fracture de fatigue.

Je m'en fous, je joue. C'est tout ce qu'il me reste.

Ma mère m'a proposé d'aller visiter le campus de l'INSEP le week-end prochain et j'ai accepté. Peut-être que là-bas, en septembre, j'arriverai enfin à rejoindre la surface. Elle nous a aussi demandé, à ma sœur et moi, si on voulait « parler à quelqu'un de ce qui est arrivé à Papa ». Officiellement la seule fois de l'année où Anaïs et moi aurons été d'accord sur quelque chose : hors de question d'aller chez le psy. Elle n'a pas insisté. Elle s'est mise à partir plus tard de la maison le matin et à rentrer plus tôt le soir. Elle prépare le dîner, bien qu'elle ne sache pas faire la cuisine et mange à peine une ou deux bouchées par repas. Elle nous demande si on a fait nos devoirs et une fois qu'on est montées dans nos chambres, elle se remet au travail. J'entends parfois le cliquetis des touches de son ordinateur jusqu'à deux heures du matin.

Je claque la porte de l'entrée derrière moi en rentrant, ma mère est assise dans la cuisine devant un verre de vin. La bouteille est déjà vide aux deux tiers. Ils prenaient l'apéro parfois avec Papa quand elle ne rentrait pas trop tard du boulot. Je les entendais rire et murmurer dans la cuisine.

Mes parents étaient amoureux, ils étaient heureux ensemble. Les rares fois où je les ai entendus se disputer, c'était à cause du basket. Plus exactement à cause de moi et du basket. Ma mère a toujours été contre le Map, depuis le début. Il faut dire qu'on a beau se connaître depuis seize ans, elle n'a jamais cerné ma personnalité. Elle persiste à m'offrir des chaussures à talons, à me proposer d'aller faire du shopping ou de voir des comédies romantiques au cinéma… Et surtout, elle a toujours refusé catégoriquement que je passe en sport-études. Je ne lui ai jamais vraiment pardonné et elle n'en a jamais démordu : il faut toujours un plan B dans la vie. Il faut avoir son bac, il faut faire des études. On ne sait jamais ce qui peut arriver dans la vie, et si tu te blesses et si bla-bla-bla… Elle argumente bien, forcément, elle a fait HEC et ensuite, parce que ce n'était pas suffisant, elle est devenue avocate. Pas le genre d'avocat qui défend les meurtriers ou les pédophiles, le genre qui travaille pour de grosses entreprises, par exemple quand ils veulent racheter une autre entreprise ou fusionner avec. Elle a monté son propre cabinet, à Paris, près de la place Victor-Hugo. Elle bosse tout le temps, mais elle a vraiment réussi dans la vie, elle a même été citée à plusieurs reprises dans le journal. Amel l'idolâtre autant que si elle était Michelle Obama.

Rien ne prédestinait mes parents à finir ensemble. Ma mère déteste le sport et c'était le seul centre d'intérêt de mon père. Ils ont pourtant eu un coup de foudre dans un bar. Oncle Ben's affirme d'ailleurs qu'à l'époque, mon père avait le niveau pour jouer en pro et Papa a toujours démenti. Il prétend que, contrairement à moi, il n'avait ni la discipline ni « le feu sacré ». Il paraît que moi, « le feu sacré », je l'ai. Parce que depuis que j'ai huit ans, je fais des trucs comme me lever à six heures trente tous les dimanches pour enchaîner deux cents paniers devant le garage, même quand il pleut, même quand il fait encore nuit.

En ce qui concerne la carrière de basketteur professionnel de Papa, je crois surtout que je suis arrivée dans leur vie beaucoup plus tôt que prévu et que ça a légèrement foutu le bordel. Je suis née le 27 février 2002 et, si j'en crois la date à laquelle ils fêtent l'anniversaire de leur rencontre, ils se sont vus pour la première fois le 2 juin 2001. Je te laisse faire le calcul. C'est mon père qui a mis en pause sa carrière pour s'occuper de moi à plein temps. Ils ont dû choisir entre les études de Maman et la carrière de basketteur de Papa. Ils sont toujours restés vagues sur le sujet. Je ne sais pas si c'est parce qu'ils pensaient que je culpabiliserais à l'idée que sans moi, mon père serait peut-être multimillionnaire et marié à Eva Longoria ou si c'est parce qu'ils avaient peur que je ne découvre qu'ils avaient couché sans capote le premier soir. Je penche pour la deuxième option, vu l'obsession de ma mère pour les rendez-vous chez la gynécologue. Et pourtant, ma sœur est arrivée à peine deux ans plus tard… Il faut croire que mes parents avaient au moins en commun d'avoir loupé le chapitre sur la reproduction en cours de bio.

Maintenant, ma mère boit toute seule, trois verres plutôt qu'un seul, et elle ne rigole plus, elle bosse. Elle tient à la main les pages d'une lettre qu'elle fixe avec une expression vide, un peu choquée, et semble les relire en continu.

— Salut.

Elle sursaute, retourne précipitamment les feuillets sur le comptoir et pose sa main dessus comme si j'avais l'intention de les lui arracher pour les lire. Elle a vite retrouvé ses tailleurs bien coupés, ses talons hauts, son brushing et son maquillage impeccables. Mais elle porte toujours son alliance et sa bague de fiançailles et en voyant ses ongles habituellement vernis rongés jusqu'au sang, je me dis que ce n'est peut-être pas si simple pour elle non plus. Je voudrais connaître les mots pour la consoler, mais je sais bien qu'ils n'existent pas. Mon regard tombe sur l'enveloppe restée sur le comptoir. Elle l'a ouverte proprement en glissant un petit couteau en céramique sous le rabat en guise de coupe-papier, comme elle fait toujours. Ma mère aime l'ordre, la propreté, ce qui est net et droit. Je ne l'ai jamais vue déchirer une enveloppe ou l'ouverture pratique d'un paquet de céréales. Elle suit mon regard, saisit l'enveloppe vide et la jette dans la poubelle, mais j'ai eu le temps de lire le nom de l'expéditeur : « Hôpital Bichat-Claude-Bernard ». Il me faut quelques secondes pour me rappeler où j'ai entendu ce nom. Ça date un peu : quand elle nous a emmenées faire cette prise de sang de contrôle, juste après la mort de Papa, elle avait demandé au labo d'envoyer les prélèvements à cet hôpital.

— J'ai fait des pâtes, tu en veux ?

— J'ai pas faim.

Je laisse tomber mon sac à dos et mon sac de sport dans un coin de la cuisine. J'attends qu'elle me dise de les monter dans ma chambre et d'aller prendre ma douche, mais elle ne réagit pas.

— C'est les résultats de notre prise de sang ?

— Oui. Tu ne manges rien, Léa, tu as maigri…

— Mauvaises nouvelles ?

Elle déglutit et laisse un silence.

— Je ne sais pas, je ne suis pas médecin.

Elle n'a jamais su mentir et pourtant, elle ment. Dans la mesure où je doute que ce soit sur la deuxième partie de la phrase (si elle était médecin, ça se saurait), j'en déduis que c'est sur le début : elle a reçu de mauvaises nouvelles.

J'ouvre le frigo, en sors une bouteille de Perrier et avale deux gorgées au goulot. En temps normal, elle m'aurait dit de prendre un verre, mais elle se contente de me fixer avec l'air d'une personne qui viendrait d'apprendre que je suis un alien venu détruire la terre en commençant par elle. Comme si elle avait peur. Je repose la bouteille sur le plan de travail.

— Alors quoi ? Je vais mourir ?

Immédiatement, elle affiche une expression horrifiée et se précipite sur moi pour me prendre dans ses bras.

— Oh mon Dieu, Léa ! Bien sûr que non, tu ne vas pas mourir !

Surprise par ce brusque accès de tendresse, je reste tétanisée, mais je ferme les yeux. Son étreinte est chaude et rassurante, son odeur de lavande et de menthe fraîche me rappelle les histoires qu'elle me lisait quand j'étais petite. Je posais la joue sur ses pulls en cachemire ou ses chemisiers de soie et je respirais son odeur, j'écoutais les inflexions chaudes de sa voix et j'avais le sentiment que rien, jamais, ne pourrait m'arriver. Puis le cabinet a décollé, Anaïs est arrivée, et elle n'a plus eu de temps pour nous.

— Et Anaïs ? Anaïs ne va pas mourir ?

— Non, non, personne ne va mourir, ma puce ! Je te promets… Même Papa, tu sais… si on l'avait diagnostiqué plus tôt, il serait toujours…

Sa voix s'étrangle, contre le mien son corps se met à trembler et l'odeur de lavande et de menthe perd son caractère rassurant. Elle n'a pas le droit de craquer, elle est tout ce qu'il nous reste. Sans elle, on n'y arrivera pas. Je m'extirpe de son étreinte, je referme la bouteille de Perrier et la replace dans le frigo.

— Alors je ne vois pas ce qui peut nous arriver de pire que ce qui est déjà arrivé.

Je pars sans me retourner. Ça me fait trop mal de la voir pleurer.

10

Lundi matin. La bonne nouvelle c'est que je sèche les cours, la mauvaise nouvelle c'est qu'on a rendez-vous au fameux hôpital Bichat-Claude-Bernard, à Paris. Je regarde le périphérique défiler au ralenti, mes écouteurs dans les oreilles. J'écoute de la variété française pourrie, juste parce que ça me rappelle mon père et son obsession pour la musique du siècle dernier. Ça fait des semaines que je joue plus de vingt heures par semaine. J'ai tellement de courbatures que je n'arrive pas à trouver une position confortable. Le front collé à la vitre, je regarde la buée recouvrir le paysage gris de la porte de Saint-Ouen.

L'hôpital est composé de cubes de verres de différentes tailles, posés les uns sur les autres, comme le jeu de construction d'un bébé géant. Dans le hall immense, un drap suspendu en hauteur comme un fantôme : « Hôpital en grève ». Il fait beau et pourtant j'ai froid. Au sixième étage, en sortant de l'ascenseur, ma mère se dirige vers le panneau « Aile Nord – consultation Marfan ». Je me demande ce que ça veut dire, « Marfan ». Ça sent la mort et la maladie, un mélange de plastique et d'alcool à quatre-vingt-dix degrés sous les néons blafards. J'essaye de contrôler mon envie de m'enfuir en courant.

Je réponds un mensonge à un texto d'Amel qui me demande pourquoi je ne suis pas en cours : j'ai la grippe. Vu le soleil par la fenêtre, j'aurais pu trouver une excuse plus crédible, mais je n'ai juste pas envie de parler de cet endroit, une parenthèse à oublier le plus vite possible. Une femme en blouse entre dans la salle d'attente. Elle appelle nos deux noms et nous accompagne dans un bureau devant lequel attendent trois chaises en plastique.

Le médecin referme la porte, elle a un sourire bienveillant. Elle commence par nous présenter ses condoléances. Ce doit être une période très difficile pour notre famille. Ma mère hoche la tête mécaniquement sans répondre.

— Votre papa était atteint du syndrome de Marfan, poursuit-elle, c'est une maladie génétique rare qui touche les tissus conjonctifs. À cause de ça, il a été victime d'une dissection aortique, un déchirement de l'aorte, la plus grosse artère du corps humain, dont le rôle est de distribuer le sang depuis le cœur partout dans le corps.

Je suis prise d'une violente envie de vomir. Je ne veux pas connaître ce genre de détail. J'essaye de contrôler le renflement dans ma gorge, de retrouver le filet d'air qui est tout ce qu'il me reste pour respirer depuis quelque temps, tandis qu'elle poursuit ses explications. Une personne sur cinq mille aurait ce syndrome, dont des gens célèbres comme l'acteur qui jouait Chewbacca dans Star Wars, Abraham Lincoln, Charles de Gaulle… C'est un syndrome héréditaire, il y a une chance sur deux pour que les enfants d'une personne atteinte du syndrome de Marfan soient affectés.

C'est la raison pour laquelle une analyse génétique a été faite sur Anaïs et moi.

— On a eu de la chance, ce genre de recherches génétiques peuvent parfois prendre de longs mois, mais dans le cas de votre papa on a eu les résultats très vite. Comme le sait déjà votre maman, le test est revenu positif pour toutes les deux : vous êtes vous aussi atteintes du syndrome de Marfan.

Anaïs lève la tête. Les sourcils froncés derrière ses épaisses lunettes.

— Mais si on a… ce truc… Il nous arrivera ce qui est arrivé à mon père ?

Mon père. Je ne sais pas pourquoi, j'ai toujours considéré que Papa était plus mon père que celui d'Anaïs. Et pour la première fois, je me demande si elle a aussi mal que moi. Peut-être qu'elle est sous l'eau elle aussi, en apnée depuis des semaines. Peut-être qu'elle a besoin de moi. Dans ma gorge, la dernière fissure qui laissait passer l'air s'est bouchée. Le médecin garde son air grave pour répondre :

— Certains patients n'ont aucun symptôme, ils sont juste porteurs, d'autres doivent être opérés justement pour éviter ce qui est arrivé à votre papa. Mais ne t'inquiète pas, quand on diagnostique dans les temps et qu'on met en place le traitement approprié, tout se passe bien.

Elle sourit et je pense à papa qui aurait pu être sauvé si on l'avait diagnostiqué dans les temps. Si on avait mis en place le traitement approprié.

Ma sœur et moi enchaînons ensuite les rendez-vous. On mesure nos bras, nos jambes, le tour de notre crâne, notre dos. On nous demande de replier notre pouce sur notre paume, d'enserrer notre poignet avec notre auriculaire et notre pouce. Des médecins hochent la tête, prennent des notes, remplissent des formulaires sur leur ordinateur. J'apprends plus de mots nouveaux en une demi-journée que depuis le début d'année au lycée.

Je poursuis avec une échographie cardiaque et un électrocardiogramme. Anaïs attend dans la salle d'attente pendant que Maman m'accompagne. On me fait mettre torse nu. Je suis mal à l'aise, mais je n'ose pas me couvrir la poitrine. Un jeune médecin avec des lunettes rondes à la Harry Potter me colle des autocollants sur le torse, branche des fils en dessous, observe des courbes sur un écran. Une fois ce premier examen terminé, il me passe sur la poitrine une sorte de sonde recouverte d'un gel froid et gluant.

— Alors ? demande ma mère en me broyant les doigts dans sa main.

— La cardiologue va tout vous expliquer, dit-il en me tendant des serviettes en papier pour essuyer le gel sur mon torse.

J'ai l'impression que Maman pourrait l'étrangler. Je renfile mon soutien-gorge et mon tee-shirt et on m'envoie à un autre étage, cette fois pour un examen des yeux, pendant que ma mère rejoint Anaïs.

On finit vers treize heures, et on doit revoir la cardiologue. Elle veut voir Anaïs d'abord. J'attends quasiment une heure, je me demande ce qu'elles fichent là-dedans. Elles auraient pu me laisser entrer, après tout, c'est ma sœur. J'ai beau me répéter que je m'en fiche d'être malade, que j'ai déjà touché le fond, je suis angoissée. Et si l'une de nous était vraiment en danger ? Si Anaïs était très malade ? La cardiologue a parlé d'un traitement, d'une opération, mais qu'est-ce que ça signifie exactement ? Si mon père en est mort, c'est bien que ça pourrait nous arriver à nous aussi. Les regrets m'envahissent d'un coup : j'aurais préféré qu'on soit ensemble, qu'on affronte les résultats côte à côte avec ma sœur, comme quand on était petites et qu'on était dans la même équipe.

Anaïs réapparaît enfin, toute seule.

— C'est à ton tour.

Sa voix est atone, son visage fermé.

— Elle t'a dit quoi ?

— Rien d'intéressant, murmure-t-elle.

Puis elle ouvre son livre qu'elle n'a pas lâché de la journée et m'ignore superbement. Déstabilisée, je me dirige vers le bureau. Ma mère est très pâle sous son fond de teint et elle s'accroche à son sac à main comme à une bouée de sauvetage. À peine suis-je assise que la cardiologue annonce :

— Tu es en bonne santé, Léa.

Un soulagement inattendu déferle sur moi. Ma mère ouvre la bouche pour poser une question, mais le médecin poursuit sans la laisser parler :

— Tu as une légère dilatation de l'aorte qu'on va devoir surveiller, mais tu n'as pas à t'inquiéter.

— Je ne comprends pas... Je suis malade ou je ne suis pas malade ?

— C'est un syndrome, Léa, pas une maladie. Un syndrome est un ensemble de symptômes qui peuvent indiquer la présence d'une maladie. Tu peux avoir le syndrome de Marfan et ne jamais avoir de problème de santé... Les signes qu'on a détectés chez toi sont une aorte au diamètre légèrement supérieur à la moyenne, une petite scoliose sans gravité, une facilité à te déboîter des articulations et le fait que ton pouce quand il est replié dépasse de ta paume... Rien de dramatique pour le moment.

Je baisse les yeux, replie mon pouce dans ma main et le recouvre de mes autres doigts. Effectivement, j'ai une phalange qui dépasse. Je n'y avais jamais prêté attention.

— Avec le traitement et la surveillance adéquats, j'ai bon espoir que tu n'aies jamais besoin de te faire opérer.

Elle poursuit ses explications et j'ai du mal à enregistrer les informations. Quand elle se tait, je demande :

— OK… Et Anaïs ?

Elle hésite avant de répondre :

— Ta maman t'expliquera. Pour le moment, on va vous mettre sous bêtabloquants toutes les deux, afin de contrôler l'effort de vos cœurs, c'est simplement un cachet à prendre tous les matins… Est-ce que tu as des questions ?

Je sais que je devrais en avoir, mais j'ai trop peur des réponses pour trouver le courage de les poser. Je secoue la tête.

— Très bien, en tout cas, n'hésite pas si jamais tu as besoin de parler.

— Merci.

J'attrape la bretelle de mon sac à dos et je me lève. Je m'apprête à dire au revoir quand, pour la première fois, ma mère prend la parole. Elle pose alors cette question absurde, tellement ridicule qu'elle m'arracherait presque un sourire :

— Elle a le droit de faire du sport ?

Je me retourne, surprise. Quel est le rapport ?

— De façon modérée, rien de violent, répond la cardiologue, pas de sport de contact, un peu de gym, de la course à pied, mais surtout pas de chocs ou d'effort fractionné…

Sans me regarder, ma mère demande :

— Et du basket ?

— Non, pas de basket, à cause des chocs d'abord et parce que l'irrégularité des efforts sollicite trop le cœur.

Elle a répondu d'une voix tranquille, tout en griffonnant quelque chose dans un cahier à spirales, comme elle aurait donné l'heure à quelqu'un qui la lui demandait. Et dans le silence qui suit, j'entends très distinctement le craquement du ciel qui se fissure avant de s'écrouler sur ma tête.

11

— Vous rigolez là ?!

Je reste plantée au milieu de la petite salle, mon sac à dos à la main, en état de choc. Ma mère s'est ratatinée dans son siège, la tête dans ses mains. La cardiologue nous dévisage, l'air surpris.

— Tu fais du basket, Léa ?

J'ai les yeux qui me sortent des orbites. Je me tourne vers ma mère comme je me serais tournée vers mon père s'il était encore là.

— Maman… dis quelque chose…

— Léa fait du sport de haut niveau, explique-t-elle, il n'y a vraiment aucune autre option ?

— Ça serait mettre votre fille inutilement en danger que de la laisser jouer, surtout à haut niveau. Je suis désolée, je n'avais pas compris que…

Elle laisse la phrase en suspens, sincèrement désolée. Je me sens tellement seule, tout à coup, que l'air me manque.

Je n'adresse pas la parole à ma mère de tout le trajet retour. Elle m'a trahie. Elle a laissé le médecin signer un « certificat d'inaptitude à la pratique sportive » sans opposer la moindre résistance. Quelle blague. Je monte le son dans mes écouteurs de façon ostentatoire.

Je ne sais même pas ce qui a été dit à Anaïs. « Rien d'intéressant », a-t-elle répondu. La même chose que moi, sans doute. Tout est question de perspective. Anaïs déteste le sport, pour elle, l'interdiction d'en faire entre probablement dans la catégorie « rien d'intéressant ». Pour moi, c'est la fin du monde. Comment je vais pouvoir aller au bout du Map, réaliser le rêve de mon père, si je ne peux plus jouer ? Je ferme les yeux. Surtout ne pas penser à ce qui vient de se passer. Cerveau vide. C'est un cauchemar. Un affreux cauchemar. Je vais me réveiller et Papa sera toujours vivant et toute cette histoire s'effacera de mon cerveau dans le courant de la journée.

Ce n'est qu'une fois arrivée, la voiture parquée dans le garage, que j'ose ouvrir les yeux. La portière claque, Anaïs est sortie en trombe.

— Léa, dit ma mère calmement, je pense que tu vas avoir besoin de voir quelqu'un.

— Quelqu'un ?

— Un psychologue, il faut que tu parles de tout ça, c'est trop de choses à encaisser.

Je ricane.

— Je n'ai besoin de voir personne, j'ai juste besoin de jouer !

Son profil se détache dans la lumière jaune du garage, sa queue de cheval parfaitement lisse, son nez fin et ses pommettes hautes. Elle a gardé ses mains sur le volant, les yeux fixés au-delà du pare-brise, très loin, comme si à la place des rollers et des outils de jardinage empilés sur l'étagère métallique devant nous, elle était en train d'admirer le Grand Canyon.

— Tu n'es pas seule, Léa, tu peux me parler, on va s'en sortir, je…

Je ne la laisse pas finir, je détache ma ceinture, j'ouvre la portière et balance avant de la claquer derrière moi :

— Papa m'aurait défendue, lui !

12

Mon réveil sonne à sept heures trois. Je file dans la salle de bains prendre une douche. J'essuie la buée sur la glace et pour une fois, je m'observe attentivement. J'ai maigri. Ma peau est pâle et j'ai un bouton sur le menton. Étrangement, mes yeux paraissent encore plus verts, comme agrandis par mes cernes violets. J'attache mes cheveux encore mouillés dans une queue de cheval haute. Je cache le bouton et les cernes avec un peu de fond de teint trouvé dans la trousse de maquillage de ma petite sœur. Contrairement à Anaïs qui a passé l'été dernier à regarder l'intégralité des tutos maquillage de YouTube pour « redéfinir son style », j'évite de me maquiller, mais aujourd'hui, je veux vraiment avoir l'air normal. Une fois, en cinquième, j'ai voulu mettre du fard à paupières et du blush parce que j'allais au ciné avec Nico, il m'a dit que j'avais la tête d'un clown qui se serait pris un coup de poing dans chaque œil… Depuis, j'ai laissé tomber. J'enfile un jean Diesel délavé, un débardeur noir et ma paire de Nike montantes blanches. Je glisse mes affaires de basket dans mon sac de sport, j'ouvre la fenêtre et le balance dans la rue. Puis je sors dans le couloir, mon sac de cours sur le dos. Ma mère est déjà dans la cuisine, prête. Elle met la table pour le petit déjeuner.

Je lui lance :

— J'y vais !

Elle tourne la tête pour m'examiner, je sais qu'elle vérifie que je n'ai pas mes affaires de sport.

— Je ne te dépose pas ?

— Non, j'ai dit à Amel que je la retrouvais plus tôt au CDI pour réviser.

— Tu as pris ton petit déjeuner ?

— Pas le temps, à ce soir !

— Bonne journée, répond-elle avec douceur, j'irai chercher vos médicaments à la pharmacie aujourd'hui, vous pourrez commencer à les prendre dès demain.

Je ferme la porte sans répondre. Je passe la deuxième bretelle de mon sac à dos, ramasse par terre le sac de sport que j'ai jeté par la fenêtre un peu plus tôt, avant de m'éloigner d'un pas rapide. Je ne prendrai pas ce foutu cachet de toute façon. Si je n'en ai pas eu besoin pendant seize ans, je ne vois pas pourquoi j'en aurais besoin maintenant.

J'arrive au lycée beaucoup trop en avance, la cour est pratiquement vide et le CDI est fermé. Je me dirige mollement vers la salle de SVT. Dans le couloir vide, je tombe sur Amel, assise en tailleur par terre, son livre ouvert sur les genoux.

— Salut !

Elle lève la tête et me sourit.

— Léa, en avance… j'hallucine.

Je hausse les épaules.

— Et toi ? Tu fais quoi ici plus d'une demi-heure avant le début du cours ?

— Je révise, on a contrôle.

— Vraiment ?

J'avais complètement oublié. En soupirant, je me laisse glisser le long du mur, à côté d'Amel.

— Et tu peux pas réviser chez toi ?

— C'est plus calme ici.

Elle porte un chemisier blanc, un pantacourt beige et des sandales qui laissent apparaître ses ongles vernis en bleu. Je ne sais pas pourquoi, cette vision m'attendrit et je pose la tête sur son épaule. Ses boucles brunes sentent l'odeur fraîche et familière de la mousse qu'elle utilise pour les discipliner. Je fais partie de ces gens qui sont incapables d'avoir l'air soigné. Je mets deux fois un pull et il ressemble à une serpillière. Tout peluche, se découd, se froisse ou se décolore à mon contact. Amel est exactement l'inverse. J'ai beau ne l'avoir jamais vue porter de vêtements de marque, ses habits sont toujours impeccables. Elle en prend un soin infini, les repasse, les plie aussi bien que dans les magasins. Elle met tous les jours des vestes de tailleur de différentes couleurs qu'elle achète chez Zara grâce à la remise de sa sœur qui y travaille comme vendeuse, et assaisonne le tout d'un grand nombre d'accessoires fantaisie toujours sélectionnés avec minutie. Elle pense qu'on doit s'habiller tous les jours comme si on allait au job de ses rêves. Manifestement, son job de rêve, c'est Beyoncé reconvertie en P-DG de Google.

Je crois que même si je n'arrive pas vraiment à lui parler, Amel comprend ma peine. Après tout, son père est parti aussi et près d'elle, je me sens moins seule. Elle me tend son cahier à spirales. J'ai toujours admiré son écriture impeccable, sa façon de souligner les sous-titres d'une couleur différente en fonction de leur importance et ses notes si propres qu'elles donneraient presque envie de réviser.

— Tu veux relire un coup ?

Je secoue la tête.
— Merci mais c'est mort de toute façon, j'ai rien suivi.
Elle m'observe derrière ses longs cils noirs.
— Ça va, Léa ? T'as pas l'air bien.
— Oui, oui.
— T'es sûre que t'en fais pas trop à jouer au basket tous les soirs ? Tu te reposes jamais et t'as l'air vraiment crevée.
— T'inquiète.
Elle pousse un léger soupir et pose sa main sur mon bras.
— Si je peux faire quelque chose…
Ressusciter mon père, faire disparaître toute cette histoire absurde, changer mes gènes…
— Rien, je vais bien… révise, plutôt.
J'ai rendu copie blanche au contrôle. Je n'ai rien raconté à personne quand j'arrive au gymnase en fin d'après-midi, ni à Amel avec qui j'ai déjeuné à la cantine, ni à Nico qui a fait le trajet avec moi. J'ai le sentiment que tant que personne ne sait, ce n'est pas la réalité. Moi-même, je ne suis pas sûre d'y croire. Quand j'entre sur le terrain, Oncle Ben's n'est pas encore là. Le crissement des baskets et le rebond de la balle sur le parquet ont sur moi l'effet d'un calmant : instantanément, je me détends. Je suis à ma place ici. C'est un fait, ni ma mère ni aucun médecin ne peuvent remettre en cause cette évidence. Le basket ne peut pas me faire de mal, c'est exactement le contraire : c'est la seule chose qui me fait du bien. Je mets un panier. Nico me tape dans la main en rigolant. Du coin de l'œil je vois que Ben est arrivé, il avance sur le terrain et siffle un grand coup entre ses doigts. Nico arrête la balle que je viens de lui passer, et tout le monde se

tourne vers le coach. Sa barbe comme ses cheveux sont « plus sel que poivre » aimait à se moquer Papa. Sa carrure de géant impressionne, pourtant ceux qui le connaissent savent qu'il tient plus du gros nounours que du garde du corps agressif.

— Salut coach !

— Léa, qu'est-ce que tu fais ici ?

Je hausse les épaules.

— Je joue… On est mardi.

Il secoue la tête, gentiment.

— Tu sais que tu ne peux plus jouer…

Il a une voix grave, naturellement autoritaire. Quand j'étais petite, il faisait des imitations parfaites de Stallone qui me faisaient hurler de rire. Je sens mes poings se serrer, mais je prends sur moi pour sourire. Comment est-il au courant ? Ma mère ? Ce serait surprenant, ils ne s'aiment pas beaucoup. Une fois, elle lui a même affirmé qu'elle regrettait qu'il soit mon parrain.

— Je sais pas de quoi tu parles, envoie la balle, Nico.

Nico lève le ballon mais Ben le coupe dans son élan :

— Je t'interdis de lui lancer ce ballon.

Cette fois, son ton est froid. Tout le monde se tait. Nico, nerveux, ébouriffe ses cheveux blonds de sa main libre.

— Il se passe quoi là ?

— Léa n'a plus le droit de jouer pour des raisons de santé.

— Envoie-moi cette balle, Nico ! C'est des conneries tout ça !

Je le supplie du regard et je vois le doute traverser ses yeux bleus. Je sens le désespoir m'envahir d'un coup. Elle a appelé, elle a prévenu tout le monde. Nico dévisage Oncle Ben's, comme un gamin à qui on annonce que ses parents divorcent.

— Donne-moi cette balle, Nico, dit Ben calmement, ou je te mets sur la touche jusqu'en septembre.

Nicolas hésite, lève le bras et lentement lance la balle au coach. Je sens quelque chose se briser en moi.

— C'est quoi, cette histoire de problème de santé ? me demande Nico l'air complètement perdu.

Je ne réponds pas, je sors du terrain en courant. Ben tente de me rappeler mais la double porte à battants se referme derrière moi et la suite de la discussion est inaudible. Dans le vestiaire des filles, je me laisse tomber sur le banc en bois où traînent une chaussette et un déodorant oubliés. J'ai un sursaut de volonté. Je n'ai pas le droit de me laisser abattre, je dois trouver le moyen de continuer à m'entraîner. Pour mon père. Pour le Map. Pour notre rêve.

Je ne suis pas obligée de jouer au gymnase. Il y a des terrains en plein air à Tarny, on y joue souvent l'été, il suffit que personne n'en parle à ma mère ou à Oncle Ben's. Il suffit que mon équipe vienne jouer avec moi une ou deux fois par semaine. Pour le reste, je peux m'entraîner seule. Je me relève de mon banc, calmée. Je me change rapidement et je vais m'asseoir sur le muret à la sortie du gymnase. Je traîne sur YouTube, désœuvrée. Je donnerais n'importe quoi pour être à l'intérieur, pour jouer.

Quelque temps plus tard, j'entends des voix et par réflexe, je lève la tête. Avec tout ça, j'avais oublié que l'équipe des filles sortait une demi-heure avant nous. D'habitude, je fais très attention à les éviter. Je reconnais immédiatement Salomé, son mètre quatre-vingt-quatre, ses épaules de nageuse olympique et ses cheveux crépus disciplinés dans une multitude de tresses si fines et si nombreuses que ça prenait quatre heures à sa grand-mère pour les lui faire une fois par mois. C'est ce qu'elle m'avait expliqué à l'époque, quand on se parlait encore. C'est Salomé qui, le jour où j'étais passée dans l'équipe des mecs, m'avait coincée dans le vestiaire pour me cracher que je n'avais pas l'esprit d'équipe et qu'elle était contente de ne plus jamais avoir à jouer avec une traîtresse comme moi. Ce qu'elle n'a jamais su, c'est que quand Papa m'avait changée d'équipe, je lui avais demandé qu'il fasse une exception pour elle aussi. Après tout, elle était presque aussi bonne que moi et on était copines. Il avait refusé. Une fille dans l'équipe des garçons, c'est une exception. Deux filles, c'est une équipe mixte et au club de Tarny, les équipes ne sont pas mixtes. Elle ne m'a jamais pardonné.

Je me mords les lèvres et baisse la tête sur mon téléphone, comme si j'étais subitement passionnée par mon écran, pour ne pas subir le poids de leurs regards curieux et de leurs murmures. Est-ce qu'elles savent déjà ce qui m'est arrivé ? Surtout ne pas lever la tête. Faire semblant de ne pas les avoir vues. Faire semblant de m'en foutre. Elles passent devant moi et j'attends qu'elles soient trois mètres plus loin pour oser jeter un coup d'œil dans leur direction. Malheureusement, Salomé s'est arrêtée et s'est retournée vers moi. Elle me dévisage et je sens l'appréhension me serrer la gorge. Comme si je n'avais pas passé une journée suffisamment merdique comme ça. C'est trop tard de toute façon, elle a vu que je l'avais remarquée. Je relève le menton, soutiens son regard avec une assurance que je suis loin de ressentir, prête à encaisser l'attaque, la remarque assassine, le coup de grâce de cette journée pourrie…

— On est désolées pour ton père, dit-elle d'un ton abrupt, c'était un bon coach.

Je reste figée. Je m'attendais à tout sauf à ça et c'est presque plus difficile à avaler qu'une insulte ou une baffe. Parce que dans ma poitrine l'océan de larmes intérieures se soulève brusquement, et comme chaque fois que le barrage de ma colère se fissure, je ne ressens plus qu'un chagrin si dévastateur que j'ai le sentiment que je vais m'effondrer. Au prix d'un effort surhumain, je parviens cependant à balbutier :

— Merci.

Mais déjà elle s'éloigne vers l'arrêt de bus et je ne sais même pas si elle m'a entendue. Je respire doucement, remets le barrage en place, refoule la peine que l'évocation de Papa a fait exploser dans ma poitrine.

Il me faut bien les trente minutes suivantes pour que mes mains arrêtent de trembler. La porte automatique s'ouvre à nouveau et Nico apparaît, accompagné de Valentin, un autre gars de notre équipe.

— Léa, désolé…, commence Nico dès qu'il m'aperçoit. J'ai essayé de négocier avec Ben, mais on pouvait pas faire grand-chose.

— Je sais… C'est pas grave. On peut jouer dehors de toute façon, sur le terrain derrière le bureau de poste… Ça vous dit, genre le dimanche après-midi et le jeudi soir ?

Nico détourne les yeux, mal à l'aise. Je fronce les sourcils.

— Qu'est-ce qu'il y a ?

Valentin prend la parole :

— Ben nous a dit que s'il apprenait qu'un d'entre nous jouait avec toi, même en dehors du gymnase, même cinq minutes, il nous virait de l'équipe sans préavis.

J'essaye de ne pas me formaliser, mais il ne semble ni désolé ni gêné. Au contraire, il a l'air totalement indifférent.

— Il ne peut pas le savoir si personne ne lui dit…

— Je sais pas trop…, marmonne Nico les yeux rivés sur ses baskets, il a eu l'air de dire que c'était vraiment dangereux pour toi.

Un rire nerveux et incrédule s'échappe de ma bouche.

— Depuis le temps que je joue tu penses pas que si c'était dangereux pour moi, j'aurais déjà eu des problèmes ? C'est du basket, pas du saut à l'élastique !

Nico passe une main nerveuse dans ses cheveux et c'est Valentin qui répond, cette fois avec un sourire franchement méchant.

— C'est bon, Léa, laisse tomber. Personne ne jouera plus avec toi. Le basket, l'INSEP, la carrière pro… Tout ça, c'est fini pour toi. De toute façon, tu crois vraiment que tu aurais été draftée à la WNBA sans l'aide de ton père ? Toute seule, t'as aucune chance.

Il a un rire léger qui me fait l'effet d'un crachat au visage. J'écoute la joie contenue dans sa voix et je me dis que je dois me tromper, mal interpréter son sourire. Il ne peut pas être heureux de ce qui m'arrive, on joue dans la même équipe.

— Ta gueule, Val, intervient Nico sèchement, on a gagné plus de matchs grâce à Léa que grâce à n'importe quel autre joueur de l'équipe.

Valentin hausse les épaules avec arrogance.

— Ça nous fait passer pour des cons d'avoir une fille dans l'équipe. On n'a jamais eu besoin d'elle.

Entre-temps, les autres joueurs sont sortis, ils écoutent la conversation en silence. Je sens mes ongles s'enfoncer dans mes paumes. J'ai les mains qui tremblent. Je n'arrive pas à y croire. Toutes ces années, tous ces efforts, ce combat sans fin pour prouver que j'avais ma place. Je pensais qu'ils avaient fini par m'accepter. Mais peut-être qu'au fond, ils ne me toléraient qu'à cause de mon père, ou grâce à Nico. Peut-être qu'une fille qui joue dans l'équipe des garçons restera toujours une intruse. Même si elle est meilleure. Ou peut-être que, fille ou garçon, certains espèrent toujours l'échec de ceux qui réussissent mieux qu'eux. Incrédule, je les dévisage tour à tour, ces garçons qui étaient supposés être les membres de mon équipe, avec qui j'ai partagé tant de succès et d'échecs, tant d'efforts... Pas un ne prend ma défense. Aucun ne soutient mon regard.

— Je... je croyais qu'on était dans la même équipe... Je croyais qu'en cas de coup dur, on se soutenait.

J'ai conscience d'être pitoyable, mais pour une fois je n'ai pas la force de faire semblant de m'en ficher, d'être au-dessus de tout ça. Je ne sais même pas comment j'ai encore l'énergie de tenir debout. Valentin lève les yeux au ciel.

— Je vais te faire gagner du temps, suggère-t-il en se tournant vers le reste de l'équipe, qui ici est OK pour jouer avec Léa en dehors du club ?

Les joueurs baissent la tête, marmonnent des excuses : ils ne veulent pas d'histoire, c'est dangereux pour moi, il est tard, ils doivent rentrer. Valentin me scrute à nouveau avec son petit sourire satisfait.

— Vois le côté positif des choses, Léa, ça libère une place à l'INSEP pour quelqu'un qui la mérite vraiment.

Et sur ces mots, il tourne les talons et se dirige vers l'arrêt de bus, suivi par les autres.

— Laisse tomber, c'est un connard, dit Nico en posant une main réconfortante sur mon épaule, il est mauvais et il a toujours été jaloux de ta discipline et de ton niveau.

Je lève la tête vers lui, en état de choc, je contemple ses yeux bleus sincèrement désolés, ce visage que tant de fois j'ai rêvé d'embrasser… Une déception comme jamais je n'en ai ressenti dans ma vie déferle sur moi. Il ne m'a pas défendue. Il n'a pas essayé de convaincre les autres. Il n'a pas proposé de jouer avec moi, même seul. Il m'a laissée tomber. Brutalement, je repousse sa main sur mon épaule, comme si elle me brûlait.

— Si tu veux plus jouer avec moi, c'est plus la peine de m'adresser la parole.

C'est sorti tout seul, instinctivement. Il me dévisage, stupéfait par mon agressivité. J'attrape mon sac à dos et m'enfuis d'un pas rapide. Il me rappelle, mais je ne me retourne pas. J'accélère le pas en passant devant l'arrêt de bus. Je préfère largement marcher une demi-heure que d'avoir à assumer leurs regards, leur joie malsaine et leur mépris. Mon téléphone vibre : Oncle Ben's. Je lui raccroche au nez. Il rappelle trois fois de suite et je passe l'iPhone en mode avion.

C'est ma faute. J'aurais dû être moins naïve. J'aurais dû savoir que l'esprit d'équipe n'existait que dans les citations de développement personnel de mon père et ses discours enflammés de rêveur idéaliste. Personne ici n'aurait été fier que j'entre en WNBA, personne ne m'a jamais soutenue. J'étais tolérée parce que j'étais la fille du coach. La seule personne qui était vraiment dans mon équipe, c'était mon père, et maintenant je suis seule. Valentin a raison, plus personne ne jouera avec moi au club. Mais ce n'est pas une excuse pour baisser les bras. Rien, jamais, ne constituera une excuse pour baisser les bras. Il reste un endroit où personne ne m'empêchera de jouer, où tout le monde se fout de savoir si je vais réussir ou pas, si je suis une fille ou un mec, un endroit où le basket redevient un jeu sans conséquence, ni prise de tête ni enjeu. Un endroit où personne n'apprendra ce qui m'est arrivé et où personne ne pensera jamais à venir me chercher. Et c'est là que j'irai jouer : derrière les HLM de béton de la cité du Val-Fleuri.

13

Ma mère est assise à la table du petit déjeuner, le journal ouvert devant elle, une tasse de thé fumant entre les mains.

— Je ne t'emmène pas ce matin ?

— J'y vais à vélo, je vais bosser chez Amel ce soir.

Elle a les traits tirés et quelques nouvelles rides au coin des yeux.

— Pourquoi ce n'est pas elle qui vient ? demande-t-elle en soufflant sur sa tasse.

Je lève les yeux au ciel.

— Tu crois quoi ? Que je vais monter un club de basket secret ? Tu as prévenu toute la ville, t'inquiète, plus personne ne veut jouer avec moi !

— C'est pour ton bien, Léa… Ne rentre pas après vingt heures s'il te plaît… Tu as pris tes bêtabloquants ?

Je claque la porte sans répondre. Qu'est-ce qu'elle en sait de ce qui est pour mon bien ? Et non, je n'ai pas pris mes médicaments. Le cachet prescrit par la cardiologue a une fois de plus fini dans les toilettes.

Je finis à quinze heures aujourd'hui. Je me sens fébrile, à la fois excitée et stressée. À l'interclasse, je m'enferme dans les toilettes des collégiens pour éviter Nico. Je ne lui pardonne pas sa trahison. Je n'ai pas envie de lui parler ni de répondre à ses messages, ni à ceux d'Oncle Ben's qui veut absolument qu'on parle. Pas pour le moment en tout cas. Quand enfin, la cloche sonne ma libération, je dis à Amel :

— Je suis désolée, j'ai un rendez-vous, tu ne peux pas venir travailler à la maison aujourd'hui.

Face à sa moue déçue, je suis envahie par un sentiment de culpabilité, mais je n'ai pas le choix. Je lui laisse quelques minutes d'avance puis je pédale sans m'arrêter jusqu'au Val-Fleuri. Devant le tag de la fille aux cheveux bleus, je tourne à gauche et je tombe sur le terrain de basket. J'attache mon vélo à un panneau et je pousse la porte grillagée. J'ouvre mon sac à dos, en sors le ballon que j'y ai glissé la veille. J'enfile mes baskets et commence la routine d'échauffement que mon père me forçait à faire avant chaque match. Avant, je détestais l'échauffement, je m'ennuyais. Je voulais juste jouer, sentir la balle sous mes doigts, être dans l'action. Mais je me remémore les mots de mon père : pour atteindre l'excellence, il faut travailler sans relâche, tous les jours, et tout particulièrement ceux où on n'a pas envie. Parce que c'est le travail qui finit par faire la différence, pas le talent.

J'essuie la transpiration qui perle sur mon front, le soleil est encore haut dans le ciel. Je suis tellement concentrée que je n'entends pas le grincement de la grille qu'on pousse.

— Hé, Air Léa ! Tu es revenue jouer avec nous !

Je sursaute et j'arrête ma balle. Je souris à Djibril qui me tend la main pour que je tape dedans. Il a toujours sa casquette jaune « Loser » sur la tête. Teddy, Roméo et Anthony l'accompagnent, comme la dernière fois. Ils posent leurs sacs dans un coin du terrain. Anthony s'arrête devant moi. Il plante ses yeux dans les miens et j'ai soudain conscience de mon débardeur trempé de sueur et des mèches qui sortent en désordre de ma queue de cheval.

— Salut, dis-je mal à l'aise.

— Tu as retrouvé la mémoire en même temps que ton vélo ?

Son ton est tellement ironique que je me sens rougir.

— Je suis désolée… pour l'autre fois devant le lycée…

Il me dévisage quelques secondes, l'air impénétrable, puis il me tourne le dos pour aller poser son sac dans un coin. Il porte un tee-shirt sans manches noir et mon regard s'attarde sur ses épaules athlétiques.

— Léa, tu restes ? demande Roméo la balle à la main.

C'est parce que j'avais espoir de les revoir que je suis venue ici, mais l'attitude d'Anthony m'a découragée. Il ne veut pas de moi ici. Personne ne veut plus de moi nulle part. Je baisse la tête pour dissimuler ma déception.

— Je crois qu'il vaut mieux que…

— Teddy et moi contre Djibril, Roméo et Léa, coupe Anthony sans me laisser finir ma phrase.

Je n'ai pas le temps de réaliser que la balle est partie. Alors, je ne me pose aucune question. Enfin, je joue.

Anthony sort son portable de la poche de son short à chaque panier. Il n'est pas concentré sur son jeu et fait plusieurs erreurs.

— Il faut que j'y aille, dit-il subitement, mon frère est sorti.

Il adresse un bref signe de la main à tout le monde et quitte le terrain sans se retourner.

— OK, Léa, viens jouer avec moi, déclare Teddy, et le jeu reprend comme si personne n'était surpris de ce départ précipité.

Deux heures plus tard, je suis tellement épuisée que c'est avec soulagement que je m'arrête. J'ai pris des vêtements de rechange, mais je ne vais évidemment pas les enfiler devant tout le monde, je renfile donc les bretelles de mon sac à dos et m'apprête à rentrer chez moi.

— Il y a une soirée chez Tony, dit Roméo penché sur son téléphone, organisée par son frère.

— Tu viens, Léa ? demande Roméo.

Il est dix-neuf heures passées, je suis transpirante, en vêtements de sport, clairement pas la tenue idéale pour m'incruster à une soirée, et je suis supposée rentrer avant vingt heures.

— Je ne crois pas que je sois invitée et je n'ai rien à me mettre.

Djibril éclate de rire.

— C'est bon, c'est pas un cocktail chez la reine d'Angleterre, tout le monde est invité et t'as pas besoin d'une robe longue.

— Tu peux prendre une douche chez moi, j'habite sur le même palier que Tony, propose Roméo.

J'hésite. De toute évidence, je devrais dire non. Je les connais à peine et je doute qu'Anthony veuille de moi à sa soirée… Mais à l'idée de rentrer chez moi, de supporter les questions inquisitrices de ma mère, je sens la boule d'angoisse se reformer dans ma gorge. Pendant quelques heures, elle avait disparu.

— OK, je prends mon vélo et je vous suis… Au fait, il revient d'où le frère d'Anthony ?

Et exactement sur le même ton qu'il dirait « du Monoprix », Djibril me répond :

— De taule.

14

Arrivé sur son palier, Roméo sort ses clés et ouvre la porte.

— Ça t'embête si je prends ma douche en premier ? demande-t-il, j'en ai pour cinq minutes.

— Non, non, pas de problème.

— Mes parents rentrent tard, fais comme chez toi, dit-il en allumant la télévision avant de balancer la télécommande sur le canapé, il y a des bières dans le frigo.

Quelques secondes plus tard, j'entends la porte de la salle de bains claquer et l'eau couler. Je pose avec précaution mon sac à dos sur le carrelage, intimidée par cet appartement étranger. Je fais le tour du salon et je me retrouve dans la cuisine. Il reste des miettes de pain et une plaquette de beurre sur la table. Machinalement, je referme le papier doré autour du beurre ramolli et ouvre le frigo pour l'y ranger. J'aperçois les bières alignées sur l'étagère du bas. La main sur la porte, j'hésite. Je ne bois jamais. Une demi-coupe de champagne à Noël dernier, une gorgée de vin ou de bière parfois dans le verre de mes parents. Les vrais sportifs ne boivent pas, ne fument pas, ils se couchent tôt et s'entraînent tous les jours. Ce qui apparemment, si j'en juge par le cas de mon père, ne les empêche pas de mourir à trente-six ans. À cette pensée, la colère monte en moi et je saisis une canette d'Heineken sur l'étagère. Je reviens dans le salon, m'assois sur le canapé en faux cuir et ouvre la bière. J'avale une gorgée, un peu de mousse blanche me caresse les lèvres, le goût est doux et amer à la fois. J'aime bien. Je continue à boire en regardant une pub débile pour un fromage sur l'écran de télévision. Le temps que Roméo sorte de la douche, il est vingt heures. J'envoie un texto à ma mère :

Léa Martin
Je dîne chez Amel, je rentre à 22 h.

Puis je passe mon téléphone en silencieux.

Vêtu d'un caleçon et d'une chemise rose, Roméo, tout juste sorti de la salle de bains, me tend une serviette propre :

— Viens, tu peux emprunter des fringues de ma sœur, elle s'en rendra même pas compte, il y a de quoi ouvrir un magasin là-dedans !

Dans la chambre qu'il partage avec sa sœur, je choisis un jean qui a l'air d'être à peu près à ma taille et le haut le plus simple que je puisse trouver. Roméo réapparaît, une brosse et un sèche-cheveux à la main. Je le laisse à son brushing et vais dans la salle de bains. Je ferme le loquet derrière moi et un instant plus tard, je suis sous la douche. J'utilise un des nombreux gels douche qui traînent. Il sent la noix de coco. Je démêle mes cheveux et décide de les laisser sécher sur mes épaules. J'enfile les habits que j'ai empruntés. Le jean me va, quoiqu'un peu trop petit, il a des strass sur les poches arrière, il est très classe. Le débardeur en revanche est beaucoup trop court : il s'arrête au-dessus du nombril et est profondément décolleté.

— Tu veux pas me prêter un tee-shirt à toi plutôt ? Je suis pas à l'aise là-dedans, dis-je à Romeo en revenant dans le salon.

Il m'examine les sourcils froncés, part fouiller dans son placard et revient avec un maillot jaune et violet des Lakers.

— Tiens, enfile ça.

À défaut de régler le problème du décolleté, le maillot règle le problème de mon ventre nu. Je retourne dans la salle de bains et examine rapidement mon reflet. Je fais un nœud au niveau de ma taille avec le bas du maillot pour qu'il paraisse moins lâche. Avec la dentelle noire du débardeur en dessous, l'effet est étonnamment stylé.

Roméo n'est pas prêt du tout. Ses cheveux sont plaqués vers l'arrière, rendus solides par un demi-pot de gel effet mouillé. Désormais en tee-shirt, il a retiré sa chemise rose et en tient deux autres sur des cintres qu'il place devant lui alternativement en se regardant dans la glace, un œil à moitié fermé.

— Qu'est-ce que tu en penses ? demande-t-il. La jaune ou la violette ?

La jaune est couverte de grosses fleurs hawaïennes et le tissu satiné de la violette lui donne des reflets. S'il avait voulu dénicher les deux chemises les plus atroces de l'univers, il n'aurait pas fait mieux.

— Franchement ?

— Franchement. Je suis obligé de pécho à cette soirée, vu qu'il va y avoir mon ex.

Sa logique m'échappe un peu, mais je commence à trouver Roméo plutôt cool, donc j'essaye de l'aider :

— T'as pas une chemise blanche ou en jean plutôt ?

Il me scrute avec un air consterné, un peu comme si je venais de lui suggérer de débarquer en sac poubelle.

— Blanche ? Mais comment veux-tu qu'on me remarque avec une chemise blanche ? Je veux qu'on me voie, pas qu'on pense que je rentre d'un enterrement !

— Si c'est la visibilité ton objectif, mets la violette, mais t'auras l'air d'une boule à facettes.

— Parfait.

Il enfile la chemise violette par-dessus son tee-shirt. Puis il me tend une deuxième bière que j'accepte.

— Tu es sûre que ça embête pas Tony que je vienne ?

— Mais non, t'inquiète.

— Il était vraiment en prison son frère ?

Roméo éclate de rire et boit une gorgée de sa bière.

— T'inquiète… Il a passé deux jours en garde à vue parce qu'il vend de l'herbe à droite à gauche, mais il s'en sort toujours, c'est pas bien méchant.

« Pas bien méchant. » Je suis partagée entre une forme de soulagement à l'idée que je ne vais pas en soirée chez un violeur multirécidiviste et une nouvelle inquiétude à celle que tout le monde ait l'air de trouver que dealer de la drogue est un hobby comme un autre. La pièce tangue un peu, je suis envahie par un sentiment de légèreté agréable, une espèce de soulagement. De peur que la sensation ne cesse, je termine ma bière en quelques gorgées.

— Je peux en avoir une autre ?

— Du calme, à ce rythme tu vas nous faire un coma éthylique avant vingt et une heures. On va y aller de toute façon.

Je suis Roméo sur le palier, le son étouffé des voix et de la musique se propage dans la cage d'escalier. Il appuie sur la sonnette et je retiens l'envie de lui demander de ne pas me laisser toute seule, je ne connais personne. Je ne sais d'ailleurs plus trop si j'ai plus peur de me retrouver seule sans personne à qui parler ou de tomber sur un dangereux gang de dealers. Je n'ai pas le temps d'y réfléchir, la porte s'ouvre et Anthony apparaît. Une expression d'étonnement à peine perceptible traverse son visage avant qu'il ne reprenne son air impassible. Il examine mes cheveux encore humides épars sur mes épaules et ma nouvelle tenue. Il porte un jean bleu foncé, déchiré au genou, et un tee-shirt gris clair qui fait ressortir ses yeux.

— Tu es venu avec Léa.

C'est une constatation, pas une question.

— Oui, répond Roméo en me faisant un clin d'œil, elle rêvait de voir comment c'était chez toi.

Je sens mes joues s'empourprer, je ne sais pas quoi répondre. Sans relever, Anthony nous fait signe d'entrer et Roméo s'engouffre à l'intérieur. La porte donne directement sur le salon. Ce n'est pas très grand ; la table, recouverte de bouteilles, de verres en plastique et de quelques saladiers de chips, a été poussée contre un mur. Des gens discutent dans la lumière tamisée, ils parlent fort pour couvrir le son de la musique. « *Empire State of Mind* », Jay-Z et Alicia Keys. J'avais l'habitude de l'écouter dans la voiture avec mon père en rentrant de l'entraînement, c'est une des rares chansons pour laquelle il acceptait de faire faux bon à Céline Dion ou Lara Fabian. Une vague d'émotion me submerge.

— Ça va ? On dirait que tu vas faire un malaise.

La voix d'Anthony me ramène à la réalité, il m'observe avec attention, comme s'il arrivait à lire en moi l'océan de tristesse qui m'habite.

— Oui, oui, j'ai juste besoin de manger quelque chose.

Je ne sais pas si c'est les deux bières, mais je trouve qu'il a une belle voix, à la fois grave et posée, qui inspire confiance. Je n'y avais pas vraiment pris garde auparavant. Je m'avance dans la pièce, j'ai conscience de son regard sur ma nuque. J'ai besoin de m'éloigner, je me sens ridicule à cette soirée où je ne connais personne et où la plupart des gens ont l'air d'avoir vingt ans. Je plonge ma main dans un saladier de chips et en engouffre une poignée. Manger me donne une contenance. La bouche pleine, je prends un gobelet et y verse un peu du contenu d'une bouteille choisie au hasard. La première gorgée me brûle la gorge, j'ai un haut-le-cœur, mais je continue. La chaleur se répand dans mon corps, rassurante. La musique a changé, les battements de mon cœur s'apaisent.

— Air Léa, la forme ? Roméo t'a pas trop saoulée ?

Djibril et son éternel sourire se matérialisent devant moi. Il est bientôt rejoint par Teddy et Roméo, ce dernier furieux que son ex soit en train de rouler des pelles à un mec qui n'était même pas supposé être invité. Les autres se moquent de lui, je rigole de son air vexé et lui tapote gentiment le dos.

— C'est ma faute, c'est ta chemise violette qui n'a pas été appréciée à sa juste valeur.

15

Révélation du jour : j'adore l'alcool. L'alcool rend tout drôle, doux et facile. Et tout le monde semble super sympa. Assise sur le canapé entre Roméo et Teddy, j'argumente depuis un moment que Stephen Curry joue mieux que Tony Parker au risque de me faire décapiter par Teddy, horrifié par cette prise de position. Je ne sais plus quand cette conversation a commencé. Le monde est flou, j'ai la tête qui tourne et l'impression de me blottir dans le brouhaha comme dans une couette chaude et confortable, je souris à la sensation de légèreté qui s'amplifie au fur et à mesure que j'enchaîne les verres. Quelqu'un demande l'heure et je sors mon téléphone de la poche arrière de mon jean. Je contemple l'écran, vaguement flou. J'avais oublié que je l'avais laissé en silencieux. Onze appels en absence, seize textos. Tous de ma mère. Il est vingt-trois heures trente-huit. Merde.

Mon téléphone à la main, je me précipite à travers la foule. Je dois trouver un endroit calme pour la rappeler. Je la connais, elle est capable de débarquer chez Amel sans prévenir, voire d'appeler les flics. J'ouvre la première porte et me retrouve dans la cuisine. Je referme derrière moi. Seule la lumière de la hotte est allumée et la pièce est plongée dans une demi-obscurité. Une odeur doucereuse, un peu âcre, emplit l'atmosphère. J'ai la tête qui tourne et il me faut quelques secondes pour réaliser que je ne suis pas seule. Un couple s'embrasse à pleine bouche. La fille est assise sur la table, jonchée de bouteilles et de paquets de chips à moitié vides, elle a ses jambes et ses bras agrippés autour de son partenaire et il me semble reconnaître Anthony. Bizarrement, il n'est plus habillé comme tout à l'heure et la vision de ses mains glissées sous le tee-shirt de sa compagne me dérange. Ils sont trop occupés pour remarquer ma présence. Mon téléphone vibre.

« Maman » affiche l'écran. Sans réfléchir je décroche.

— Allô ?

— Léa ! Mais où est-ce que tu es, il est presque minuit, j'allais appeler la police !

— Ça va, je n'ai pas vu l'heure, je vais dormir chez Amel.

— Non ! Tu rentres, je viens te chercher, je…

— Non, Maman, je…

— Tu dis si on te dérange, hein !

Je me retourne, le téléphone toujours sur mon oreille, pour réaliser que le couple n'est plus du tout en train de s'embrasser. Ils me dévisagent tous les deux, un peu agacés. Si la cuisine ne tanguait pas autant, j'aurais probablement une idée de réponse, mais je me contente de chuchoter dans le téléphone :

— T'inquiète pas, Maman, tout va bien, on se voit demain matin.

Je raccroche, le garçon et la fille éclatent de rire et je comprends qu'ils ont entendu toute la conversation. Par ailleurs, je me suis trompée, ce n'est pas Anthony, juste un mec plus vieux qui lui ressemble.

— C'est bon, ta maman est rassurée ? demande-t-il d'un ton moqueur.

La fille pouffe et j'ai le sentiment d'être totalement ridicule.

— Tu es le frère d'Anthony, je réalise tout à coup malgré mon cerveau qui marche au ralenti.

— *Yes*, Liam, et tu es… ?

— Léa.

Il fronce les sourcils.

— Et donc, tu es une copine de Tony ?

Il doit avoir dix-neuf ou vingt ans et il a le même regard gris et scrutateur que son frère, mais le mépris dans sa voix les différencie. Anthony inspire la confiance d'une certaine façon, Liam inspire la peur.

— Pas vraiment, on a joué au basket deux ou trois fois…

— Cool.

Il a un sourire carnassier sans chaleur. Je fais prudemment un pas vers la porte. Il se penche pour attraper quelque chose sur la table de la cuisine, caché derrière un paquet de Curly, et tranquillement, il vient se placer entre la sortie et moi. Puis il place le joint entre ses lèvres, sort un briquet de sa poche et l'allume avec dextérité. Je tente :

— Je dois y aller, tu peux me laisser passer ?

— Non, j'ai l'impression que tu as besoin de te détendre.

Il me tend le joint un sourire aux lèvres. La fille observe en silence. Ils ont le regard flou tous les deux, ils sont complètement défoncés et moi j'ai trop bu. Je veux rentrer chez moi. Je n'ai pas envie de fumer, je n'ai plus envie de perdre le contrôle. Dans ma poche, mon portable vibre à nouveau. Je voudrais décrocher, expliquer à ma mère que j'ai changé d'avis, qu'il faut qu'elle vienne me chercher, mais je suis incapable de faire un geste.

— Allez, essaye, me dis pas que t'as jamais fumé ?

Je secoue la tête, et il ricane à nouveau. Il aspire une bouffée et la fumée ressort de sa bouche en jolies volutes blanches et parfumées qu'il me souffle dans la figure. Il me tend de nouveau le joint.

— Tu sortiras pas d'ici sans avoir essayé, et t'inquiète pas, tu vas adorer ça.

Je ne vois pas comment m'en sortir autrement alors je tends la main. Il me fixe tandis que j'inspire profondément, la fumée envahit mes poumons et je me mets à tousser.

— Laisse-moi passer maintenant.

Il ne bouge pas d'un centimètre, il ne sourit plus et ne fait pas un geste pour attraper le joint que je lui rends.

— Non, continue.

— Laisse-la, si elle a pas envie, soupire la fille.

— Allez, sois pas timide, insiste-t-il en l'ignorant, après tu pourras retourner chez ta maman.

Il pousse de force le joint entre mes lèvres. Je sens l'odeur du cannabis me monter aux narines, le contact de ses doigts sur ma bouche me dégoûte. La fumée envahit mes poumons et je m'étrangle. Il se rapproche et subitement, j'ai vraiment peur. Mon portable vibre à nouveau. Je dois rentrer. Je n'ai rien à faire ici. Je le pousse brutalement et ouvre la porte de la cuisine. Je me jette dans le couloir, heurte quelqu'un de plein fouet et m'étale par terre. Je panique, c'est à peine si j'arrive à me relever, les images se dédoublent, la musique est trop forte et m'empêche de recouvrer mes esprits.

— Léa, ça va ?

Anthony se penche sur moi, il m'aide à me relever. Liam est sorti dans le couloir et contemple la scène en riant.

— T'invites tes meufs à mes soirées, maintenant ? demande-t-il railleur, je pensais que j'étais pas assez fréquentable pour les rencontrer.

— Qu'est-ce que tu lui as fait ? rétorque sèchement Anthony.

Sa mâchoire est crispée et son regard gris a un éclat d'acier dur et froid que je ne lui ai jamais vu. Liam éclate de rire, le pétard rougeoyant dans la demi-obscurité glissé entre ses dents.

— Rien… elle avait l'air d'avoir du mal à se décoincer alors j'ai voulu te rendre service.

Le couloir tangue, et aux vertiges vient s'ajouter une subite nausée. Je m'accroche au bras d'Anthony pour ne pas m'effondrer à nouveau.

— Je me sens pas bien, je murmure, je veux rentrer chez moi.

— OK, ça va aller, dit-il d'une voix rassurante.

Il passe son bras sous mes épaules pour me soutenir et m'entraîne vers le fond du couloir.

— Éclatez-vous bien, lance Liam d'un ton lourd de sous-entendus.

Anthony referme une porte derrière nous et le vacarme extérieur diminue un peu. Je me laisse tomber sur le lit et sans rien dire, il cale un oreiller derrière ma tête et allume la lampe de chevet.

— Reste là, je vais te chercher de l'eau.

La pièce est minuscule, un lit, un bureau et en face de moi, à même le sol, une pile de livres plutôt inattendue.

Je contemple le plafond et la réalité me revient avec brutalité. Je la repousse. La cardiologue va rappeler, c'était une erreur, ils ont confondu. Je ne suis pas atteinte du syndrome de Marfan. Et Anaïs non plus d'ailleurs. Et Papa n'est pas mort. Je pourrai jouer à nouveau, je suis née pour ça. J'irai à l'INSEP en septembre. Je souris. Tout va se dérouler comme prévu. C'est le Map. Je fixe le poster de Michael Jordan accroché au-dessus du lit, son corps en extension, la balle au bout des doigts qu'il pousse vers le panier. Air Jordan. Ils m'ont surnommée Air Léa, en référence à lui. Mon regard s'arrête sur le logo rouge et bleu de la NBA dans le coin de l'affiche. *Qu'est-ce que je fous ici ?* C'était mon rêve. Je n'ai plus rien. Plus d'équipe, plus d'objectif, plus mon père. Sa voix en boucle dans ma tête : « Tu peux en faire ton excuse ou tu peux en faire ton histoire. » Je m'assois sur le lit, j'essaye de recouvrer mes esprits. *Relève-toi.* Les murs tournent autour de moi. Je dois rentrer. Je dois me battre, accepter la vérité et faire avec. Et un jour, je raconterai à des milliers de personnes comment je suis devenue joueuse en NBA malgré le deuil, cette douleur insurmontable et mon syndrome de Marfan. Ce sera mon histoire, une sacrée histoire, même, le genre dont on fait des films ou des romans.

La porte s'ouvre et Anthony revient, un verre d'eau à la main. Je l'avale d'un trait.

— Je vais rentrer.

Je me lève, mais je titube.

— Tu es à vélo ?

— Oui.

Je m'approche de la porte, je ne marche pas droit et ma main loupe la poignée. De nouveau, je manque de tomber. Il me rattrape.

— Tu peux pas rentrer en vélo dans cet état.

— Bien sûr que si !

Ma voix est pâteuse, une partie de moi se dit qu'il a raison et l'autre a l'impression de totalement maîtriser la situation.

— Tu peux dormir ici.

— Avec toi dans ton lit, tu veux dire ?

J'éclate de rire à cette idée, qui, sans que je puisse vraiment expliquer pourquoi, me semble hilarante. Je m'écroule littéralement de rire sur le lit. Je rigole tellement que je ne peux plus me relever. J'ai conscience que c'est l'effet du joint, et pourtant je suis incapable de m'arrêter. J'en ai mal aux abdos. Un sourire échappe à Anthony, presque imperceptible. Un coin de ses lèvres qui se relève et qui dessine une fossette sur son menton. Dommage que je sois amoureuse de Nico. Nico à qui je n'ai pas parlé depuis notre dispute au gymnase. Nico qui m'a trahie. Je finis par me calmer et je fixe Anthony en souriant bêtement, toujours affalée sur le lit. Je le trouve beau, la petite lumière dans ses yeux gris me réchauffe et m'apaise…

— T'es con, mais t'es vraiment canon, tu sais.

Je couvre ma bouche de ma main, effarée, en réalisant que j'ai parlé tout haut et qui plus est avec un air totalement niais. Je ne sais pas ce que je regrette le plus, l'insulte ou le compliment. Il hausse un sourcil et penche la tête sur le côté, il sourit franchement cette fois.

— Tu as fumé, constate-t-il, et pour répondre à ta question : non, si tu dors ici, j'irai dormir sur le canap'… J'ai rencontré ton mec, je te rappelle, et ça s'est pas super bien passé…

Je fronce les sourcils, tentant de rassembler mes pensées actuellement aussi ordonnées qu'une décharge de déchets nucléaires après l'apocalypse.

— Mon mec ?

— Devant ton lycée… Le jour où j'ai rapporté ton vélo, enfin celui de ta pote.

— C'est pas mon mec… J'ai pas de mec, je suis célibataire.

J'entends la phrase comme si elle avait été prononcée par quelqu'un d'autre. Je n'ai plus du tout envie de rire, je suis triste et je me redresse sur le lit. Anthony m'observe et je juge bon de préciser :

— Je te dis pas que je suis célibataire pour te draguer… Avec Nico on est effectivement destinés l'un à l'autre, c'est juste qu'il n'est pas encore au courant.

— OK…

Étonnamment, il ne se moque pas, il a juste l'air un peu surpris. Faut vraiment que j'arrête de dire des trucs aussi cons à voix haute.

— Je veux rentrer chez moi.

L'effet du joint disparaît peu à peu, je n'ai plus envie de rire, je voudrais juste que ma tête arrête de tourner. Je déteste l'alcool, finalement. Je ne boirai plus jamais.

— Hé, ça va aller.

Anthony pose sa main sur mon bras.

— Si tu veux absolument rentrer ce soir, je peux te raccompagner avec la voiture de ma mère, OK ?

Sa voix s'est adoucie, sa main est toujours posée sur mon avant-bras et sa chaleur me rassure.

— Je suis désolée, j'ai pas l'habitude, l'alcool, tout ça…

Une étincelle amusée éclaire son regard.

— Sans blague…

— T'as pas bu, toi ?

— Une bière… Je peux conduire.

— Tu as ton permis ?

— Je sais conduire.

Ce qui veut très probablement dire non, mais je ne suis plus à ça près.

— Moi aussi, je fais la conduite accompagnée avec mon père.

J'ouvre la bouche pour corriger et remplacer « je fais » par « je faisais », mais je n'ai pas le courage. Ce soir, le présent est trop lourd à porter.

16

Le calme dans la voiture m'apaise. Par la fenêtre je regarde les lumières défiler, se fondre les unes dans les autres, dans un magma flou et coloré. J'ai toujours la sensation de flotter quelque part entre la réalité et un monde plus doux et plus lumineux dont je redescends doucement.

Anthony a enfilé une veste aviateur beige par-dessus son tee-shirt et il m'a tendu son téléphone pour que j'entre mon adresse dans Waze. Il a une main sur le volant et l'autre sur le levier de vitesse, comme s'il conduisait depuis des années. J'examine son profil qui se découpe dans la demi-obscurité de l'habitacle, le trait de sa mâchoire et la fine cicatrice presque invisible sur sa lèvre supérieure. Son regard est fixé sur la route, mais de nouveau ses lèvres forment ce sourire en coin qui creuse une fossette sur son menton.

— Si tu continues de m'observer comme ça, je vais vraiment finir par penser que tu me dragues…

Je détourne les yeux vers la vitre.

— C'est la deuxième fois que tu me raccompagnes chez moi, la deuxième fois que tu m'aides… troisième, si je compte le vélo d'Amel, donc si l'un d'entre nous doit être soupçonné de draguer l'autre, ce n'est pas moi…

— Je suis juste très serviable, te fais pas de films…

Je ne peux retenir un sourire.

— T'es désagréable parce que je suis meilleure que toi au basket, c'est tout.

Il rit franchement cette fois et ce n'est pas un rire méchant et moqueur, comme celui de son frère, c'est un rire chaleureux, communicatif.

— Personne n'est meilleur que moi au basket.

— T'as pas l'impression de te la péter un peu ?

— Tu as juste un peu plus de technique, parce que ton père est coach. C'est de la concurrence déloyale.

Ses lèvres forment une moue railleuse et je n'arrive pas à déterminer s'il est sérieux ou pas. Je suis surprise qu'il se souvienne de ce que je lui avais raconté sur mon père.

— C'est vrai, je dois tout à mon père, je murmure.

Et pour ne pas laisser la tristesse me rattraper, je me mets à parler de Papa comme si rien n'était arrivé, comme si en rentrant à la maison, j'allais le retrouver dans le salon, en train de lire *L'Équipe* ou de regarder une série avec la tête de ma mère posée sur son épaule. J'explique qu'il aurait pu être joueur professionnel, mais qu'il a choisi d'être coach pour avoir le temps de s'occuper d'Anaïs et moi. Je raconte à Anthony la photo à la maternité dans le maillot des Chicago Bulls, Oncle Ben's, mon parrain basketteur, et ma sœur qui ne comprend rien au sport. Un sourire apparaît sur mes lèvres, parce que parler de mon père au présent me donne la sensation qu'il est tout proche. Je ferme les yeux, j'essaye de préserver la sensation de sa présence dans le monde. Et pendant quelques minutes, c'est comme si j'avais sorti la tête de l'eau, comme si je respirais à nouveau.

— Je suis désolée de t'avoir gâché la soirée.

— Je reste surtout pour éviter que ça dégénère, Liam a un don pour les plans foireux.

— Ça a l'air… compliqué avec ton frère.

— C'est surtout compliqué pour ma mère ; pour le moment, par miracle, il a pris que du sursis, mais elle sait qu'il va finir en prison et elle supporte pas cette idée.

— Et toi ?

— Quoi « et moi » ?

— Les deux types à qui tu as donné de l'argent au RER, c'était qui ?

Anthony tourne dans ma rue, il ne répond pas tout de suite.

— T'es en train de me demander si je deale ?

De nouveau, j'examine son profil, incapable de déchiffrer son expression.

— Je sais pas pourquoi, je t'imagine pas dealer, en fait.

Il hausse les épaules, ralentit devant ma maison.

— Liam leur devait de l'argent, il ne pouvait pas y aller et c'était urgent.

— Et si tu t'étais fait prendre ?

— C'est mon frère… Il vaut mieux que je me fasse prendre plutôt qu'il se prenne trois coups de couteau.

Il passe la main derrière mon appui-tête et regarde en arrière pour faire un créneau. Il est tout proche, il sent la menthe, le cuir de son blouson et une odeur plus masculine qui me donne envie de pencher la tête et de prendre une grande inspiration dans son cou. Troublée, je me recule contre la portière. Il se gare et éteint le contact.

La lumière au rez-de-chaussée est allumée. Ma mère m'attend, elle va me hurler dessus. Je ne bouge pas. Il se tourne et je sens son regard sur moi. J'ai peur qu'il ne me dise de descendre. Je veux rester encore quelques minutes dans cette illusion que j'ai créée où mon père est toujours vivant et où j'ai le droit de jouer au basket. Dès que j'ouvrirai la porte, ce sera terminé.

— Je peux te poser une question ? demande-t-il.

— Oui…

Il laisse un silence, comme s'il ne savait pas exactement comment formuler sa pensée avant de demander :

— Il t'est arrivé quelque chose ?

Je le scrute sans comprendre.

— Comment ça ?

Il semble chercher ses mots.

— La première fois que tu as joué avec nous, tu étais… joyeuse, tu souriais non-stop. Et puis, le jour où je t'ai rapporté ton vélo, devant le lycée, j'ai failli ne pas te reconnaître. Tu avais l'air… je ne sais pas… paumée, désespérée. Depuis, j'ai l'impression que tu t'es éteinte.

Je tourne à nouveau la tête vers la vitre. Je me souviens de la façon dont il m'examinait devant le lycée, comme s'il essayait de saisir quelque chose qui lui échappait. Je n'avais pas réalisé que je portais mon chagrin sur moi comme un manteau trop voyant. Le charme est rompu, la réalité a franchi le bouclier protecteur de sa voiture. Je réponds sèchement :

— J'avais eu une mauvaise journée, c'est tout.

Il se tait et j'ai le sentiment qu'il ne me croit pas. J'ajoute :

— Je suis sincèrement désolée d'avoir dit aux autres que je ne te connaissais pas ce jour-là. J'étais à l'ouest.

Je détache ma ceinture de sécurité et le claquement me fait sursauter. Je tourne la tête vers lui, j'ai du mal à soutenir son regard, trop assuré, trop intense. Je lui demande sans réfléchir :

— Au fait, je peux avoir ton numéro ?

Il hausse un sourcil ironique et je m'aperçois que ma question prête à confusion. Je poursuis précipitamment :

— C'est pour savoir quand vous allez jouer... Ce n'est pas que... enfin je... tu...

— Je sais, tu ne me dragues pas, coupe-t-il avec un léger sourire, donne-moi ton téléphone.

En me maudissant intérieurement, je le sors de ma poche, le déverrouille et lui tends. Ses doigts frôlent les miens et il y a comme une petite décharge de chaleur au creux de ma paume. J'observe ses mains alors qu'il enregistre son numéro, penché sur mon écran. Je revois la façon dont elles maîtrisaient parfaitement le ballon tout en ayant l'air de le caresser, ce mélange fascinant de force et de douceur...

— On joue le mercredi en fin d'aprèm en général, parfois le dimanche... Moi j'y suis jamais le samedi, je bosse à la mairie, c'est sacré, mais les autres y sont souvent. Si tu veux venir, tu m'envoies un texto et je te donnerai l'heure, OK ?

— OK, merci.

Il me tend mon téléphone et je le glisse dans ma poche. Mon sac sur les genoux, je tourne la tête vers lui, pour lui dire au revoir, mais je me tais et pour une fois je soutiens son regard. Le silence dure et ses yeux se posent sur ma bouche, s'y arrêtent un instant à peine perceptible, et je vois passer sur son visage une hésitation fugitive. Alors, je ne sais pas ce qui me prend et à ma propre stupéfaction, je me penche en avant, je ferme les yeux et je l'embrasse.

J'ai embrassé deux garçons dans ma vie. Un certain Benjamin en troisième, à une soirée d'anniversaire, je ne l'ai jamais revu, et Thomas, un garçon de ma classe avec qui je suis restée trois semaines l'année dernière. Il a déménagé à Singapour en cours d'année. Je dois admettre que ça avait été un soulagement.

Aucun de ces baisers n'a pourtant le moindre rapport avec ce qui est en train de se passer. Même dans les scénarios les plus fous dans lesquels Nicolas réalise enfin que je suis l'amour de sa vie, je n'ai jamais ressenti ce que je ressens actuellement. Les lèvres d'Anthony sont chaudes, à la fois douces et fermes. J'ai l'impression d'un choc dans mon ventre, une décharge électrique qui se propage sur ma peau si forte et si rapide que j'en reste abasourdie, incapable du moindre mouvement. Son index vient caresser ma joue, descend le long de mon cou et s'y attarde quelques secondes. Je ne pense plus à rien, pas à mon père, ni au basket, ni à Marfan, ni à Nico. À rien. Juste à cette chaleur qui m'envahit et qui me donne envie d'arrêter le temps et de ne plus jamais sortir de cette voiture.

Puis, brusquement, il s'éloigne et me repousse avec douceur et je ne sais pas si ce baiser a duré une heure et demie ou quatre secondes. Son regard est sérieux, sans une trace d'ironie. Il se mord les lèvres, la chaleur de ses doigts sur ma peau a disparu, j'ai froid. Il se renfonce brusquement dans son siège, le plus loin possible de moi. Sans me regarder, il marmonne :

— Je sais que tu me dragues pas, mais j'ai l'impression qu'il vaut mieux que je te dise que je ne suis pas libre…

J'ai le sentiment de me prendre un seau d'eau glacée sur la tête. Je prends mon sac et descends de la voiture.

— Salut ! je lance sans me retourner.

Je n'entends pas sa réponse et claque la portière, je titube, mais cette fois, je sais bien que ce n'est pas à cause de l'alcool.

Quand j'ouvre la porte d'entrée, ma mère est assise dans l'escalier. Son portable à la main.

— Léa ! Enfin !

Elle saute sur ses pieds et fond sur moi. Je me blinde, prête à me prendre sa colère en pleine figure. Elle fait un geste vers moi. Surprise, je l'esquive avant de comprendre qu'elle voulait me prendre dans ses bras. Mon mouvement de recul l'a coupée dans son élan. Elle reste plantée devant moi, un peu hagarde. Malgré l'heure tardive, elle porte encore son tailleur du boulot, les pans froissés de son chemisier, sortis de son pantalon, pendent sous sa veste. Ça ne lui ressemble pas. Je me demande si elle est restée là toute la soirée, assise sur la première marche de l'escalier, les yeux fixés sur la porte, à m'attendre.

Elle écarquille les yeux et murmure :

— Tu sens l'alcool et le haschisch…

Je crois que c'est la première fois que je la vois aussi désemparée.

— Désolée, je tente, sans croire une seule seconde qu'elle va laisser passer ça, il faut que j'aille me coucher, j'ai classe demain.

Elle ouvre la bouche, la referme, puis, à ma grande stupéfaction, elle s'écarte pour me laisser passer, trop choquée pour résister.

Je monte l'escalier quatre à quatre et referme la porte de ma chambre derrière moi. Je me laisse glisser le long de la porte et ferme les yeux. J'essaye de me souvenir du calme que j'ai ressenti dans la voiture d'Anthony, de la douceur du silence. Puis je me remémore le contact de ses doigts sur ma joue et je fais resurgir au creux de mon ventre la chaleur que le contact de ses lèvres sur les miennes a provoquée en moi. Mon téléphone vibre et me sort de ma rêverie. Je le saisis les mains fébriles.

Nicolas Roussel
Léa, stp, on peut se voir demain après les cours
au Café Strada ?
J'ai besoin de te parler.

Je fixe l'écran, agitée par des sentiments contradictoires. De toute façon, Anthony n'aurait pas pu m'écrire : il n'a pas demandé mon numéro, il s'est contenté d'enregistrer le sien dans mon téléphone. Je ne réponds pas et je m'endors, les doigts posés sur mes lèvres encore brûlantes de leur rencontre impromptue avec celles d'Anthony.

17

La sonnerie retentit et je me réveille en sursaut, la bouche un peu pâteuse. Je me suis endormie, la tête au creux des bras, la joue écrasée sur mon livre d'histoire. Arrivée en retard, je m'étais glissée au dernier rang. La prof n'a rien remarqué, ou peut-être qu'elle n'a pas eu envie de remarquer. On ne peut jamais savoir avec les profs. Pour la première fois de ma vie, j'ai la gueule de bois. Une migraine terrible et un mal de cœur incessant qui rend écœurante la simple idée de nourriture.

Je glisse mon livre et le cahier sur lequel je n'ai pas pris une seule note dans mon sac à dos quand Amel apparaît devant moi.

— Tranquille le petit roupillon au dernier rang ?

— Je sais pas ce que j'ai, je suis crevée…

Elle plisse les paupières et me scrute attentivement. Je détourne les yeux, c'est pénible d'être copine avec un génie, Amel est beaucoup trop intelligente pour se laisser berner par mes mensonges.

— J'ai un truc à te dire, m'annonce-t-elle, je pars six semaines en Algérie cet été avec ma mère et ma sœur, on a trouvé des billets en promo !

— Six semaines ?!

Je la dévisage avec effarement. La perspective de vivre six semaines sans elle me semble impossible compte tenu des circonstances. Puis je réalise que pour elle c'est une bonne nouvelle : c'est la première fois depuis que je la connais qu'elle prévoit de partir en vacances l'été. J'enchaîne donc immédiatement, même si mon cœur se serre à l'idée d'une absence aussi longue :

— C'est génial, je suis trop contente pour toi !

— Du coup, je dois aller faire des photos d'identité pour mon passeport, tu viens avec moi ?

— Oui, bien sûr.

On était supposées reprendre aujourd'hui le travail ensemble à la maison, mais ce n'est pas comme si j'avais l'intention de prendre au sérieux ces séances de toute façon. On se retrouve devant la cabine de photomaton de la gare de RER de Tarny, Amel sort deux pièces de deux euros de son portefeuille. Je l'observe alors qu'elle règle avec application le tabouret tournant à la bonne hauteur et lit à plusieurs reprises les consignes affichées.

— OK, faut pas que je me loupe, j'ai que quatre euros ! Ça va, ma tête ? J'ai rien coincé dans les dents ?

— Un morceau de salade, mais comme c'est depuis hier midi, je pensais que c'était ton nouveau style.

Elle se frotte frénétiquement les incisives avec sa langue d'un air horrifié et je souris.

— Je rigole… t'es parfaite.

Elle lève les yeux au ciel.

— C'est super important tu sais, j'ai jamais eu de passeport, moi !

Elle ferme le rideau d'un coup sec. J'entends ses pièces tomber dans la fente et la voix enregistrée lui donner les instructions. Un décompte, une série de déclics successifs, puis la voix ordonne à Amel d'aller attendre ses photos dehors. Entre les deux pans du rideau, son visage rayonnant apparaît d'un coup.

— Devine quoi !

Sans attendre ma réponse, Amel ouvre sa paume où luisent deux pièces de deux euros.

— Il y a un bug, la machine m'a rendu la monnaie ! J'ai fait mes photos gratuitement !

Elle sort, attrape sans même les regarder les clichés qui viennent de sortir et poursuit en indiquant l'opération promotionnelle mise en avant sur le côté de la cabine :

— Tu sais ce que ça veut dire ? Ça veut dire qu'on peut faire gratuitement une série de photos avec ce sublime fond *Riverdale*.

Je jette un coup d'œil à la pub. Le fond en question n'a rien de sublime, les photomontages de personnes au sourire figé collées aux côtés des acteurs retouchés de la série que je n'ai jamais regardée ont l'air d'avoir été faits sur Photoshop par un enfant de quatre ans. Amel m'a cependant déjà tirée par le bras à l'intérieur de la cabine et a glissé pour la deuxième fois ses pièces dans la fente.

Nous passons l'heure suivante à exploiter le bug et à enchaîner les clichés. Après avoir épuisé tous les fonds bien ringards d'îles paradisiaques, de montagnes enneigées et de tour Eiffel au coucher du soleil, on enchaîne avec une succession de mises en scène improvisées avec les moyens du bord. La série des pires grimaces, celle où je prends un air super sérieux, tandis qu'Amel surgit du rideau avec une tête de folle sortie de l'asile, une série où on est toutes les deux mortes de rire et mal cadrées parce qu'on ne s'était pas aperçues qu'on avait appuyé sans faire exprès sur le bouton « OK », une avec une vieille dame totalement inconnue mais très gentille, prénommée Josiane, venue nous demander, en entendant nos hurlements (c'était pour les photos « têtes de vélociraptors »), si tout allait bien. Juste après la série avec le tabouret réglé au plus bas où on ne voit que nos fronts, à notre grande déception, les quatre euros ne retombent pas et la machine avale enfin la monnaie.

— Merde, râle Amel, j'avais encore plein d'idées.

On tente sans succès d'appuyer sur tous les boutons, mais la cabine ne réagit plus. L'écran s'éteint même brutalement. J'ai l'impression de revenir d'un coup à la réalité que j'avais oubliée l'espace de quelques instants, grâce à ma meilleure amie.

On se répartit les tirages, jusqu'à la toute première série, celle pour le passeport d'Amel.

— Elle est pas géniale, non ? m'interroge ma meilleure amie avec une moue déçue.

Je jette un coup d'œil au cliché et me mords les lèvres. Elle est horrible.

— Disons que tu as l'air un peu crispé.

— Ou d'être aux toilettes…

— J'osais pas le dire…

Amel soupire et murmure à regret :

— C'est con quand même, on aurait pu vérifier que celle-ci était correcte avant de faire toutes les autres.

Je passe mon bras sous le sien et l'entraîne vers la sortie de la gare.

— C'est pas si grave, ça dure que dix ans un passeport.

Amel pouffe et je m'arrête devant un distributeur pour acheter un Twix. Je n'ai rien pu avaler de la journée et subitement j'ai faim. Je me laisse tomber sur le banc à la sortie de la gare et tends comme d'habitude une des deux barres chocolatées à Amel qui s'assoit à côté de moi.

— Je sais que ça sert à rien de dire ça, mais je ferais n'importe quoi pour que tu ailles mieux, Léa. J'aime pas te voir comme ça.

Je sens une boule gonfler dans ma gorge et je serre sa main fort dans la mienne.

— Tu es là, c'est déjà énorme, tu es la seule personne en ce moment qui me donne l'impression que je suis pas seule au monde.

Amel poursuit prudemment.

— Je peux te poser une question ?

— Oui.

— Pourquoi tu t'es disputée avec Nico ?

Je me mords les lèvres, tergiverse une demi-seconde, puis, très vite, je lui raconte tout. L'impression de noyade depuis le décès de mon père, ma matinée à l'hôpital, le diagnostic, ce syndrome de Marfan de merde qui pourrait bousiller mon cœur, l'interdiction de jouer, la scène du gymnase, la trahison de Nico et des autres joueurs, mes rêves partis en fumée et mon projet de vie anéanti pour toujours. Je garde seulement la soirée de la veille et le baiser avec Anthony sous silence. Je me souviens de sa réaction quand il a rapporté son vélo à la sortie du lycée.

Amel écoute en silence, attentivement, comme elle écoute ses cours. Elle serre ma main dans la sienne. Je sais qu'elle enregistre chaque information, la pèse avec délicatesse pour ne pas avoir la mauvaise réponse, pour ne pas me blesser plus que je ne le suis déjà.

— Je suis profondément désolée pour toi, Léa. Je n'imagine même pas à quel point tu dois être dévastée.

— Et le pire dans tout ça, ce qui me fait le plus mal, c'est que je suis incapable d'aller sur la tombe de mon père. Ma mère et ma sœur y vont toutes les semaines et moi depuis l'enterrement, je l'ai juste laissé tomber et je me sens tellement coupable... J'ai l'impression que tant que je n'y vais pas, ce n'est pas vraiment arrivé. Et je ne pleure pas. Pas une larme. Je comprends pas pourquoi, parce qu'il me manque tout le temps, et franchement, j'ai jamais eu aussi mal de ma vie. La vérité, c'est que je renoncerais à jouer du jour au lendemain sans le moindre regret si ça pouvait le faire revenir. Mais j'ai tellement peur de le décevoir. Ma mère pleure, Anaïs pleure et moi rien. Je suis une personne horrible.

— T'es pas horrible Léa, c'est juste que c'est trop dur et que t'es pas encore prête. Moi, quand mon père nous a quittées, j'ai continué à lui acheter son journal de mots fléchés à la gare du RER en rentrant de cours toutes les semaines pendant des mois.

— Vraiment ?

— Ouais... En plus, je sais pas trop pourquoi, je me forçais à tous les faire, je te raconte pas la galère. Aujourd'hui, je suis au bord de la crise d'angoisse si je vois une grille de mots fléchés à l'horizon.

Son rire léger me réchauffe un peu.

— Un jour, tu feras ton deuil et tu voudras aller au cimetière, continue-t-elle, et tu sais quoi ? Ce jour-là, quelle que soit l'heure, quel que soit le moment, je viendrai avec toi, OK ?

— OK...

— Tu n'auras qu'à m'envoyer un texto... en langage codé au cas où, s'emballe-t-elle à l'idée de ce nouveau projet. Tu n'auras qu'à écrire : « Les carottes sont cuites. »

— Je suis pas sûre qu'on ait besoin d'un langage codé...

— Tu ne sais pas, parfois quand les bons mots n'existent pas, mieux vaut avoir un langage codé. En tout cas, même si c'est au milieu de la nuit, n'hésite pas : « Les carottes sont cuites. » Je serai là !

Je ne peux retenir un très léger sourire.

— Même si c'est pendant l'épreuve du bac français ?

Elle pose la main avec solennité sur sa poitrine.

— Même si c'est pendant l'épreuve du bac français… Mais bon, quand même, idéalement si ça pouvait être à un autre moment ça m'arrangerait.

Je pose la tête sur son épaule.

— Merci, Amel, je sais pas ce que je ferais sans toi.

— Probablement exactement la même chose à l'exception de cette série de clichés extraordinaires qui finiront sûrement dans un musée quand le monde aura reconnu notre immense talent.

— Ou dans notre dossier à l'hôpital psychiatrique, au choix…

Amel éclate de rire avant de poursuivre :

— Et si tu ne pleures pas, c'est pas parce que tu n'es pas triste. C'est à cause de ta règle débile, toutes ces années où tu as refusé de pleurer pour t'endurcir… Mais avec toutes ces larmes coincées, tu vas finir comme une grosse outre boursouflée et obèse… Heureusement, je viens d'avoir une idée de génie : je vais te faire une playlist de chansons pour pleurer. Tu n'auras qu'à l'écouter tous les jours jusqu'à ce que ça fasse effet, ça finira forcément par marcher.

Au bout de quelques secondes, elle redevient sérieuse et me donne un léger coup d'épaule :

— En tout cas, tu devrais parler à Nico, Léa, c'est pas sa faute tout ça et quand il n'est pas dans ta vie, tu es encore plus triste, c'est mathématique.

— Il a refusé de jouer avec moi.

— Pour te protéger…

— J'ai pas besoin d'être protégée.

— Je te rappelle que c'est l'amour de ta vie…

Je ne sais pas pourquoi, le visage d'Anthony me vient à l'esprit. J'aimerais parler de lui à Amel, de la soirée de la veille et de ce baiser sorti de nulle part dont le seul souvenir déclenche une secousse de plaisir au creux de mon ventre. Et d'un autre côté, je ne peux pas lui avouer que j'ai rejoué au basket, surtout avec lui. Je sais qu'elle ne me lâcherait plus tant qu'elle ne m'aurait pas convaincue d'arrêter.

— C'est aussi le futur père de tes trois enfants et mes trois filleuls, poursuit-elle face à mon silence, Amel junior, Amélie et Amélien.

De nouveau, je laisse échapper un demi-sourire.

— Il est hors de question que j'aie trois enfants, surtout avec des prénoms aussi débiles.

— Parce que je t'aime, je reste ouverte à la négociation en ce qui concerne « Amélie », pour les deux autres, c'est déjà acté. Bref, en tout cas, il faut que tu parles à Nico. Je sais que la biologie c'est pas trop ton truc, mais c'est très ambitieux de faire trois enfants avec un mec sans le voir… Quels que soient leurs prénoms !

Je lève les yeux au ciel et soupire avec exagération. Je ne vais certainement pas l'admettre à voix haute, mais elle n'a pas tout à fait tort.

18

Le Café Strada est le repère du lycée. C'est là où tu vas si tu veux savoir qui s'est fait prendre en train de fumer dans les toilettes des terminale, qui a grugé au dernier contrôle de SVT ou qui s'est tapé qui à la dernière soirée. Dans le fond, des gros fauteuils et des canapés permettent de s'isoler soit pour se rouler des pelles soit pour travailler, ou tout du moins faire semblant. À l'inverse, les tables devant la vitrine offrent une vue parfaite pour observer en toute discrétion la sortie du lycée sur le trottoir d'en face, source inépuisable de conversations. La déco est vintage, meubles dépareillés, photos de films en noir et blanc accrochées aux murs, et des étagères de livres d'occasion que personne ne lit jamais. L'endroit est cozy et moderne à la fois.

Nico est assis dans un des larges fauteuils du fond, devant une petite table ronde. Il m'a commandé une boisson et un muffin aux myrtilles, mon préféré. Il porte ses Converse noires et une chemise à carreaux bleu et blanc par-dessus son tee-shirt dont j'ai toujours dit qu'elle lui allait bien. Il a fait un effort exprès pour moi. Il n'écoute pas de musique, comme en atteste son casque Beats posé autour de son cou, il ne traîne pas sur Instagram, il ne fait rien, il m'attend. Dès qu'il me voit approcher, il se lève avec un sourire timide et je sens la culpabilité m'envahir alors qu'il me fait la bise.

C'est notre première vraie dispute et manifestement, elle a déjà fait le tour du lycée Charlemagne parce que je surprends quelques regards curieux autour de nous. Il faut dire que la vie de Nico semble être une source inépuisable d'intérêt pour tout le monde. Chaque fois qu'il change de copine, Sarah, une terminale avec qui il est sorti trois mois en troisième (un record pour lui), daigne me proposer de déjeuner à sa table à la cantine. J'ai alors le droit à un interrogatoire en bonne et due forme et à côté de Sarah, la Gestapo, c'est Mère Teresa. Si elle pouvait, j'aurais le droit au spot en pleine tronche et au détecteur de mensonges. Depuis quand ? Il te l'a présentée ? Comment ça s'est fait ? C'est lui ou elle qui a fait le premier pas ? Pronostic de durée ? Ils ont couché ensemble ? Ils sont allés jusqu'où ? Ils s'écrivent tous les jours ? Ils se voient souvent en dehors du lycée ? Et si jamais elle trouve une incohérence dans mon témoignage (ce qui arrive rarement car je suis toujours extrêmement attentive et bien renseignée sur toutes ces questions d'importance capitale qui touchent à la vie sentimentale de Nico), ses lèvres recouvertes de gloss se durcissent, elle enfonce ses ongles manucurés dans mon bras qui n'a rien demandé, et me siffle à l'oreille :

— Concentre-toi, Martin, merde ! On va pas y passer la nuit !

Après quoi, je retourne à mon statut d'anonyme invisible et elle à celui de reine du lycée, et je peux toujours me brosser pour qu'elle daigne me lancer un « Salut » si je la croise dans un couloir.

— Merci pour le latte, dis-je en m'asseyant en face de lui.

Je laisse tomber mon sac à dos au pied du fauteuil et pose ma veste en jean sur l'accoudoir avant de tremper mes lèvres dans la mousse blanche recouverte de poudre verte.

— Je t'ai pris le vanille macha, c'est nouveau… Vu que tu aimes bien essayer les parfums chelou.

Je lève les yeux vers lui et suis touchée de constater que lui, qui est toujours si sûr de lui, semble anxieux. Ça fait trois fois qu'il passe une main nerveuse dans ses cheveux blonds, il tripote machinalement un sachet de sucre.

— Ta mère m'a appelé… Elle m'a expliqué pourquoi tu ne pouvais plus jouer… Enfin que tu… Bref, je voulais te dire que je suis désolé…

Je l'interromps :

— Je sais… Elle a appelé tout le monde de toute façon. J'aurais pas dû m'énerver contre toi. C'est juste qu'en ce moment pour moi c'est… (j'avale ma salive, sans trouver les mots adéquats) … difficile… Le basket, c'est un peu la seule chose qu'il me reste de mon père, jouer, c'était le seul truc qui me faisait aller un peu mieux. Si j'ai pas ça, j'ai plus rien.

— Tu ne pourras plus jamais faire de sport ? demande-t-il prudemment.

Je hausse les épaules.

— La cardiologue a dit « pas de sport de contact », mais de toute façon, ma mère me laissera plus jamais faire du sport de haut niveau.

— Je sais pas quoi te dire… (ses yeux sont tristes et ses mains viennent se poser sur les miennes), j'en ai reparlé avec les autres, ils sont catégoriques : ils ne joueront pas avec toi. Certains parce qu'ils ont sincèrement peur de te mettre en danger, d'autres à cause de l'influence de ce connard de Valentin qui n'a jamais supporté que tu sois meilleure que lui. Et moi, je t'avoue que je sais pas trop quoi faire. Pas à cause de Ben, ses menaces, je m'en fous. C'est juste que je ne veux pas te mettre en danger… Ce qui est arrivé à ton père, ça fait flipper…

Il s'arrête et je hoche la tête. Je sais que ma mère est capable de convaincre n'importe qui de n'importe quoi. Et il n'y a pas de raison que Nico mette en péril sa place dans l'équipe pour moi. Sans prévenir, il se lève et me prend dans ses bras. Je reste stupéfaite, on n'a pas l'habitude de se faire des câlins, on n'est pas ce genre de potes. Je sens l'odeur de son parfum, tellement familière, ses cheveux qui me chatouillent le nez. Sa chaleur me calme instantanément. Et je réalise que c'est exactement ce dont j'ai besoin : la stabilité, la confiance de quelqu'un qui me connaît et me soutient depuis toujours. Pas du frisson brûlant et incontrôlable qu'Anthony fait naître sur ma peau d'un simple frôlement de ses doigts.

Salut,

C'est encore moi.

Puisque je n'arrive pas à aller te voir, je me suis dit que j'allais continuer à t'écrire. Peut-être que quelque part, un jour, tu liras ces lettres. Ou peut-être pas. Mais j'ai tellement besoin de te parler que si je ne sors pas toutes ces émotions d'une manière ou d'une autre, elles vont finir par m'étouffer.

Déjà, il faut que tu saches un truc. Je te préviens, ça risque de ne pas te faire plaisir : j'ai le syndrome de Marfan. Et Anaïs aussi.

Je sais que tu penses « c'est quoi ce truc ? », parce que personne ne connaît et tout le monde s'en fout. Mais comme, en l'occurrence, ça te concerne aussi, puisque je le tiens de toi, tu ferais bien d'être attentif.

De ce que j'ai retenu de ma journée à l'hôpital, le syndrome de Marfan est une maladie rare. Pas orpheline, mais quand même rare. Comme un trèfle à quatre feuilles ou un arc-en-ciel en décembre. Dans la grande loterie de la vie, on a pioché un gène qui déconne. Un tout petit gène qui n'est pas programmé correctement et qui a foutu en l'air notre vie.

La tienne, la mienne, celle d'Anaïs.

Et par extension, probablement celle de Maman.

Je ne vais pas te mentir, c'est pas le cadeau le plus cool que tu nous aies fait, mais j'ai pensé que tu aimerais savoir ce qui t'était arrivé.

Point positif : tu seras ravi d'apprendre qu'après toutes ces années à me demander si Anaïs avait été adoptée, j'ai confirmation qu'on partage bien les mêmes gènes. Pour le moment, je ne peux pas dire que ça nous ait rapprochées vu qu'on n'en parle jamais ensemble, mais on a quand même des points communs, finalement :

1. On a des membres longs et fins, un peu comme des spaghettis pas cuits.

2. On est grandes. Contrairement à ce que pensait ce type dans la pizzeria, qui voulait faire des photos, je n'ai pas la taille mannequin, j'ai la taille Marfan.

3. Nos articulations sont hyperlaxes, on se déboîte les genoux un peu trop facilement, mais on pourrait être super fortes en yoga (dommage qu'on déteste le yoga).

4. On a toutes les deux une scoliose, même si elle, plus que moi.

5. Quand je replie mon pouce en travers de ma paume et que je le recouvre de mes autres doigts, j'ai une phalange qui dépasse. Anaïs aussi, toi je ne sais pas. Je n'ai pas eu le temps de vérifier.

6. Tous les jours, jusqu'à la fin de notre vie, on est supposées programmer un rappel dans notre téléphone à heure fixe : « bêtabloquants » pour penser à prendre nos médicaments.

7. On n'a plus le droit de manger de pamplemousses. Soit disant ça annule l'effet des médocs.
8. On fait partie d'une minorité de la population qui a appris beaucoup trop tôt ce que signifient les mots « bisoprolol », « anévrisme aortique », « tissus conjonctifs », « aorte descendante et ascendante », « luxation des cristallins ».
9. Un accouchement pourrait nous coûter la vie, donc on n'est pas sûres de pouvoir avoir des enfants un jour. Et si on en a, ils ont une chance sur deux d'être malades comme nous, voire, encore plus malades.
J'ai conscience que ce ne sont pas des super nouvelles. Et pour être honnête, je ne sais pas comment réagir à tout ça. Parfois, j'ai envie de tout casser, parfois j'ai envie de tout oublier, alors j'essaye d'y penser le moins possible.

Voilà. Je te laisse digérer, je pense que ça fait déjà pas mal pour aujourd'hui.

Bisous et à un de ces quatre, peut-être,

Léa

P.-S. : Ne le dis pas à Maman, mais je ne prends pas mes médicaments.

Mi-temps

COLÈRE

19

Soit je n'ai pas fait attention aux premiers signes que j'attends d'habitude avec impatience, soit l'été est arrivé d'un coup. Avec lui, les jupes courtes, les débardeurs et les abrutis qui font claquer les bretelles de ton soutien-gorge en cours de français. Plus que deux semaines avant les vacances. Je n'arrive pas à savoir si c'est une bonne ou une mauvaise nouvelle.

Ces derniers temps, j'ai passé plus de temps au Café Strada, plus de temps à travailler avec Amel aussi, j'ai désormais un abonnement Netflix, offert par ma mère. De l'extérieur, j'ai l'air d'aller mieux, pourtant, je suis toujours coincée sous les eaux. J'ai juste appris à donner le change. J'ai l'impression que tout ce qui m'est arrivé est devenu tabou. La mort de mon père, la maladie, le basket, l'INSEP… Je ne pense qu'à ça et plus personne ne l'évoque, même pas Nico ou Amel. Seule ma mère persiste à essayer de m'envoyer chez le psy, d'autant plus qu'Anaïs a fini par céder et va désormais une fois par semaine raconter sa vie à un parfait inconnu.

On a recréé des habitudes, sans Papa. On survit au jour le jour, toutes les trois, chacune de son côté. On ne s'est jamais aussi peu disputées avec ma sœur, il faut dire qu'on ne se parle presque plus. Elle s'est énormément renfermée, Maman lui parle beaucoup, parfois je me sens exclue de leur relation. Je continue d'aller voir Mamie à l'EHPAD toutes les semaines. Même le matin, elle ne me reconnaît quasiment plus. Je suis presque soulagée que son amnésie ait empiré, parce qu'elle n'a jamais pu réaliser qu'elle avait perdu son fils unique. Elle me prend pour une infirmière et me raconte les frasques de Papa, persuadée qu'il a encore huit ans et demi. Je l'écoute en souriant, je lui caresse la main et elle finit toujours pas s'endormir.

La vie des autres a continué à l'identique. Pour moi, le monde s'est arrêté de tourner en avril dernier, quand Papa est parti. Il n'a jamais vraiment repris son cours. Je n'ai toujours pas versé une larme et je ne suis toujours pas allée sur sa tombe. Je continue d'écouter les vieux messages qu'il a laissés sur mon répondeur avant de m'endormir. Il y a eu le premier réveil sans lui, le premier petit déj, le premier week-end… Et bientôt, les premières vacances, puis la première rentrée, le premier Noël, mon premier anniversaire… Une partie de moi espère, sans trop y croire, que quand toutes ces premières fois seront épuisées, j'irai mieux. Une autre reste convaincue que chaque nouvelle expérience aura le goût de l'absence, comme un rappel qu'il me manque la personne la plus importante pour la partager avec moi.

Il n'y aura pas d'INSEP en septembre. La cardiologue a signé un « certificat d'inaptitude à la pratique sportive ». Ma mère a géré l'administratif de ma désinscription. Je n'ai pas voulu connaître les détails. Elle a aussi choisi pour moi mes options pour la rentrée en première, quand le lycée l'a appelée pour la prévenir que malgré de nombreuses relances et la deadline, je n'avais fait aucun choix. Elle a passé une heure dans le bureau du directeur pour m'éviter un redoublement et des heures sur Internet à essayer de comprendre le fonctionnement du nouveau bac. Je l'ai entendue pester avec une copine au téléphone, comme quoi le système était incompréhensible.

Malgré tout, je dois reconnaître que jamais elle n'a évoqué le fait qu'au final elle avait raison. Après ces multiples disputes, tout au long des années où elle me suppliait de prévoir un plan B, le nombre de fois où elle m'a expliqué qu'on ne savait jamais ce qui pouvait arriver, que c'était trop risqué de tout miser sur le basket, je m'attendais à ce qu'à un moment ou un autre, elle me sorte un beau : « je te l'avais bien dit ! » ou au moins un petit « tu vois, tu aurais dû m'écouter ». Mais non. Elle s'est démenée pour régler la situation et s'est lancée corps et âme dans un programme intitulé « Trouver un projet d'avenir à Léa en trois jours ». Elle laisse traîner sur la table de la cuisine ou sur le canapé du salon des articles parlant d'orientation, de reconversion ou de formations diverses et variées qui me font à peu près autant rêver qu'un dîner aux chandelles avec mon prof de maths. Je ne sais pas pourquoi elle s'acharne. Rien ne m'intéresse et je n'ai aucune chance de rattraper mon retard scolaire, de toute façon. J'attends juste d'être majeure, alors, plus personne ne pourra m'empêcher de jouer et je poursuivrai le Map, comme prévu.

Je joue en cachette une à deux fois par semaine. Mon sac de sport est planqué dans le garage, dans un carton étiqueté « outils de jardinage ». Je sèche la cantine ou un cours de temps en temps pour faire une lessive quand il n'y a personne à la maison. J'essaye de continuer l'entraînement, les échauffements et la musculation toute seule dès que j'en ai l'occasion. Officiellement, je suis au CDI avec Amel. Ma mère est soulagée de croire que je me suis remise à étudier. Elle adore Amel et lui fait aveuglément confiance. Je culpabilise de mentir à ma meilleure amie, mais je ne suis pas sûre qu'elle me soutiendrait si elle savait. Elle serait incapable de comprendre que je prenne autant de risques juste pour « mettre un ballon dans un panier ».

Vers midi, le mercredi et parfois le dimanche, (jamais le samedi, parce que le samedi Anthony bosse et c'est beaucoup moins fun de jouer quand il n'est pas là, les autres étant loin d'avoir son niveau), j'envoie un message à Anthony « Quelle heure ? » Il me répond « 15 h » ou « 16 h » ou très rarement « On ne joue pas aujourd'hui ». Parfois, j'ai le droit à un smiley et ça me fait sourire.

La première fois que je suis revenue jouer avec eux, j'étais horriblement mal à l'aise de l'avoir embrassé. Pour donner le change, j'ai insisté en rigolant avec les autres sur le fait que je ne me souvenais pas des trois quarts de la soirée et que j'étais totalement saoule. Anthony n'a pas réagi et on n'a jamais fait allusion à cette soirée ou à ce baiser dans sa Clio. Une erreur, voilà tout. Il s'en fiche probablement, parfois je me demande même s'il n'a pas tout simplement oublié cet événement.

En dehors des moments où on joue, il semble d'ailleurs m'éviter. À l'inverse, je me suis rapprochée des autres et je suis régulièrement invitée à une soirée chez Djibril ou chez Roméo, souvent je décline, invoquant des révisions, un dîner en famille ou un coup de fatigue. Ils n'insistent pas. Parfois, j'y vais ou je reste un peu après la partie et je discute avec eux. J'ai continué de parler de mon père au présent, ils ne doivent pas apprendre ce qui m'est arrivé. J'ai trop peur qu'ils ne veuillent plus jouer avec moi. Un jour, ils ont demandé à rencontrer mon père, pour lui demander quelques conseils. J'ai répondu, gênée, qu'il était très occupé mais que je pouvais transmettre leurs questions et même les filmer pour qu'il puisse analyser leurs forces et leurs faiblesses à distance. J'ai passé les soirées suivantes à regarder les vidéos au ralenti, à prendre des notes et à essayer de comprendre ce qu'ils pouvaient améliorer. J'y ai même pris un certain plaisir. Bizarrement, depuis ce jour, je me suis mise à les coacher. Je prétends que mon père leur recommande des vidéos, des exercices, ou qu'il a fait certaines remarques sur leur jeu. Au début, j'avais peur de dire n'importe quoi et qu'ils comprennent mon subterfuge. Puis, au fur et à mesure, j'ai réalisé qu'ils appréciaient mes conseils et m'en demandaient même de plus en plus. Je me suis alors sentie plus à l'aise et même un peu fière de voir qu'ils progressaient grâce à moi. Il faut croire que toutes ces années passées à écouter mon père entraîner des sportifs de haut niveau m'ont appris quelque chose.

J'ai découvert au détour d'une conversation le nom de la copine d'Anthony. Elle s'appelle Jenny. Je l'ai cherchée par curiosité sur Facebook et Instagram. Elle est dans le même lycée que lui, en première, comme lui. J'ai longuement étudié sa photo de profil. Elle est brune, la peau très pâle et les yeux rieurs, entourés d'un noir charbonneux. Sur la photo, elle porte un petit haut en dentelle blanche avec un décolleté plongeant qui met en valeur sa poitrine plus que généreuse. Elle a l'air très sûre d'elle et sexy. Tout le contraire de moi. Je me suis souvenue de ce qu'il m'avait dit la première fois qu'il m'a raccompagnée : qu'il n'aimait ni les bourges ni les blondes et que je n'étais pas son style. De toute évidence, c'était vrai.

Ma mère et Anaïs continuent d'aller déposer des fleurs sur la tombe de Papa tous les dimanches. La simple idée de pousser la grille du cimetière, de l'imaginer là, sous cette terre humide dans le ronflement permanent des moteurs et la pollution du périphérique, me donne la nausée. Comme dirait Amel dans son langage codé loufoque, les carottes ne sont pas près d'être cuites. Le seul progrès, c'est que je n'ai plus ces quelques secondes le matin où dans un demi-sommeil j'attendais qu'il fasse irruption dans ma chambre en me demandant si j'avais vu l'heure. Il arrive encore qu'il apparaisse dans mes rêves, mais plus aussi souvent qu'au début.

Le soleil de juin se fraye un passage entre mes rideaux. Je m'étire, j'ai étonnamment bien dormi. Je prends mon téléphone sur ma table de nuit, il est déjà dix heures. Tout en bâillant, j'écris un message à Anthony.

Léa Martin
Salut, on joue à quelle heure ?

Puis je traîne les pieds jusqu'à la cuisine. Je verse du café et du lait dans une tasse, j'attrape le pot de Nutella et une tranche de brioche que je pose dans une assiette. Ma mère est seule devant le comptoir à l'américaine. Anaïs dormait chez une copine. Je ne dis rien, parce que ça ne me regarde pas, mais Anaïs semble dormir chez beaucoup de copines dernièrement. La maison est calme. Habituellement, le silence m'oppresse, mais aujourd'hui le soleil qui entre par la fenêtre ouverte et l'odeur du café chaud et du pain grillé ont un effet apaisant. Ma mère, son mug de thé à la main, lève le nez de son journal.

— Tu as pris tes bêtabloquants ?

— Oui.

C'est fou comme on s'habitue à mentir, par réflexe, sans même y penser. Tous les matins, elle me pose cette question. Tous les matins, je sors un cachet de la boîte, posée sur l'étagère de la salle de bains. Une boîte pour moi, une boîte pour Anaïs, avec nos noms inscrits au stylo bleu. Pour une raison que j'ignore, on n'a pas les mêmes. Je fixe le médicament au creux de ma paume. Un petit rond blanc inoffensif, pas plus gros qu'une lentille. Je l'insulte mentalement de toutes mes forces. *Je ne veux pas de toi ni dans mon corps ni dans ma vie.* Je le balance dans les toilettes et je tire la chasse. Parfois, je me dis que je ne mens pas vraiment à ma mère, quand elle me pose cette question, puisque quelque part, ce petit rituel quotidien signifie désormais pour moi « prendre mes bêtabloquants ».

— Qu'est-ce que tu as prévu aujourd'hui ?

Je hausse les épaules.

— J'ai des devoirs à faire et on va aller faire un tour avec Nico, peut-être au centre commercial, je sais pas encore…

La vérité c'est que Nico est au mariage de son cousin, Amel a promis à sa mère de faire avec elle un grand nettoyage de leur appartement, et moi je veux aller jouer au Val-Fleuri.

— Tu as encore des devoirs deux semaines avant les vacances ?

J'étale une épaisse couche de Nutella jusque dans les coins de la tartine, ce qui m'évite de la regarder dans les yeux.

— C'est pas obligatoire, des lectures pour préparer la rentrée en première.

Ma mère avale une gorgée de thé et affiche un sourire plein de fierté.

— Oh, super, tu as bien raison d'anticiper la rentrée.

Je repousse la vague de culpabilité que son expression confiante soulève en moi et dépose une deuxième tartine sur la première.

— Je remonte, à tout'.

— Attention aux miettes ! lance-t-elle alors que je suis déjà dans l'escalier, ma tasse dans une main et mes tartines dans l'autre.

Je me glisse sous la couette, trempe mon sandwich improvisé dans le mug fumant et laisse la tartine imbibée de café au lait et de chocolat fondre sur ma langue. La bouche pleine, je consulte l'écran de mon téléphone. Anthony n'a pas répondu. D'habitude, il répond presque immédiatement. Déçue, je termine mes tartines en enchaînant des stories sans intérêt sur Instagram.

Vers midi, ma mère frappe à la porte avant de passer la tête dans l'ouverture.

— Léa, tu déjeunes ici ? Anaïs ne va pas tarder, tu veux qu'on aille toutes les trois au thaï ? Ensuite on peut aller manger une glace au centre commercial en dessert avant que tu retrouves Nico ?

Le thaï et le glacier dans cet ordre-là ou l'inverse, théoriquement, mon programme préféré pour un dimanche midi, le programme de beaucoup de week-ends à quatre dans notre vie d'avant, quand tous les dimanches soir, Papa nous faisait des spaghettis. Je sais qu'elle fait un effort, mais l'idée de remettre les pieds dans un de ces deux endroits sans mon père me rend malade.

— Allez-y sans moi, je viens de petit déj, je vais sauter le déjeuner…

— OK… je vais te descendre ça.

Avec un sourire forcé qui cache mal sa déception, elle pose ma tasse vide dans l'assiette qui traîne sur ma table de nuit et referme la porte. Autrefois, elle m'aurait sûrement ordonné d'aller la mettre dans le lave-vaisselle et d'aller prendre ma douche. Elle aurait refusé que je saute le moindre repas. Je crois que je la préférais avant, quand elle me traitait comme une personne plutôt que comme une bombe à retardement. Au moins, je n'étais pas dans cet état de culpabilité permanente.

Je consulte mon portable pour la dixième fois de la matinée. Toujours pas de SMS d'Anthony. Peut-être qu'il est avec sa copine. Je ne sais pas pourquoi j'attends sa réponse à ce point. Agacée, je jette l'appareil sur la couette et décide d'aller prendre une douche. Quand je reviens quelques minutes plus tard, j'ai un appel en absence. « Tony Basket » affiche l'écran. Enveloppée dans ma serviette éponge, mes cheveux mouillés enroulés dans un turban de fortune, je fixe l'écran, hésitante. C'est la première fois qu'il m'appelle. Peut-être qu'il a un problème, peut-être que la session de cet aprèm est annulée… J'ai le pouce sur son nom, prête à le rappeler, mais une peur irrationnelle me retient d'appuyer. Puis le téléphone se remet à vibrer et je sursaute.

— Allô ?

— Salut, désolé je viens de voir ton message, mais on ne joue pas cet aprèm, les mecs ont un truc, Djibril devait te prévenir il a dû zapper.

— Oh… OK.

J'ai un pincement au cœur à l'idée qu'il ait « zappé », toujours ce sentiment de non-appartenance, comme si je n'étais pas un membre à part entière de l'équipe, mais juste une remplaçante qu'on oublie de prévenir quand le match est annulé. La déception doit s'entendre dans ma voix, parce qu'il poursuit gentiment :

— On peut jouer une heure tous les deux, si tu veux… Enfin, si tu n'as pas peur de perdre…

Mes lèvres sourient malgré moi à la provocation.

— OK, quelle heure ?

— Je suis dans le centre de Tarny, si tu ramènes une balle, on peut aller là où tu joues d'habitude ? Ou au gymnase ?

Ma main devient moite et se crispe sur le téléphone. Sur le terrain public le dimanche aprèm, il y a neuf chances sur dix que je croise quelqu'un que je connais ; le gymnase, je suis interdite d'entrée. En panne d'inspiration, je panique et lui sors sans réfléchir à toute vitesse :

— Tu veux pas faire autre chose pour une fois ? Aller manger une glace au centre commercial ?

Il y a un bref silence dans le combiné et je me mords les lèvres. Qu'est-ce qui m'a pris ? Il va croire que je le drague encore. Et la seule chose qui me fait actuellement moins envie que de passer une heure en tête à tête avec Anthony, c'est justement d'aller manger une glace au centre commercial. Je m'apprête à lui dire de laisser tomber avant qu'il ne trouve une excuse pour esquiver ma demande quand il répond d'une voix tranquille comme si ma proposition était tout à fait normale :

— OK, quatorze heures devant le glacier ?

Et je n'ai pas d'autre choix que de répondre :

— OK.

Et de raccrocher.

20

J'arrive nerveuse au centre commercial. Pour me rassurer, je me répète qu'Anthony ne m'a jamais mise mal à l'aise, que ce soit sur le trajet du RER la première fois qu'il m'a raccompagnée, pendant la soirée ou dans sa voiture (si on met évidemment de côté le dénouement catastrophique où je me suis jetée sur lui et où il m'a mis le râteau du siècle). Il m'attend devant le glacier. L'air concentré, il observe la carte, les mains dans les poches. Je me racle la gorge.

— Salut.

Il se retourne avec un léger sourire.

— Salut, Air Léa.

Il n'a absolument pas l'air de ressentir la même nervosité que moi, au contraire, il dégage comme d'habitude cette espèce de tranquillité rassurante qui le rend si différent de son frère malgré leur ressemblance physique. Je me demande s'il va me faire la bise, mais comme il ne bouge pas, je m'approche de la vitrine du glacier et me perds dans la contemplation des bacs alignés et remplis de tourbillons de crèmes glacées colorées.

— Tu prends quoi ? demande-t-il.

— Un milk-shake Oreo supplément chantilly.

La réponse est sortie automatiquement. Depuis que j'ai cinq ans, je passe la même commande, à savoir, ce que prenait mon père, sans réfléchir, sans même savoir ce qu'il y a sur le reste du menu. J'ai longtemps cru dur comme fer que s'il choisissait toujours le milk-shake Oreo, c'est sûrement qu'il n'y avait rien de meilleur. Avec le recul, j'ai compris que pour en être sûr, il aurait fallu essayer les autres parfums, mais aujourd'hui passer une autre commande relèverait de la trahison.

Le sol en faux marbre reflète les rayons du soleil qui tombent de la verrière. J'essaye de ne pas penser à toutes les fois où je suis venue ici avec lui et je me concentre sur les gestes précis de la vendeuse de l'autre côté de la vitrine. Anthony commande un milk-shake chocolat-banane et me rejoint à l'une des petites tables rondes alignées dans la galerie marchande. Les haut-parleurs diffusent une musique d'ambiance aseptisée dans les couloirs presque vides. D'habitude, il y a plus de monde, mais il fait trop beau dehors pour rester à l'intérieur et les soldes commencent dans une semaine. Non pas que je m'y intéresse, mais Anaïs déclenche toujours une campagne promotionnelle au moins un mois avant les soldes pour convaincre ma mère d'aller faire les magasins avec elle. Difficile de ne pas finir par enregistrer l'information.

— J'aurais préféré te mettre la misère au basket, mais je dois admettre que c'est pas mauvais, constate Anthony après avoir aspiré un grand coup dans sa paille.

Je goûte ma glace à mon tour pour dissimuler mon sourire.

— Fais pas trop le malin, on sait très bien que je t'ai sauvé d'une humiliation certaine…

— On verra bien, on aura tous les mercredis de l'été pour jouer à deux, Djibril et Roméo bossent toute la semaine en juillet et en août et Teddy part deux mois en vacances…

Je saute immédiatement sur l'occasion.

— Je pars en août mais en juillet je peux jouer tous les jours !

L'idée de retrouver un rythme plus intense m'enchante, même si c'est avec Anthony. Il est tellement bon qu'avec lui je continue de progresser. Mon enthousiasme allume une étincelle amusée dans ses yeux gris.

— Tous les jours ? Tu peux plus te passer de moi si je comprends bien.

— Pas du tout, j'essaye de t'entraîner, histoire que tu deviennes enfin un joueur à ma hauteur…

Il rit franchement et je tourne ma paille dans mon gobelet avant de lui demander :

— Tu as déjà pensé à jouer en pro ?

— Au basket ?

— Non, à Candy Crush… Évidemment au basket.

Il sourit.

— Tu veux dire que tu admets que je suis meilleur que toi ?

— Je te pose juste une question…

Il soupire, laisse un silence avant de répondre :

— J'étais au club du Val avant, ils voulaient que je passe pro, ils envisageaient même de m'envoyer jouer ailleurs, peut-être à Tarny, parce que j'avais un bon niveau.

— Et pourquoi t'y es plus ?

— Parce qu'une fois, une seule fois, j'ai été suffisamment con pour accepter de servir d'intermédiaire à Liam qui m'avait mis une pression de malade pour que je vende du shit à des joueurs. J'avais quatorze ans, je me suis fait choper, ils m'ont viré. Ils ont rien voulu entendre, même quand mon frère est allé se dénoncer pour essayer de récupérer le coup…

Son ton est parfaitement neutre, sans la moindre émotion, mais ses yeux se sont assombris et, l'espace d'un instant, je peux lire tous les regrets qu'ils contiennent.

— Et maintenant ? Si tu y retournais trois ans après, tu crois pas que tu pourrais négocier ? Avec ton niveau, ce serait débile de pas te laisser une deuxième chance.

Il hausse les épaules.

— J'ai passé l'âge, c'était des rêves de gamin… C'est pas comme si j'avais une chance de devenir Tony Parker et de finir en NBA de toute façon.

— Il n'y a pas que Tony Parker, il y a d'autres joueurs et joueuses français qui ont été recrutés par la NBA et si eux ont eu une chance, pourquoi toi tu n'aurais pas la tienne ? Et puis, il n'y a pas que la NBA.

Cette phrase dans ma bouche sonne bizarrement. C'est sorti tout seul et je me demande si j'y crois, si j'accepterais de viser autre chose que de jouer en WNBA. Anthony me dévisage avec curiosité et je réalise que j'ai parlé avec une passion inhabituelle.

— Les basketteurs pro qui font une vraie carrière, Air Léa, il y en a un sur des millions, c'est des exceptions, des miracles… Dans la vraie vie, les coups de pot comme ça, ça n'existe pas… Ou alors seulement dans des films américains avec un happy end à la con. Et puis, le basket c'est un jeu, c'est pas sérieux.

Je ne réponds pas. Pour moi, il n'y a jamais rien eu de plus sérieux que le basket. Peut-être que c'était une sorte de miracle que je sois née fille d'un coach de basket. Ou peut-être que mon père a créé le miracle de toutes pièces. Mais si d'autres ont réussi, pourquoi pas lui ? C'est étrange comme deux personnes qui aiment passionnément la même chose peuvent la considérer de manière totalement différente.

Je soutiens quelques secondes son regard et je me souviens d'un coup pourquoi je l'ai embrassé dans la voiture, ce que j'ai pensé à ce moment précis où je me suis penchée vers lui : il me plaît. Je ne sais pas expliquer pourquoi. Ou peut-être que si : j'aime la lumière qui s'allume dans ses yeux et la fossette qui se creuse dans son menton quand il a cette sorte de demi-sourire, j'aime qu'il soit gentil sous son air mystérieux, j'aime la chaleur dans sa voix à la fois grave et posée, j'aime qu'il ne prenne pas le basket au sérieux malgré son talent de dingue, j'aime qu'il rende l'atmosphère légère et confortable quand je suis avec lui. Aucun mec, en dehors de Nico, ne m'a jamais fait cet effet-là.

Anthony m'examine avec attention.

— Soit tu viens d'avoir une révélation divine, soit tu vas encore me sauter dessus, mais en tout cas, tu fais vraiment une tête bizarre.

Gênée, je chasse ces pensées parasites et plonge le nez dans mon milk-shake avant d'enchaîner :

— Non, non je pensais à un truc… bref, tu sais ce que tu veux faire plus tard ?

— Ce que je sais, c'est que je veux pas finir comme mon frère. Je veux avoir mon bac et ensuite me former à un métier stable, dans un bureau, un truc qui paye correctement, comptable ou quelque chose dans le genre, et dès que j'aurai mon diplôme, me casser dans le sud de la France, idéalement avec ma mère.

— Et tu n'as pas peur de trouver ça… chiant, d'être comptable ?

Je me souviens des livres qui s'empilaient sur l'étagère de sa chambre, peut-être qu'Anthony est premier de sa classe, peut-être qu'il est comme Amel : prêt à tout pour s'en sortir.

— Ce que je trouverais chiant, dit-il, c'est de finir en prison ou à la rue. Et toi ?

— Et moi quoi ?

— Tu as déjà pensé à jouer en pro ?

J'ouvre la bouche, j'hésite à répondre franchement. Ce serait le moment de tout lui raconter. Mon vrai rapport au basket, Papa, mon syndrome, l'horreur que les derniers mois ont été pour ma famille et moi. Mais comment lui avouer que mon père est mort depuis des semaines alors que je n'ai pas cessé de lui parler de lui au présent ? Et puis, il pourrait réagir comme les autres, décider de ne plus jouer avec moi… C'est le problème des mensonges : tu commences par un et tu es obligé d'en inventer d'autres pour justifier le premier. Et avant d'avoir eu le temps de réaliser, tu te retrouves coincé dans ton imposture comme dans une prison que tu as construite toi-même, brique par brique, sans jamais penser à y intégrer une porte de sortie.

Alors de nouveau, je mens :

— Non, jamais.

— Mais tu joues en club, non ?

Je détourne les yeux, subitement mal à l'aise.

— Plus maintenant…

— Et tu vas faire quoi plus tard ?

C'est une bonne question, que je m'applique à ne surtout pas me poser ces derniers temps. Qu'est-ce qu'une fille comme moi, à qui on a retiré la seule chose qu'elle ait jamais su faire dans la vie, peut envisager comme métier ?

— Je sais pas… Je suis nulle en cours de toute façon, donc probablement SDF.

Mon rire sonne faux et d'ailleurs il ne rit pas à ma blague.

— Mais tu rentres en première, non ? Tu as choisi quoi comme spécialités pour l'année prochaine ?

Je me vois mal lui avouer que c'est ma mère qui a fait la sélection de mes spécialités et que je m'en fous tellement, que je ne sais même pas ce qu'elle a choisi. Je cherche un autre sujet pour faire dévier la conversation quand j'entends une voix familière derrière moi.

— Léa ? Je croyais que tu étais avec Nicolas !

Je me retourne si brusquement que si Anthony ne l'avait pas rattrapé, j'aurais renversé mon gobelet encore à moitié plein.

Ma mère se tient devant moi, l'air plus étonnée qu'en colère.

C'est l'autre problème des mensonges : quand tu es démasqué, tu as vraiment l'air con. Comme je ne trouve rien à répondre, elle se tourne vers Anthony et lui tend la main de manière très formelle tout en le dévisageant avec curiosité.

— Bonjour, je suis la maman de Léa.

Il lui rend sa poignée de main avec un sourire poli.

— Bonjour… J'aurais deviné, elle vous ressemble énormément.

Sa remarque semble faire plaisir à ma mère et son visage s'adoucit d'un sourire fatigué mais sincère.

— C'est vrai, mais Léa a tellement pris de son père côté personnalité que j'en viens à oublier qu'elle a quand même quelques caractéristiques qui viennent de moi.

Elle tient un gigantesque bouquet de fleurs serré contre elle d'une main et un sac en papier *Thaï Spices* de l'autre.

— Je suis allée au thaï, dit-elle d'une voix embarrassée en suivant mon regard fixé sur le sac, mais au final je n'avais pas très faim donc je leur ai demandé à emporter…

Elle ne termine pas sa phrase, mais je sais qu'elle venait chez le glacier terminer le repas par une glace, en souvenir des week-ends traditionnels passés en famille. Ceux auxquels on n'aura plus jamais droit. Et moi, j'ai refusé de venir avec elle. Je déglutis difficilement avant de demander :

— Tu devais pas y aller avec Anaïs ?

— Non, finalement elle ne rentre que ce soir, elle est allée au cinéma avec Jessica.

Je ressens une vague irritation contre ma petite sœur. Pourquoi n'a-t-elle pas fait l'effort d'accompagner Maman dans ce pèlerinage déprimant plutôt que de perdre son temps avec Jess ? Anaïs est supposée être dans l'équipe de ma mère. Elle n'a pas le droit de la laisser tomber comme ça.

— Bon je vous laisse, conclut ma mère d'un ton faussement enjoué, je dois aller…

Elle laisse sa phrase en suspens, comme si je ne savais pas qu'elle allait au cimetière déposer son bouquet sur la tombe de Papa.

— À tout', dis-je.

Je la regarde s'éloigner, dans l'immense couloir vide, elle semble si seule avec ses fleurs et son chagrin que j'ai envie de me mettre des claques. Mon père aurait honte de moi. Brusquement, je me lève et je lui cours après.

— Maman !

Je la vois s'essuyer furtivement les yeux avant de se retourner.

— Oui ?

Les mots se bousculent dans ma bouche, nerveux et désordonnés.

— Tu n'as même pas pris de glace, tu veux que je t'en prenne une ? Un cornet fraise-vanille ?

— Merci, c'est gentil, mais je n'ai pas si faim, j'ai changé d'avis. À tout à l'heure, ma puce.

Puis elle caresse ma joue avec douceur et je comprends que ma proposition a suffi à lui faire plaisir. Je reviens lentement vers la table, les épaules courbées par la culpabilité.

— Ça va ? demande Anthony.

— Oui… Ma mère… Ma mère est un peu déprimée en ce moment, c'est tout.

— Divorce ?

— Qu'est-ce qui te fait croire ça ?

— Je sais pas… Tu ne parles que de ton père, jamais d'elle… Et elle avait l'air très… seule.

Je secoue la tête.

— Non, ils ne sont pas divorcés.

— Et sinon pourquoi tu lui as dit que tu voyais un autre mec ? Je suis trop infréquentable, c'est ça ?

Il a retrouvé son ton léger, un peu détaché, et l'atmosphère s'allège à nouveau.

— C'était plus simple… Je peux pas lui dire que je joue au Val-Fleuri, elle serait persuadée que je vais me faire agresser. Nico, c'est mon meilleur ami, ça la rassure…

Il fronce les sourcils, comme s'il cherchait dans ses souvenirs.

— Nico… Nico… C'est l'amour de ta vie qui n'est pas encore au courant que vous allez finir ensemble, c'est ça ?

Je pousse un soupir, mais j'ai presque envie de rire.

— Parfois je préférerais que tu m'écoutes moins attentivement et que tu oublies certaines choses que je te dis…

— Je t'avais prévenue, j'aime bien écouter les gens… Donc c'est bien lui.

— Oui, mais je sais plus trop… Depuis quelque temps je me dis que c'est peut-être juste un très bon pote.

En entendant mes propres paroles, je me demande de nouveau si elles ne contiennent pas un peu de vérité.

— Tu veux dire depuis que tu es tombée folle amoureuse de moi à la place ?

Il sourit franchement, mi-moqueur, mi-gentil, tout en aspirant son milk-shake du coin de la bouche. Et bizarrement, je ne suis pas embarrassée par sa remarque. J'ai presque envie de rire. Il fallait bien qu'on évoque ce baiser à un moment ou un autre. J'aspire la fin de mon milk-shake bruyamment, puis je croise les bras sur ma poitrine et me penche par-dessus la table.

— C'est peut-être moi qui ai commencé, mais tu m'as embrassée aussi dans cette voiture et tu avais pas l'air de trouver ça si atroce que ça.

La table est étroite et je n'ai laissé qu'une dizaine de centimètres entre son visage et le mien. Il pourrait se reculer ou s'avancer, mais il ne bouge pas et d'un coup, son expression redevient sérieuse.

— Ce n'était pas atroce, pour être honnête, c'était même plutôt agréable…

Je ne m'attendais pas à sa franchise. Ni à avoir subitement envie d'envoyer valser la table et de coller de nouveau mes lèvres aux siennes.

— Alors pourquoi tu m'évites ? Quand on est avec les autres, tu m'adresses à peine la parole…

— Parce que je voulais pas te mettre mal à l'aise, et puis, j'ai une copine et je suis pas ce genre de mec. Et si tu veux tout savoir, Jenny, ma copine, était ma meilleure amie aussi, je la connais depuis la maternelle, donc ton histoire avec ton pote Nico, ça pourrait très bien marcher.

Il a l'air de se sentir coupable, je ne sais pas si c'est par rapport à moi ou par rapport à elle. Son expérience d'amour fou avec son ex-meilleure amie qui devrait me donner de l'espoir pour Nico ne m'apporte aucun réconfort.

— On peut être potes, non ? poursuit-il. On joue bien ensemble, on s'entend bien. Tu kiffes un autre mec… Ce baiser c'était une connerie, t'avais bu, t'avais fumé… Ça voulait rien dire.

Je me renfonce dans le dossier de ma chaise, je me force à sourire.

— Non, ça voulait rien dire.

— Alors on oublie ?

— J'ai déjà oublié… De quoi tu parles d'ailleurs ?

Il sourit, son visage se détend.

— Cool. Tu veux te faire un ciné ? Y a le nouveau *Fast and Furious.*

— Carrément, Amel refuse d'aller le voir avec moi.

Il referme son milk-shake vide, vise la poubelle de l'autre côté de l'allée et le balance. Le gobelet fait un arc de cercle parfait et atterrit en plein milieu du sac en plastique.

Je lève les yeux au ciel avec un soufflement dédaigneux. Je sors ma paille et la glisse entre mes dents et sans même me lever, je vise la poubelle suivante, beaucoup plus loin, juste en haut des Escalator. Le verre en carton rebondit sur la rampe en caoutchouc et atterrit en plein dedans. Anthony sourit et lève les mains en signe de défaite.

— C'est toi qui gagnes, Air Léa, je paye le pop-corn.

21

Les vacances sont enfin là. Je suis partagée entre un ennui profond et une forme de soulagement, comme si l'angoisse dans laquelle je surnage depuis des semaines allait disparaître en changeant d'environnement. Je passe les journées seule avec Anaïs pendant que ma mère travaille, mais on s'adresse à peine la parole. Nico est parti à Capbreton dans sa maison de vacances, Amel a pris son vol pour l'Algérie, partagée entre une surexcitation délirante à l'idée de prendre l'avion pour la première fois et une terreur panique à celle qu'elle allait sûrement s'écraser dans la Méditerranée.

Ma mère, depuis notre rencontre au centre commercial, est persuadée que je sors avec Anthony. Elle a essayé d'enquêter avec la délicatesse d'un camion-poubelle débarquant dans un salon de thé. Je suis restée vague : un copain d'Amel avec qui je m'entends bien. J'ai refusé catégoriquement le rendez-vous chez la gynéco, mais je n'ai pas échappé au paquet de préservatifs tout neuf sur ma table de nuit dès le lendemain, ainsi qu'au dépliant sur le taux de succès des différents moyens de contraception négligemment glissé entre une brochure sur une école qui forme au marketing sportif et une autre à l'enseignement du sport (le programme « Trouver un projet d'avenir à Léa en trois jours » est plus que jamais d'actualité). Je n'ai pas vraiment nié. Dans l'état actuel des choses, je préfère encore qu'elle pense que je couche avec tout le Val-Fleuri, plutôt qu'elle comprenne que je continue à jouer au basket.

Comme Anthony l'avait annoncé, Teddy est parti en vacances et les autres travaillent pour gagner un peu d'argent. Anthony ne peut pas jouer tous les jours avec moi, comme je le lui avais demandé. Pas parce qu'il m'évite ou parce qu'il ne veut pas, mais parce qu'il travaille aussi. Il a réussi à étendre ses horaires à la mairie. Il doit saisir à l'ordi des données écrites à la main dans des vieux dossiers. Ça a l'air très ennuyeux, mais je sais, maintenant que je le connais mieux, qu'il se bat pour s'en sortir, pour gagner sa vie et pour ne pas finir comme son frère. Il reste libre deux après-midi par semaine, pendant lesquelles on se retrouve pour jouer en tête à tête. On n'a pas reparlé de la conversation chez le glacier. On est potes, c'est tout. Parfois, j'ai envie d'autre chose, mais au fond ça simplifie les choses. On discute toujours après le jeu, en général sur le banc devant les grilles du terrain, en buvant un Coca glacé pour lui et un Orangina pour moi, achetés à la supérette du coin. Au début, je restais un quart d'heure, puis le quart d'heure est devenu une demi-heure, puis une heure… Je me surprends parfois à avoir envie de saisir mon téléphone pour lui raconter quelque chose qui m'est arrivé ou à penser régulièrement « je raconterai ça à Anthony », peut-être une simple conséquence de l'absence de Nico et Amel ou peut-être que, malgré nos différences, on s'entend juste vraiment bien.

Dehors il fait huit mille degrés. À la télévision, ils ne parlent que de canicule, comme tous les ans. Il fait tellement lourd que je reste avachie sur mon lit depuis ce matin, les volets en persienne, à m'enchaîner l'intégralité des épisodes de *Riverdale*. Anthony n'était pas sûr d'être libre aujourd'hui et je consulte mon téléphone toutes les dix secondes, de plus en plus agacée par son silence.

La porte de ma chambre s'ouvre d'un coup et je lève les yeux au ciel en apercevant ma sœur en mini-short destroy.

— Combien de fois faut que je te dise de frapper avant d'entrer dans ma chambre ?!

— Tu pourras me prêter ta veste en cuir samedi soir ?

— Non.

Anaïs est invitée à sa première « vraie » soirée, à savoir qu'il y aura peut-être de l'alcool et qu'il n'y a pas d'heure de fin. Officiellement, elle a dit à ma mère qu'elle faisait une soirée pyjama chez Jessica. Mais je l'ai entendue pouffer au téléphone il y a trois jours, alors qu'elles essayaient diverses tenues pour cette soirée, organisée par un certain Arnaud, super vieux selon elle puisqu'il est en seconde dans un autre lycée, « trop canon » selon Jessica, un peu trop petit selon Anaïs.

Le visage d'Anaïs s'affaisse.

— Pourquoi ?

Je réponds, les yeux toujours fixés sur l'écran :

— Parce que t'as pas frappé.

Elle ressort, referme la porte et frappe trois grands coups.

— Non, je suis occupée.

Évidemment, elle ouvre quand même.

— Tu n'es pas occupée, tu regardes des séries toute la journée. Est-ce que je peux avoir ta veste en cuir samedi soir ? Steuplé, Léa…

Elle a les mains jointes et l'air suppliant de quelqu'un qui me demanderait le rein qui pourrait lui sauver la vie. J'appuie sur « Pause » et m'assois sur mon lit. C'est la première fois depuis toute cette histoire qu'elle me sort plus de quatre mots d'affilée et malgré tout, ça me fait plutôt plaisir.

— Samedi il va faire trente-cinq degrés, tu vas avoir l'air débile avec une veste en cuir.

— S'il fait trop chaud je l'enlèverai.

— Tu vas l'oublier, tu oublies toujours tout.

— Je te jure que non, j'y ferai super attention. *Pleeeeeease*…

Je pousse un soupir.

— Déjà, pourquoi tu veux ma veste ?

Elle hésite, puis avec précaution, comme pour amadouer un animal sauvage, elle vient s'asseoir sur mon lit.

— Tu te souviens de ma copine Laeti ?

— Celle qui avait monté toutes les filles de ta classe contre toi l'année dernière ? Je croyais que c'était la pire des connasses.

— Oui, mais maintenant on est de nouveau copines, son frère est en seconde au lycée professionnel, il s'appelle Arnaud, il est…

Elle s'interrompt et se mord les lèvres.

— Trop canon ? je propose aimablement.

— Voilà, et il fête son anniversaire, et il a dit à Laeti qu'elle avait le droit d'inviter cinq copines à condition qu'elles ressemblent à quelque chose.

— Ce garçon a l'air charmant…

— Et bref, je pense que j'ai trouvé ma tenue, mais ta veste est l'élément manquant indispensable.

Elle réfléchit intensément et finit par lâcher avec grand sérieux :

— Je peux même te la louer, genre dix ou quinze euros ?

Je me lève, j'ouvre mon armoire et lui tends ma veste en cuir sur un cintre.

— C'est bon, j'ai pas besoin de ton argent, mais je te jure si jamais tu me la perds…

— Je la perdrai pas, merci, merci Léa !

Contre toute attente, elle me serre dans ses bras et sors de la pièce en sautillant.

— Attends ! dis-je subitement.

Elle s'arrête net et se retourne, l'air craintif, serrant contre elle le vêtement comme si j'allais le lui arracher.

— Tu sais que cette Laeti, au fond c'est pas une vraie copine, hein ?

— Oui, oui, t'inquiète, dit-elle avec un faux air blasé qui indique exactement le contraire.

Elle referme la porte et je ne sais pas pourquoi, la discussion a atténué ma mauvaise humeur. Je prends mon téléphone, tape un texto, l'efface, recommence, hésite et finalement j'envoie.

Léa Martin
On joue cet aprèm ?

Tony Basket
La flemme, il va pleuvoir… Demain ?

Léa Martin
Tu rigoles ?! Il fait cinquante degrés !

Tony Basket
La flemme, il fait cinquante degrés ;-)

Je lui renvoie un smiley qui lève les yeux au ciel. Je fixe quelques secondes le plafond en réfléchissant avant de renvoyer :

Léa Martin
Allez juste une heure… Je m'ennuie.

Je regarde les trois petits points apparaître sur l'écran pendant qu'il écrit, puis disparaître, comme s'il avait effacé son messsage, avant de réapparaître.

Tony Basket
Dsl, je peux vraiment pas là, je suis avec Jenny…

Sa réponse me fait l'effet d'une douche froide. Je les imagine en train de se rouler des pelles sur son lit et je grimace. Cette vision suffit à me rendre furieuse. Tant pis, ce n'est pas comme si j'avais besoin de lui. Je me lève et crie dans l'escalier :

— Anaïs, je sors !

— OK, me répond-elle de sa chambre, probablement trop occupée à s'admirer dans ma veste pour s'intéresser à mes allées et venues.

Dans le garage, je sors le carton « Outils de jardinage » et tire mon sac à dos de sa cachette habituelle. J'enfile mes affaires, une paire de baskets, et range mon short, mes tongs et mon débardeur dans le sac à leur place avant de me diriger vers mon vélo. Je n'entends pas la porte du garage s'ouvrir.

— Léa, qu'est-ce que tu penses de cette tenue pour… ?

Je sursaute et manque de lâcher mon guidon. Ma petite sœur et sa longue tresse blonde se tiennent dans l'encadrement de la porte qui sépare la cuisine du garage. Elle s'est interrompue au milieu de sa phrase et me dévisage de haut en bas, les yeux ronds de stupéfaction derrière ses lunettes. Je reste un instant paralysée, à la recherche d'un mensonge plausible, mais ma tenue et la balle dans le filet accroché à mon guidon ne laisse pas place au doute.

— Tu… Tu continues de jouer au basket ?

— Ça te regarde pas.

— Tu peux pas… C'est dangereux, Papa est…

— Tais-toi !

Je laisse mon vélo tomber par terre avec un bruit de ferraille et en trois enjambées je franchis la distance qui nous sépare. Je lui serre brutalement le bras.

— Je t'interdis de le dire à Maman. Tu comprends ? Je t'interdis ! Si tu balances quoi que ce soit, je te jure, non seulement je balance pour ta soirée samedi mais en plus je… je…

Je cherche une menace crédible, ne trouvant rien, je me contente de laisser planer l'avertissement. Quand je lâche son bras, mes doigts ont imprimé cinq marques rouges sur sa peau pâle et, sur le visage d'Anaïs, la stupéfaction a laissé place à la terreur. Tout à coup, j'ai terriblement honte. Je lui tourne le dos pour récupérer mon vélo. La porte claque, quand je me retourne, ma sœur a disparu.

Je pédale furieusement en direction du Val-Fleuri. Comment ai-je pu être assez stupide pour me laisser surprendre ? Au début, je me changeais discrètement dans le square au bout de la rue. Mais à force, j'ai baissé ma garde… Que se passera-t-il si ma mère apprend que j'ai continué à jouer ?

Sur le trajet, je sens grandir une culpabilité inhabituelle. Pourquoi est-ce que je suis en colère, tout le temps ? Au début, quand j'allais jouer au basket, j'avais un sentiment de triomphe, l'impression d'avoir gagné une bataille dans la grande guerre que j'avais déclarée au monde entier. Mais pour la première fois, je considère la possibilité qu'il m'arrive vraiment quelque chose, que je m'effondre un jour sur un terrain, la main sur le cœur, comme Papa… Et j'imagine Maman, décrochant son téléphone au bureau, apprenant la nouvelle, sortant en courant, hélant un taxi pour aller en urgence à l'hôpital, en larmes sur la banquette arrière. Toute seule. Pour la deuxième fois.

Il fait une chaleur à crever et pourtant le ciel est gris et lourd. Anthony a raison, il va probablement pleuvoir. Quelques minutes plus tard, une goutte vient s'écraser sur ma joue. Je devrais rentrer, il pleut à grosses gouttes maintenant, mais je ne peux pas. Je me sens mal de cette expression apeurée sur le visage d'Anaïs, mal de lui avoir serré le bras trop fort, mal de cette rage qui ne m'a pas quittée depuis que Papa est mort. Alors je joue sous la pluie, toute seule, je m'échauffe, puis je m'entraîne à mettre des paniers. Je suis trempée, mais je m'en fous. J'ai trop d'émotions à libérer, j'ai besoin de me défouler. Je ne sais pas combien de temps est passé quand j'entends une voix tomber du ciel.

— Tu es venue quand même finalement…

Je me retourne. Anthony se tient à quelques mètres de moi, les mains dans les poches de son short. Malgré la capuche de son sweat qu'il a remontée sur sa tête, derrière le rideau de pluie, j'aperçois ses lèvres qui esquissent un sourire. Je baisse les yeux, je suis trempée de la tête aux pieds.

— Je t'ai vue jouer de ma fenêtre, précise-t-il en indiquant du menton son immeuble de l'autre côté de la rue, et je sais pas si tu as remarqué, mais il pleut…

Je lui jette le ballon.

— Et alors ? Tu es en sucre ? Ou tu as juste peur de perdre ?

Il se met à rire doucement et commence à dribbler. Je le suis. Au bout de dix minutes, aucun de nous deux n'a réussi à marquer. Normalement, ça m'amuse de constater qu'il est aussi bon que moi, mais aujourd'hui, ça m'angoisse. Est-ce que je n'ai pas perdu à force de moins m'entraîner ? Ma frustration grandit, le terrain est glissant. La rage qui m'anime me fait faire des erreurs et Anthony finit par marquer deux paniers successifs.

— Balle pour toi, dit-il en me la lançant, attention, ce serait pas bon pour ta réputation que je te mette dix-zéro…

— C'est bon, t'enflamme pas !

J'ai un mouvement énervé et mon ton est agressif, une expression étonnée traverse son visage. Je n'arrête pas de penser à Anaïs et à ma mère. J'essaye de contourner Anthony qui ne me laisse pas une seconde de répit, je m'élance brusquement, il fait un pas de côté et je m'écrase sur son torse. Le sol est glissant, j'essaye de recouvrer mon équilibre en vain et je m'effondre lamentablement à ses pieds.

— Whoa, tu t'es fait mal ?

En une demi-seconde il s'est agenouillé à côté de moi, l'air inquiet. J'ai le genou qui saigne, mais ce n'est pas grave, en revanche, je me suis méchamment tordu la cheville. Je m'assois sans pouvoir retenir une grimace de douleur.

— Tu as mal où ?

La pluie redouble et je réalise l'absurdité de cette scène. Si je me suis foulé la cheville, je ne pourrai même pas rentrer chez moi à vélo… Et comment justifier ma blessure à ma mère ? J'ai envie de pleurer. J'ai froid et je suis trempée jusqu'aux os.

— On va rentrer, OK ? poursuit Anthony, t'as pas l'air au top.

Sa voix est inquiète, gentille même. Il se penche sur moi et, avec douceur, glisse derrière mes oreilles les mèches trempées qui sont sorties de ma queue de cheval. Le simple contact de ses doigts déclenche une vague de chaleur dans mon ventre. Je repense à cet unique baiser dans sa voiture devant chez moi. Le souvenir est chassé brutalement par l'image de tout à l'heure, lui et Jenny enlacés sur son lit. Pourquoi me fait-il encore cet effet-là ? Cette fois, je ne peux pas accuser l'alcool. Pourquoi est-ce que je n'intéresse jamais les mecs qui me plaisent ? Pourquoi est-ce que rien, jamais, n'est simple dans ma vie ?

Je ne bouge pas d'un millimètre, assise par terre. Je n'arrive pas à détacher mon regard du sien.

— Air Léa, réponds-moi. Ça va ? Tu t'es cogné la tête ?

— Non.

Je dois avoir l'air hagard, par terre, dégoulinante de pluie et de sueur.

— Non ça va pas ou non tu t'es pas cogné la tête ?

— Les deux, je réponds d'un air furieux.

J'ai l'impression qu'il retient un sourire et je baisse les yeux, encore plus irritée. Je ramène ma cheville vers moi et commence à la masser doucement. Peut-être que ce n'est rien, après tout. Il se relève et me tend la main.

— Allez, on va chez moi le temps que l'orage se termine, ou tu vas réussir à attraper la crève en plein mois de juillet…

J'ignore sa main tendue et je me relève tant bien que mal. J'étouffe un gémissement de douleur. Il me rattrape par le bras. Je me dégage brutalement.

— Laisse-moi, j'ai pas envie d'aller chez toi !

Je ne sais pas pourquoi je suis tellement en colère contre lui tout à coup. À cause de cette vision, de lui et Jenny ? Si ça se trouve, elle est encore chez lui.

— Qu'est-ce qui se passe ? demande-t-il l'air soudain sérieux.

Et un moment, j'ai envie de tout lui avouer. Que mon père est mort, que je n'ai pas le droit de jouer, car je pourrais bien mourir, moi aussi, sur un terrain de basket, que je pourris la vie de ma mère, que je suis une sœur atroce, que plus rien ne fonctionne comme prévu, que l'univers a explosé et que personne ne s'en est rendu compte et que je déteste sa copine. Mais au lieu de ça, je m'entends répondre :

— Rien, je veux rentrer.

Je me dirige en boitant vers la grille, ramasse mon sac à dos au passage et sors la clé de mon antivol. Mes baskets sont gorgées d'eau, j'ai l'impression de marcher sur deux éponges à vaisselle. Anthony me suit et tire la grille derrière nous. Son sweat gris est trempé.

— C'est toi qui as insisté pour que je vienne jouer, alors ce serait cool de m'expliquer pourquoi est-ce que tu as subitement l'air d'avoir envie de me tuer…

— Je me suis fait mal, c'est tout. Rentre chez toi, rappelle ta copine, je sais très bien me débrouiller toute seule.

Il hausse un sourcil et plisse légèrement les yeux.

— J'ai plus de copine, je l'ai vue cet aprèm pour lui dire que c'était terminé.

La clé que je m'apprêtais à mettre dans l'antivol ripe et tombe par terre.

— Tu veux savoir pourquoi ? continue-t-il.

Sans répondre, je me baisse pour ramasser ma clé. Je ne veux pas qu'il voie mon visage.

— Parce que je me suis dit que ça ne se faisait pas de rester avec elle alors que j'arrête pas de penser à une autre fille.

L'antivol cède enfin, à mon grand soulagement. Je me retourne vers lui. Un court instant, j'ai espéré qu'il parlait de moi, mais son visage est impénétrable et il reste à distance. Je le déteste. Il sait. Il sait l'effet qu'il me fait et il s'amuse.

— Saint Anthony, priez pour nous, dis-je d'un ton mordant d'ironie en refermant l'antivol avec un claquement sec autour de ma selle. Tu sais quoi, on en parlera une autre fois, genre jamais, parce que ça fait deux siècles que je suis amoureuse d'un mec qui me raconte toutes ses histoires de cul une par une sous prétexte qu'on est potes, donc je t'avoue que la vie amoureuse des autres, je sature un peu !

Le léger sourire qui apparaît sur ses lèvres et la fossette familière qui se creuse dans son menton achèvent de me mettre en rage.

— Je vois vraiment pas ce qu'il y a de drôle !

— Il est vraiment trop con.

— Qui ?

— Ton pote.

Et, sans prévenir, il franchit la distance qui nous sépare, il m'attire contre lui et il m'embrasse. Je reste une seconde tétanisée, les bras ballants le long du corps. Puis mes doigts s'écartent et j'entends le bruit métallique de la clé qui heurte de nouveau le goudron. Je pose les mains sur ses épaules pour me coller encore plus à lui et lui rendre son baiser.

J'ai conscience de la pluie qui crépite autour de nous. Et c'est tout. Il ne reste plus que ça dans l'univers : Anthony et la pluie. Ses lèvres sont chaudes, à la fois douces et assurées, encore plus que dans mon souvenir, ses bras m'enserrent le dos et ses mains me caressent la nuque. Je n'ai plus froid. Je n'aurai plus jamais froid. Ma colère s'est envolée en une fraction de seconde, elle s'est dissoute dans les flaques, s'est écoulée en rigoles sautillantes de mes baskets-éponges-à-vaisselle jusqu'à la boue du caniveau. Je me serre un peu plus fort contre lui, contre son sweat trempé qui imbibe mon tee-shirt. Je laisse s'écouler à mes pieds l'océan qui m'emprisonnait et pour la première fois depuis longtemps, j'ai de nouveau l'impression de respirer.

— Tu trembles, murmure-t-il à mon oreille.

Je ferme les yeux pour mieux entendre sa voix, si grave et si calme, pour profiter de son souffle chaud contre mon oreille. Il s'écarte doucement et j'ai froid à nouveau.

— Viens, tu vas attraper la crève.

Il me saisit par la main et m'entraîne. Je cours derrière lui, ma douleur à la cheville envolée, étrangement légère et incapable de contrôler le sourire qu'il a déposé sur mes lèvres. Et, sautillant de flaque en flaque comme une enfant ravie, je pense avec une joie inexplicable : *Je vais encore me faire piquer mon vélo.*

22

On arrive trempés dans le hall de son immeuble. En attendant l'ascenseur, j'observe les flaques qui se forment autour de nos baskets, deux taches d'eau qui se rapprochent jusqu'à ne faire plus qu'une. Ma main est toujours serrée dans la sienne. On ne dit rien jusqu'à ce qu'il ouvre la porte de son appartement. J'ai un mouvement de recul.

— Ma mère bosse et mon frère n'est pas là en ce moment, précise-t-il comme s'il avait lu dans mes pensées.

Soulagée, j'entre. L'appartement n'a rien à voir avec le souvenir que j'ai gardé de la soirée chez lui. Tout est propre et rangé dans la salle à manger claire malgré le temps pourri. Je n'avais pas fait attention aux photos de famille et aux dessins d'enfants sur les murs. Je remonte le couloir derrière Anthony jusqu'à sa chambre, au passage, il ouvre un placard et en sort une serviette propre.

Je croise mon reflet dans la glace et réalise que mon tee-shirt trempé est quasi transparent et colle à ma poitrine, heureusement que je porte une brassière de sport. Même s'il n'a fait aucune remarque, Anthony n'a pas pu ne pas le remarquer. Embarrassée, je ramène mes bras devant moi.

— Tu veux prendre une douche ? demande-t-il en poussant la porte de sa chambre.

Il s'écarte pour me laisser passer.

— Oui, je veux bien.

Il me tend la serviette avec un sourire en coin.

— Vas-y, je te rejoins dans deux minutes.

J'ouvre la bouche, vire couleur ketchup fermenté, et il éclate de rire.

— Je te charrie, Air Léa, t'arrête pas de respirer d'un coup comme ça ou tu vas mourir… Je vais voir si je peux te trouver un tee-shirt de ma mère. Le bas ça va être compliqué, elle fait un mètre cinquante.

Je prends la serviette et vais m'enfermer dans la salle de bains. Je sors réchauffée de la douche quelques minutes plus tard.

— Je t'ai posé des fringues de rechange devant la porte ! me crie Anthony depuis sa chambre.

Je sèche ma culotte et ma brassière humides au sèche-cheveux et j'enfile le jogging trop grand et le tee-shirt blanc qu'Anthony a déposés dans le couloir. Je ne ressemble à rien, et pour une fois, ça ne m'est pas totalement égal. J'essaye d'attacher mes cheveux mouillés, ce n'est pas beaucoup mieux. Je décide de les laisser sécher sur mes épaules et je sors de la salle de bains.

— OK, je prends une douche vite fait, fais comme chez toi, dit-il.

Je hoche la tête. Je voudrais qu'il m'embrasse à nouveau, mais je n'ose pas faire le premier pas. Quelques secondes plus tard, j'entends l'eau couler dans la salle de bains. Je m'assois avec précaution sur la couette à carreaux bleus et regarde autour de moi. Le poster Air Jordan affiché au-dessus du lit me paraît bien moins menaçant que la dernière fois. La chambre est à peu près rangée, les livres s'empilent toujours contre le mur et sous son lit.

Quand il revient, ses cheveux sont encore humides. Il porte un tee-shirt blanc et un jean. Il s'assoit à côté de moi.

— Tu as vraiment quitté ta copine pour moi ?

Doucement, il saisit ma main et caresse l'intérieur de ma paume du bout de son pouce.

— Non, la vérité c'est qu'elle m'a demandé si je préférais Tony Jordan à Michael Parker, clairement c'était un *dealbreaker*.

J'entends son sourire dans sa voix.

— Ma sœur a rebaptisé Stephen Curry, « Stéphane Curry de poulet », je ne sais pas ce qui est pire…

— Ouch, sacrilège.

— Exactement. Je lui ai répondu qu'elle avait été adoptée et qu'il fallait qu'elle quitte la maison…

Il rigole franchement, puis il se penche sur moi et il m'embrasse. On se laisse tomber sur la couette bleue l'un contre l'autre en s'embrassant encore et je voudrais que ce moment ne s'arrête jamais. Ce qui tombe plutôt bien, parce que c'est en gros ce qu'on fait jusqu'à la fin de l'après-midi.

23

Juillet est passé en un éclair. Mes affaires de sport sont toujours cachées dans le garage. Anaïs n'a pas dit à Maman qu'elle m'avait surprise en tenue de basket. Depuis notre dispute, elle m'évite encore plus qu'avant. C'est bizarre cet été sans Amel ni Nico. On s'écrit de temps en temps, mais parfois j'oublie de répondre, c'est comme si j'étais dans une espèce de parenthèse.

Je vois Anthony tous les jours. Quand il travaille, je vais manger un sandwich avec lui devant la mairie du Val le midi ou je l'attends sur les marches à dix-sept heures. Quand il ne travaille pas, on joue, parfois on va directement chez lui. On passe des heures à s'embrasser, mes mains passent sous son tee-shirt, caressent les muscles qui se tendent sous la peau tiède. Les siennes viennent se poser sur mon ventre, mon dos, ma poitrine, ses lèvres descendent de plus en plus bas dans mon cou, sur mon décolleté, et je dois me mordre les lèvres pour ne pas gémir. La dernière fois, je lui ai retiré son tee-shirt et il m'a enlevé le mien. Nos peaux sont entrées en contact et ce que j'ai ressenti était tellement intense que j'ai paniqué. J'ai prétexté une course à faire et je suis partie. J'ai pensé à aller à la pharmacie, acheter la pilule prescrite par la gynéco, mais je n'ai pas sauté le pas. J'ai envie et j'ai peur à la fois. Je me demande s'il y pense, on parle de tout, sauf de ça. Ma mère me demande régulièrement de ses nouvelles et parfois, je lui avoue même que je le vois, sans jamais donner de détails. C'est bizarre, parce que toutes ces années, pas une fois elle n'a supposé que je sortais avec Nico, alors qu'elle a tout de suite su que j'étais avec Anthony. Je me demande si c'est écrit sur mon visage, si quelque chose, chez moi, a changé. Elle me dit de ne pas hésiter si je veux lui parler. Je vois bien que ça l'angoisse, l'idée que j'ai un copain. Parfois, j'aimerais bien lui poser deux ou trois questions, mais je ne sais pas comment aborder le sujet.

On part demain en vacances à Arcachon, dans la maison de Mamoun, ma grand-mère maternelle. D'habitude, j'adore cette période. On va à la mer, on mange des glaces sur la jetée et on joue en extérieur avec Papa toutes les fins d'après-midi, avec le sable qui gratte, pieds nus dans mes baskets. Cette année, évidemment, c'est différent. D'abord, parce qu'il n'y aura ni Papa ni basket, et ensuite parce que même si je ne lui ai pas dit, je ne sais pas comment je vais tenir sans voir Anthony pendant vingt-huit jours.

— Léa, tu as pensé à prendre tes lunettes de soleil ? crie ma mère depuis sa chambre.

Je fouille dans mon armoire, trouve mon étui à lunettes entre mes pulls d'hiver et mes culottes, et le balance dans ma valise.

Je contemple mon bagage, perplexe. Qu'est-ce que j'ai bien pu oublier ? Pas de short ou de maillot de sport… Le côté de la valise où je range d'habitude mes affaires de basket est vide.

Ma mère passe la tête dans l'entrebâillement de la porte :

— On achètera de la crème solaire sur place, mais prends ta casquette !

Son regard tombe sur la partie vide de ma valise. Elle hésite.

— Je peux entrer ?

Je hoche la tête, elle s'approche prudemment et s'assoit sur mon lit.

— Je sais que ça va être bizarre, ces vacances sans Papa et… sans basket.

Elle parle lentement, comme si elle cherchait ses mots. Quand elle discute avec moi, ma mère a l'expression de ces flics qui hésitent à couper le fil bleu ou le fil rouge sur une bombe qui affiche cinq secondes restantes au minuteur.

— Oui.

— Comment ça va, Léa ? demande-t-elle doucement.

C'est une question si banale, je devrais répondre « bien, et toi ? » sans même réfléchir, comme d'habitude, mais son ton est sérieux, attentif. Et parce que je sais très bien que c'est une vraie question, pas celle qu'on balance par réflexe pour dire bonjour sans écouter la réponse, une partie de moi a soudain envie de poser la tête sur son épaule comme quand j'étais petite, et de lui dire que Papa me manque, que je ne comprends toujours pas pourquoi il est parti, qu'à certaines personnes, je parle encore de lui au présent, que je continue d'écouter sa voix en boucle sur mon répondeur, que je n'arrive pas à m'arrêter de jouer ou même à accepter que la rentrée prochaine ne se fera pas à l'INSEP, que je suis fatiguée de mentir à tout le monde, de lui mentir à elle. Tellement fatiguée que parfois je voudrais me rouler en boule sous ma couette et ne plus me réveiller. Que contrairement à ce que je lui affirme, tous les matins quand elle me pose la question, je ne prends pas mes bêtabloquants. Et que j'ai beau jouer la maligne, parfois je fais des cauchemars. La balle m'échappe et je tombe par terre, la main sur le cœur. Je vois l'artère de mon cœur se rompre brutalement comme un tuyau d'arrosage sous pression qui se détache du robinet en éclaboussant du sang partout.

Je voudrais lui dire la vérité : je vais mal, j'ai peur, je suis triste et je me sens terriblement seule, parce que la seule personne à qui je voudrais me confier pense que mon père est vivant et ne sait ni que je suis malade ni que mes projets d'avenir sont partis en fumée. Mentir à Anthony me brise le cœur un peu plus chaque jour. Plus on se rapproche et plus j'ai honte de ne pas être celle qu'il pense connaître.

Ma mère me caresse les cheveux doucement, elle passe ses doigts dans mes mèches blondes et je ferme les yeux. Il y a des moments où j'aimerais tellement réussir à pleurer.

— Léa, je sais que tu ne veux pas, mais je pense vraiment que ça te ferait du bien de parler à quelqu'un. Anaïs a…

— Mais arrête avec ça !

Je me lève, exaspérée. Elle se débrouille toujours pour tout gâcher. Mon téléphone vibre. Je le sors de ma poche et je jette un coup d'œil à l'écran.

Tony Basket
Ils m'ont filé mon aprèm, on se voit ?

Je tourne le portable contre ma cuisse, pour cacher le message, et je lance :

— Je vais faire un tour, ne m'attendez pas pour dîner.

Dans le garage, je renvoie un simple « OK » avant d'enfourcher mon vélo et je pédale vers la seule personne qui, parfois, arrive à me faire sentir mieux, en essayant d'oublier que c'est pour lui dire au revoir.

3e quart-temps

RECONSTRUCTION

24

Je me réveille au son des cigales, le soleil entre par la fenêtre ouverte et je m'étire en bâillant bruyamment. Demain, c'est le dernier jour des vacances. Ça fait quatre semaines que je n'ai pas touché un ballon de basket. Je n'ai pas lu un article sur le sujet, pas regardé un match. Rien. J'ai pensé à l'INSEP (parfois), à Anthony (tout le temps), et jouer m'a terriblement manqué par moments, mais contre toute attente, j'ai survécu.

Une partie de moi frémit à l'idée de reprendre la vie épuisante de mensonges et de cachotteries que j'ai quittée en partant à Arcachon, une autre n'attend qu'une seule chose : revoir Anthony. Dès la première semaine, on a commencé à s'envoyer des messages sur WhatsApp. Au début tous les deux ou trois jours, puis tous les jours. Pour se dire bonjour, bonne nuit, se raconter ce qu'on avait fait dans la journée. La réalité, c'est que j'aurais pu passer mes journées à lui écrire. Dès que je fais un truc aussi insignifiant que manger un Magnum au chocolat blanc, j'ai envie de sortir mon téléphone de la poche de mon short et de lui envoyer la photo. Les premiers jours, je me contrôlais plus ou moins, je ne voulais pas avoir l'air trop collante non plus, puis j'ai lâché prise. Je lui envoie des photos du coucher de soleil sur la mer, des bateaux sur le port, des mouettes qui poireautent sur les rochers noirs ou d'un coup de soleil niveau brûlure au troisième degré que j'ai attrapé sur le bras. Au bout d'une semaine, il m'a appelée. Il avait envie d'entendre ma voix, a-t-il expliqué quand j'ai décroché. Et depuis, on a pris l'habitude de se téléphoner tous les soirs. Je chuchote sous la couette pour ne pas réveiller Anaïs. Au début, j'avais peur qu'il y ait des blancs, qu'on n'ait plus rien à se dire. Par écrit, au moins, j'avais le temps de réfléchir à ce que j'allais répondre. À l'oral, quand il me demande si je joue ou comment va mon père, j'ai toujours peur de m'embrouiller dans mes mensonges. Mais pour entendre sa voix, je suis prête à prendre le risque. Et la réalité, c'est que même quand on n'a plus rien à se dire, le silence avec lui n'est pas si gênant. Parfois, je me sens tellement à l'aise, tellement en sécurité dans le noir, avec sa voix grave qui murmure contre mon oreille, que je suis tentée de tout lui avouer. Mais j'ai trop peur de tout gâcher. Alors, je m'endors au téléphone et je me réveille le lendemain en espérant ne pas avoir ronflé dans le micro.

J'ai peu de nouvelles d'Amel et Nico. Il m'arrive régulièrement d'oublier de répondre à leurs messages ou de me contenter de renvoyer un « oui ça va » quarante-huit heures plus tard, accompagné d'un selfie bronzé. Je ne vais même pas sur Facebook ou sur Instagram, je réécoute de moins en moins souvent les anciens messages vocaux de Papa. Anthony a envahi mon cerveau, il a accaparé chacune de mes pensées, tout me ramène invariablement à lui. Il m'a raconté toute sa vie : le jour où son père est parti pour s'installer à deux rues de chez eux avec une femme quinze ans plus jeune que lui, les batailles pour obtenir une pension alimentaire dont ils n'ont jamais vu la couleur, même s'il a dû témoigner devant le juge à dix ans à peine, son frère qui a commencé à mal tourner, à sécher les cours, à fumer trop et à dealer. Il me parle de la prof de français qui le suit depuis la sixième et lui recommande des livres et sans qui il aurait probablement fini comme Liam. On parle de musique, de films et de souvenirs d'enfance. Je lui avoue que je suis terrorisée à la vision d'un pigeon, il admet qu'il angoisse dès qu'il prend un ascenseur.

Je passe mon temps entre la plage et la piscine, à nager dans l'eau salée ou à sécher au soleil comme une étoile de mer, à lire *L'Équipe* ou à dormir, le tout en pensant constamment à lui, à imaginer nos retrouvailles ou à rejouer nos souvenirs. J'aide mon grand-père à préparer les barbecues, je m'empiffre de Mr. Freeze et de merguez grillées recouvertes de ketchup. Mon short commence à me serrer un peu. Quand il pleut, je regarde des séries Netflix sur l'iPad de Maman. Je passe les vacances comme une ado normale. Une ado amoureuse. Je ne prends toujours pas mes bêtabloquants.

Ici, tout le monde semble plus calme, Anaïs lit tout le temps dans le hamac au fond du jardin, Maman est bronzée, elle marche pieds nus et laisse la brise la décoiffer. De temps en temps, elle va boire des verres avec la voisine. Elle rentre tard et l'autre jour, je l'ai même entendue éclater de rire dans la cuisine avec Mamoun. Je crois que c'était la première fois depuis le départ de Papa.

Je me regarde dans le miroir de la salle de bains, j'ai les cheveux en bazar. Ils ont éclairci avec le soleil, j'ai rarement été aussi blonde. J'ai bronzé un peu aussi. Je n'ai plus les cernes noirs sous les yeux que j'ai traînés toute la fin d'année scolaire. Anaïs entre dans la salle de bains et je sursaute. En temps normal, je lui aurais fait remarquer qu'elle pourrait frapper, mais elle a l'air encore complètement dans le coltar et ses cheveux lui tombent sur les yeux. Elle porte un pyjama short avec un petit poney et un arc-en-ciel particulièrement niais, et cette vision me rappelle tout à coup Anaïs à l'époque où elle était encore un bébé qui ne vivait que pour me faire des câlins et qui hurlait tellement de rire à la moindre de mes grimaces que j'étais persuadée d'avoir un avenir de grande comique. Fascinée, je la regarde prendre la boîte de Bisoprolol sur l'étagère de la salle de bains, sortir la fine plaquette en aluminium, en tirer un cachet et l'avaler. Le tout, encore à moitié endormie, aussi naturellement qu'elle se laverait les dents. Elle enfile ses lunettes et son regard croise le mien dans la glace, elle semble hésiter puis se lance :

— Je sais que tu le prends pas, je l'ai vu flotter dans les toilettes l'autre jour, mais c'est juste un cachet, Léa.

Je m'assois sur le rebord de la baignoire. Ce cachet, j'ai toujours refusé de le prendre. Je ne sais même plus vraiment pourquoi. Par principe, parce que ce serait accepter la réalité, et pourtant devant ma sœur qui a deux ans de moins que moi, je me sens juste bête.

— Ça fait vraiment rien ?

— Non. Mal à la tête pendant quelques jours au début, mais sinon je vois pas la différence.

— Tu vas continuer à voir le psy à la rentrée ?

— Peut-être une fois par mois, si j'ai envie de parler de Papa ou de Marfan.

J'ai un frisson. Ce mot, je ne le prononce quasiment jamais, même dans ma tête. Il y a des mots comme des araignées aux longues pattes velues, dangereux, mortels. Elle se tourne vers moi les sourcils froncés.

— Pourquoi tu veux pas y aller ? C'est juste pour embêter Maman ?

J'ai un geste agacé de la main.

— Parce que ça servirait à rien, c'est tout. Ça t'a servi à quelque chose toi ?

Elle plisse les yeux et réfléchit, comme si je venais de lui poser une question très importante.

— Je crois oui, parce que j'avais plein de questions et qu'elle y a répondu.

— Moi j'ai pas de questions, je m'en fous.

— Et même parler de Papa, je sais pas, ça fait du bien. Parfois, j'y vais et je lui raconte juste un souvenir avec lui. Ça me fait pleurer, mais bizarrement, quand j'ai pleuré avec elle, j'ai moins envie de pleurer après.

Je hausse les épaules, j'ai honte de lui avouer que moi, je ne pleure pas.

— Tu lui as posé quoi comme questions ?

Anaïs s'appuie à la paroi de la douche et enroule le bout de sa natte blonde autour de son index.

— Je lui ai demandé si j'allais mourir.

La petite phrase, prononcée d'une voix tranquille, reste suspendue entre elle et moi. Une grenade dégoupillée qui met quelques secondes à exploser dans ma poitrine et d'un seul coup, l'air n'entre plus dans mes poumons. Je me déteste. Je me déteste de n'avoir pensé qu'à moi dans cette histoire. Je me déteste d'être tétanisée, de me taire une fois de plus, de ne pas être capable de la serrer dans mes bras et de lui dire que, évidemment, elle ne va pas mourir, qu'elle ne doit pas avoir peur. Mais ce serait un mensonge de plus, parce que en réalité, je n'en sais rien. Je n'ai jamais rien voulu savoir sur Marfan et les risques réels. Alors, je reste là, muette et immobile, seule avec ma lâcheté face à ma petite sœur qui me dévisage derrière ses épaisses lunettes, et je me demande quand elle a hérité de la sagesse et de la maturité de maître Yoda.

Elle prend ma boîte de bêtabloquants sur l'étagère, l'ouvre et en sort la plaquette. Elle me la tend et répète :

— C'est juste un cachet, Léa.

Elle referme la porte derrière elle. Du bout du pouce, je fais sortir un cachet de la plaquette. Je m'apprête à le balancer dans la cuvette des toilettes, comme tous les matins, mais j'arrête mon geste. Par la fenêtre ouverte, j'entends le bruit du petit déjeuner, la voix de Maman et celle de Mamoun, le cliquetis d'une cuillère qui tourne dans un bol. Je baisse à nouveau les yeux sur le médicament, pas plus gros qu'une lentille, au creux de ma paume.

Je murmure :

— C'est juste un cachet.

Puis je prends une grande inspiration et, pour la première fois, je l'avale.

25

Contrairement à ce à quoi je m'attendais, le cachet n'a eu aucun effet particulier et la journée s'est déroulée tout à fait normalement. Je me trouve un peu bête d'en avoir fait tout un foin. La cuisine embaume la viande grillée et les herbes de Provence, Mamoun mélange la sauce tomate devant la cuisinière. Je la regarde faire en silence, en pensant avec tristesse à tous ces dimanches soir où Papa nous préparait des spaghettis bolognaise dans la cuisine de Tarny. Maman buvait un verre de vin, elle n'avait le droit que de couper les oignons et les tomates, puisque les rares fois où elle avait tenté de faire plus, elle avait tout fait cramer. Je devrais aller faire ma valise, on part demain, mais j'ai envie de rester ici, baignée par la présence apaisante de Mamoun qui s'agite en chantonnant.

— Tu me sors les spaghettis, Léa, s'il te plaît ? demande-t-elle.

Je récupère un paquet dans le placard, déchire le carton avec un peu trop d'enthousiasme et la moitié des pâtes tombent sur la toile cirée, raides comme des Mikado.

— Merde !

— Ce n'est pas bien grave, sourit Mamoun.

Au lieu de les rassembler, je saisis un spaghetti entre le pouce et l'index, machinalement, et je me dis que c'est à ça qu'aurait dû ressembler ma vie : une ligne droite, nette et toute tracée. Je le pose sur la toile cirée, puis, à côté, je place un spaghetti pour Maman, un pour Anaïs et un pour Papa. Je les aligne un à un, collés les uns aux autres.

— C'est quoi ce bazar ? demande ma grand-mère, mi-amusée, mi-intriguée par mon expérience.

— C'est ma vie, ce bazar.

Sans rien dire, elle passe une main affectueuse dans mes cheveux blonds et dépose un baiser sur ma joue. Elle sent la pomme et la cannelle, je ferme les yeux et me laisse aller contre sa poitrine.

— Papa nous faisait des spaghettis bolognaise tous les dimanches soir, je murmure.

— Oui, je m'en souviens, mon chat, ils étaient bien meilleurs que les miens.

Je prends le spaghetti de Papa et je le casse net, en plein milieu. Je le laisse retomber au milieu des autres, il dérange l'ordre établi et éjecte ma ligne de vie-spaghetti sur le carrelage.

— Si la vie était bien faite, on resterait dans la boîte.

Mamoun hausse un sourcil en contemplant les pâtes éparses sur la table.

— Tu peux développer ? demande-t-elle, mi-amusée, mi intriguée, sans cesser de me caresser les cheveux.

— Disons que les spaghettis sont comme nos lignes de vie. Dans la boîte, elles sont parallèles, bien alignées et protégées de la réalité. Dès que tu les sors, c'est la catastrophe et tout fout le camp.

Mamoun sourit, elle prend un spaghetti cru et croque dedans.

— Sache que tu es peut-être en train de manger le spaghetti-ligne de vie de Gandhi ou du dalaï-lama…

— Tu sais ce que c'est le problème des spaghettis parfaitement parallèles, coincés dans une boîte, Léa ?

— Non…

— D'une part, ils ne se croisent jamais les uns les autres, ce qui doit être d'un ennui mortel, et surtout, c'est vraiment pas bon : goûte.

Elle me tend la moitié restante de son spaghetti. Je croque dedans, c'est dur et sec. Elle n'a pas tout à fait tort.

— Les spaghettis, c'est fait pour être cuits, pour se mélanger, pour se casser, parfois c'est raté, mais le plus souvent c'est délicieux.

Joignant le geste à la parole, elle rassemble les pâtes et les place dans la casserole d'eau bouillante. Je pense à Anthony. Je n'avais jamais réalisé que sans Papa, sans Marfan, je ne serais jamais retournée au Val-Fleuri, je ne l'aurais jamais revu. Nos vies seraient restées parallèles, bien droites, et ne se seraient jamais entrecroisées.

— Qu'est-ce que vous faites ? demande Anaïs qui vient d'entrer dans la cuisine.

— De la philosophie, répond ma grand-mère en riant : on théorise le syndrome du spaghetti.

Anaïs hausse les épaules.

— Je voulais dire, qu'est-ce que vous faites à manger, j'ai trop faim.

Elle soulève le couvercle de la casserole de sauce, hume l'odeur de viande et de tomates, et son visage s'illumine.

— Oh des spaghettis bolognaise, génial ! Papa nous en faisait tous les dimanches soir.

Je me baisse et je ramasse mon spaghetti, éjecté par terre un peu plus tôt. J'ouvre la poubelle pour l'y jeter avant de changer d'avis. Je referme la poubelle et je le laisse tomber dans la casserole avec les autres. J'observe l'eau bouillante ramollir les pâtes, les entremêler les unes aux autres dans un imprévisible chaos. Et à l'idée que dans ce vaste bazar, ma ligne de vie-spaghetti s'entrelace avec celle d'Anthony, je ne peux m'empêcher de sourire.

26

Trois heures qu'on est coincées dans les embouteillages. Les écouteurs vissés dans les oreilles, j'écoute Sia en trépignant et en tenant Anthony au courant de notre progression sur l'autoroute. Journée noire sur les routes annoncée à la radio. Un accident nous tient quasiment à l'arrêt depuis maintenant une demi-heure. Je vais devenir dingue. À côté du volant, sur le smartphone de ma mère, Waze indique maintenant qu'on arrivera à vingt heures trente-sept. J'ai encore une chance de réussir à voir Anthony ce soir. Il suffit que je prétexte un tour de vélo, un truc à récupérer chez Amel…

— J'ai faim, déclare Anaïs depuis la banquette arrière.

— Tu as raison, on va s'arrêter pour dîner, ça ne sert à rien de s'acharner, soupire ma mère en avisant une aire de repos.

— Non, on n'a pas le temps !

C'est sorti tout seul. Pour le coup, si on s'arrête, c'est mort. Ma mère tourne la tête vers moi, surprise.

— Tu as prévu quelque chose ce soir ?

— Léa veut voir son amoureux…, susurre Anaïs avec une voix mièvre.

Je me renfonce dans mon siège, excédée. Ma mère me jette un coup d'œil inquisiteur.

— Ce soir ? Tu vois Anthony ?

— C'est n'importe quoi, je coupe sèchement, on n'a qu'à s'arrêter pour manger et perdre deux heures de plus si ça vous amuse de croupir dans cette voiture…

J'espérais qu'elles renonceraient, mais Anaïs insiste et à l'aire suivante, à mon grand désespoir, ma mère met son clignotant et sort. J'avale un steak haché frites tout en répondant sous la table à Anthony que malheureusement, on rentrera probablement après vingt-deux heures : je n'aurai jamais le droit de ressortir. On se verra demain matin.

J'ai imaginé des milliers de fois mes retrouvailles avec lui. J'ai peur cependant que la réalité ne soit pas à la hauteur de tous les films que je me suis faits pendant l'été.

Quand on remonte dans la voiture, l'embouteillage a empiré, Waze annonce une arrivée à vingt-deux heures quatorze, et je sens mon cœur se serrer. Je confirme à Anthony qu'on ne se verra pas ce soir, il me renvoie un smiley triste. J'enfile mes écouteurs et me tourne pour regarder la route défiler en digérant mon steak frites et ma frustration.

Il fait nuit quand on arrive, je monte directement dans ma chambre et j'ai à peine refermé la porte que je m'allonge sur ma couette pour appeler Anthony.

— Je suis dégoûtée…

Il rit doucement dans le combiné.

— Ça fait un mois qu'on s'est pas vus, tu devrais survivre sans moi jusqu'à demain, Air Léa.

— Si je t'avais manqué, tu dirais pas ça…

Je sais qu'il plaisante, mais je ne peux m'empêcher d'être vexée. J'aurais voulu qu'il veuille me voir tout de suite. Je sais qu'il n'est pas comme moi, il n'a pas la même impatience. Moi, je voudrais plier le monde à ma volonté, Anthony a appris à s'adapter à la volonté du monde.

— Si vraiment tu dépéris à ce point, je peux venir, c'est pas comme si j'avais un couvre-feu…

— Venir ?

— Chez toi… En voiture je suis là dans vingt minutes grand max.

— Maintenant ?

Il rit franchement, cette fois.

— Non, le mois prochain… évidemment maintenant !

Je me mords les lèvres. Il ne peut pas venir, si ma mère savait… Mais ma mère sera couchée d'ici une demi-heure, j'ai entendu la douche tout à l'heure et Anaïs sera déjà endormie.

— Ou alors on se voit demain matin…, complète-t-il face à mon silence.

— Attends, je réfléchis.

Est-ce qu'il s'attend à quelque chose ? Non pas que je sois contre l'idée de coucher avec Anthony. Soyons honnêtes, j'y pense à peu près deux mille fois par jour. Mais je ne m'attendais pas à ça, pas si vite, pas comme ça. Ce serait ma première fois. Et puis, j'avais toujours imaginé qu'on le ferait chez lui.

— Attends, je te rappelle, dis-je précipitamment.

Je raccroche. J'hésite. Il n'y a qu'une personne qui peut m'aider dans ce genre de situation et il se trouve que c'est aussi probablement la personne la plus mal placée pour m'aider. Cela dit, il s'agit d'une urgence. Je saisis mon téléphone et j'appelle, Nico décroche à la première sonnerie.

— Léa ! Tu donnes enfin des nouvelles…

— Nico, j'ai besoin de ton aide, c'est urgent.

— Oula, ça a l'air grave, tout va bien ?

— Oui, oui, juste une histoire de mec, j'ai besoin d'un conseil…

Il y a un silence au bout du fil, bref, mais suffisamment long pour que je le remarque.

— Je comprends mieux pourquoi on n'entendait plus parler de toi, commente-t-il amusé.

Je lui expose rapidement la situation, sans trop de détails. J'ai rencontré un mec avant les vacances, on est sortis ensemble trois semaines avant mon départ, puis on s'est parlé tous les jours pendant un mois et maintenant il veut venir chez moi au milieu de la nuit. Nico ne me demande pas quand, où, pourquoi, quel mec, comment je l'ai rencontré et comment il s'appelle pour qu'il puisse aller voir la tête qu'il a sur Insta. Et c'est exactement la raison pour laquelle je me tourne vers lui et pas vers Amel. Il me laisse terminer sans m'interrompre avant de me répondre :

— C'est simple : si tu ne veux pas coucher avec lui, dis-lui de ne pas venir, si tu veux coucher avec lui, dis-lui de venir.

— Mais je ne sais pas si je veux ou pas justement. Je voudrais juste qu'il ne s'attende pas à… quoi que ce soit, tu vois…

Nicolas rigole dans le combiné.

— Moi, une meuf me demande de venir chez elle à cette heure-là quand tout le monde est couché, clairement, j'y vais pas pour l'écouter me raconter ses vacances.

— Oh… Et tu ne crois pas qu'il puisse venir juste parce que je pourrais… lui manquer.

J'ai une petite voix, je suis déçue. Moi, j'aurais traversé Tarny de nuit et à vélo pour écouter le récit des vacances d'Anthony, même s'il m'a déjà tout raconté en long en large et en travers pendant les semaines qui se sont écoulées.

Nicolas soupire à l'autre bout de la ligne.

— Tu es amoureuse ?

— Oui.

— Et lui ?

J'hésite.

— Je crois, oui.

— Et tu es sûre que c'est pas un connard ?

— Oui.

Jamais je ne me sentirai en danger avec Anthony, j'ai la certitude qu'il ne me fera jamais de mal. Au contraire, j'ai retrouvé avec lui un sentiment de sécurité que j'avais perdu depuis un moment.

— Écoute, y a des mecs qui sont adorables jusqu'à ce qu'ils te sautent et qui après se révèlent être de gros connards.

— Tu parles de toi, là ?

Il rigole à nouveau.

— Peut-être (il soupire), et d'un autre côté tu es la fille la plus cool que je connaisse, alors j'ai du mal à imaginer qu'un mec soit trop con pour ne pas s'en rendre compte.

Il l'a dit gentiment et je reste sans voix, une boule dans la gorge. C'est le plus joli compliment qu'il m'ait fait. Le silence s'étire quelques secondes, puis il poursuit :

— Léa ? Je peux te dire un truc ?

— Oui.

— Je suis content que tu ne sois plus amoureuse de moi.

Un silence. Je suis trop surprise pour répondre. Je sens mes joues devenir brûlantes, je n'ai jamais été aussi gênée en présence de Nico. Et je pense : *On va avoir cette conversation.* Cette conversation que j'ai jouée dans ma tête des millions de fois, qui m'a toujours tellement terrorisée que j'ai toujours refusé de la mener. J'avale difficilement ma salive.

— Tu sais depuis quand ?

— Depuis toujours.

— Pourquoi… Pourquoi tu m'en as jamais parlé ?

— Parce que tu ne m'as jamais rien avoué et j'avais trop peur de te blesser et de perdre ton amitié en mettant le sujet sur le tapis. Je me disais qu'à force de me taper des filles, tu comprendrais le message que… je t'adore, vraiment, mais pas de cette façon-là.

— C'était vraiment une stratégie de merde, je marmonne.

— Je sais, mais j'aimais pas qu'il y ait ce non-dit entre nous.

— OK… Faut que je digère ça, mais merci quand même pour tes conseils.

— De rien, et quoi que tu décides, ne te force à rien, tu peux même lui dire franchement que s'il vient, il ne doit pas s'attendre à quoi que ce soit. Et puis, si tu as le moindre souci, tu m'appelles, OK ? S'il te fait du mal, je lui éclate la tête.

— Il ne me fera pas de mal…

— Ouais, mais ça me donne un sentiment d'importance de te dire ça, j'ai l'impression d'être ton grand frère relou.

On éclate de rire, un bref instant mon malaise se dissipe et je réalise qu'il m'a manqué.

— Bonne nuit, je murmure dans le combiné.

— Bonne nuit, et appelle-moi demain, lâcheuse, t'as pas donné de nouvelles de toutes les vacances et moi aussi, j'ai des trucs à te raconter.

Je raccroche et je reste quelques secondes immobile, mon téléphone à la main, puis j'envoie un texto à Anthony.

Léa Martin
Viens dans une heure.
Surtout ne sonne pas,
appelle-moi quand tu es en bas,
je viendrai t'ouvrir la porte.

Tony Basket
OK.

Puis il rajoute un smiley qui souffle un cœur.

27

J'ai pris une douche. J'ai déposé un peu d'huile parfumée de ma mère dans mon cou et au creux des coudes comme je l'ai vue faire souvent en me demandant à quoi ça servait d'avoir les coudes qui sentent bons. J'ai hésité à me mettre du mascara mais j'ai renoncé. J'ai fait un truc que je ne fais jamais : j'ai tergiversé pendant vingt bonnes minutes sur la façon de m'habiller. En temps normal, à cette heure-là, je serais sans doute en pyjama, mais ce n'était pas une option pour cette situation. J'ai donc enfilé un pantalon blanc et un débardeur noir et quelques minutes plus tard, parce que je crevais de chaud, j'ai remplacé le pantalon par un short en jean. J'ai rangé un peu ma chambre, j'ai poussé ma valise sous mon lit sans prendre le temps de la vider, j'y ai fourré les deux peluches râpées que j'ai traînées avec moi toute mon enfance, l'une à l'effigie de Chewbacca et l'autre de Jabba le Hutt. C'était un cadeau d'Oncle Ben's et même si je ne dors plus avec, elles trônent toujours sur l'étagère au-dessus de mon lit.

Et maintenant j'attends, assise sur ma couette dans un état second.

Anthony n'est jamais venu ici. Je contemple ma chambre en me demandant ce qu'elle révèle de moi et ce qu'il en déduira. Je n'avais pas réalisé jusqu'ici qu'elle était quasiment aussi grande que son salon et cette constatation me met mal à l'aise. Il y a un poster de Stephen Curry au-dessus de mon lit, et des images de joueurs et joueuses que j'admire un peu partout autour. Probablement le seul point commun entre son univers et le mien. Le papier peint a été refait il y a longtemps, je devais avoir neuf ou dix ans. Ma mère l'avait choisi pour moi et il est bleu pâle recouvert de petits bouquets de fleurs attachés avec un ruban jaune. À force de le voir, je m'y suis habituée, pourtant force est de constater qu'il est beaucoup trop cucul. Je me souviens que j'avais réussi à éviter le rose, à l'époque ma mère devait avoir encore quelques espoirs de faire de moi ce qu'elle appelait une « vraie fille ». Comme si on pouvait être une fausse fille… La moquette est beige, il y a une tache délavée indélébile au pied du bureau, souvenir d'un Coca renversé par Nico un jour où on préparait un exposé. J'ai recouvert les portes de mon placard de photos et de souvenirs du basket, des places pour des matchs, beaucoup de photos que je n'ai pas pensé à regarder depuis des lustres, une citation d'Oscar Wilde dans un cadre, cadeau de mon père : « Il faut toujours viser la lune, car même en cas d'échec, on atterrit dans les étoiles. » Chaque fois que je la vois, elle me rappelle que plus tu vises haut, plus ça fait mal quand tu viens te fracasser en bas.

J'ouvre la fenêtre au-dessus de mon lit, une brise tiède me caresse le visage, on est le 28 août. Je me demande si je me souviendrai de cette date toute ma vie, comme la date de ma première fois. Ou peut-être qu'on oublie ce genre de truc quand on devient adulte. J'ai entendu ma mère dire une fois à une de ses copines : « Le sexe c'est comme les crêpes, la première est toujours ratée. » Je n'ai pas un souvenir inoubliable de mon premier baiser et pourtant sur le moment, j'étais fébrile, consciente que ça aurait dû être important. Mais je n'ai jamais ressenti ce que je ressens pour Anthony. Même à l'égard de Nico. Anthony est réel, la relation que je rêvais d'avoir avec Nico était imaginaire.

Mon téléphone vibre et je sursaute. Je décroche et chuchote :

— Allô ?

J'espère presque qu'il m'annonce qu'il ne vient pas. Un problème avec la voiture de sa mère, n'importe quoi qui calme les battements frénétiques de mon cœur dans ma poitrine.

— Je suis en bas.

— J'arrive.

Je vérifie qu'aucune lumière ne filtre sous les portes des chambres de ma mère ou d'Anaïs avant de descendre sur la pointe des pieds. Je prends une grande inspiration et j'ouvre la porte d'entrée.

Anthony se tient sous le porche, les mains dans les poches d'un jean noir. Il sourit dans la lumière des réverbères et mon cœur s'emballe. Une émotion aussi violente est probablement suffisante pour me décrocher l'aorte, j'ai bien fait de prendre de nouveau mes bêtabloquants ce matin, il aurait été gênant que je meure sur place. On reste immobiles quelques secondes et je comprends qu'il n'est pas beaucoup plus à l'aise que moi. Alors, je lui prends la main, l'attire à l'intérieur et referme la porte derrière nous. Dans l'obscurité de l'entrée, ses lèvres effleurent les miennes, ses mains se posent sur ma taille, aussi légères que deux papillons, comme s'il savait que le simple effleurement de sa peau contre la mienne était susceptible de me faire exploser en mille morceaux.

— Pas de bruit, ma mère dort, je murmure contre ses lèvres.

Je l'emmène dans ma chambre où seule la lampe de chevet est restée allumée. Je me laisse tomber sur le lit et il s'assoit en face de moi. Ses mains encadrent mon visage, je crois qu'il va m'embrasser de nouveau, mais il se contente de me regarder en me caressant les joues du bout des doigts. Il a une expression sur le visage que je ne lui ai pas vue souvent : il a l'air heureux.

On ne parle pas, on s'embrasse. Je ne sais pas trop à quel moment on tombe à la renverse, serrés l'un contre l'autre, je passe mes mains sous son tee-shirt et j'inspire l'odeur dans son cou. Plus jamais je n'accepterai d'être aussi longtemps séparée de lui. Ses mains caressent mes bras, mon ventre, ses lèvres descendent dans mon cou jusqu'à la bordure de mon soutien-gorge, et la chaleur est telle que je me demande à nouveau si mon cœur supportera le choc. Mais je m'en fous. Pour vivre un moment aussi intense, je suis prête à perdre dix ans d'espérance de vie. C'est moi qui lui enlève son tee-shirt et quand mes mains défont maladroitement le premier bouton de son jean, il s'écarte, me retient un instant. Sa respiration s'est accélérée et ses yeux se sont assombris. Il me dévisage, hésitant.

— J'ai rien apporté…

Je le fixe sans comprendre et il précise :

— Pas de préservatif…

Comme je ne sais pas quoi répondre, il ajoute :

— Je pensais pas… Je suis pas venu pour ça…

— Moi, j'en ai.

L'avantage d'avoir une mère prête à tout pour que sa fille ne tombe pas enceinte par accident. J'ouvre ma table de nuit et j'en sors le paquet qu'elle m'a acheté après m'avoir croisée avec Anthony au centre commercial. Je les lui tends, ce n'est pas comme si je savais comment ça marche. Il prend la boîte et enlève le plastique qui l'entoure. Je précise :

— C'est ma mère… Elle m'a eue très jeune, alors elle ne prend aucun risque. Mais… il faut que tu saches que… c'est ma première fois.

Il s'arrête net, me dévisage. Je ne sais pas pourquoi, ça me semblait évident qu'il s'en doutait, même si on n'a jamais abordé le sujet, et pourtant, à l'évidence, il ne s'y attendait pas.

— Et tu es sûre ? On n'est pas obligés, tu sais… on peut attendre…

Je souris, et sans rien dire, j'enlève mon débardeur. Oui, je suis sûre, depuis l'instant où je l'ai vu sous le porche, sa fossette sur le menton et les éclats sombres de son regard. J'ai même rarement été aussi sûre de quelque chose de toute ma vie.

J'enlève mon short, je me glisse sous la couette et je murmure :

— Oui, viens.

Je n'ai même pas pensé à assortir mon soutien-gorge à ma culotte. Mais je ne crois pas qu'il le remarque. Calmement, il pose la boîte de préservatifs sur la table de nuit, termine d'enlever son jean et se glisse sous les draps. Il m'embrasse et me caresse avec beaucoup de douceur. Quand je tire sur son boxer, il se laisse faire, puis il enlève mon soutien-gorge et fait glisser ma culotte le long de mes jambes. Il y a ce moment où nos corps se touchent, vraiment, pour la toute première fois. Toute cette peau nue, la chaleur dégagée, je crois que pour une fois, je pourrais pleurer. Je ne sais pas trop comment faire, j'ai peur qu'il ne me trouve nulle, mais je n'ose pas le lui avouer. Je voudrais juste que ce moment ne s'arrête jamais, que nos peaux restent en contact jusqu'à la fin des temps.

— Ça va ? chuchote-t-il au creux de mon oreille.

— Oui.

Je ferme les yeux et je le laisse faire. C'est doux, délicat et brûlant à la fois. Puis j'ai mal, je sursaute.

— Tu me dis si tu veux arrêter, OK ? murmure Anthony.

— Ça va, continue.

L'envie est plus forte et la douleur se dissipe. Je perds la notion du temps. Quand on se retrouve côte à côte, un peu essoufflés, un peu sonnés, je comprends qu'il y a peu d'endroits au monde, en dehors d'un terrain de basket, où je me sentirais plus à ma place que blottie dans ses bras. Il me serre contre lui et je m'endors quasi instantanément, la joue contre sa poitrine.

Je crois bien que je me souviendrai toute ma vie de ce 28 août. Comme quoi, même les premières crêpes ne sont pas toujours ratées.

28

J'ouvre les yeux seule dans mon lit avec le vague souvenir d'Anthony me murmurant qu'il doit partir avant que ma mère se réveille. Je m'étire et reste de longues minutes les yeux fixés au plafond, avec un sourire immense sur le visage. C'est la vibration de mon téléphone qui m'a réveillée, mon écran affiche trois messages non lus.

Tony Basket
Tu dors la bouche ouverte ;-)
On se voit demain ?

Amel Zaoui
Rentrée hier soir.
Faut qu'on se voie !
On va acheter nos fournitures ?

Nicolas Roussel
Alors ?
Donne des news…

Je souris et réponds à Nico un pouce levé suivi d'un smiley sourire niais, et à Anthony que c'est OK pour se voir demain. Je me retiens de lui écrire que je préférerais largement le voir immédiatement et que je suis libre aujourd'hui aussi. Après cinq bonnes minutes d'hésitation, je rajoute un cœur bleu à la fin du message. Bleu, parce que c'est moins cucul que rouge. Entre-temps Nico m'a répondu.

Nicolas Roussel
Cool. Tu me raconteras.

Je ne sais pas pourquoi, si je racontais tout à Nico, j'aurais l'impression de trahir Anthony et c'est plutôt à Amel que j'ai envie de parler de ma soirée de la veille. J'échange quelques messages avec ma meilleure amie le temps de lui donner rendez-vous devant le Monoprix. C'est traditionnel depuis le collège, même si le lycée n'envoie plus une liste de fournitures obligatoires comme avant, Amel et moi allons toujours ensemble acheter les fournitures scolaires dont on aura besoin (ou tout du moins dont Amel pense qu'on aura besoin, c'est-à-dire des tas de trucs inutiles qui lui semblent soit indispensables, soit sublimes) quelques jours avant la rentrée.

Je repose le téléphone sur ma table de nuit. La rentrée est dans trois jours, j'avais complètement oublié ce léger détail. Pendant le trajet, j'essaye de penser à Anthony plutôt qu'au fait que cette rentrée est celle qui entérine mon échec, celle que j'aurais dû faire à l'INSEP. Je vais encore me retrouver dernière de ma classe, mais cette fois, sans projet d'avenir pour justifier ma nullité.

Je chasse ces pensées noires en apercevant Amel qui m'attend devant le supermarché. Elle a soigneusement attaché son vélo jaune à un lampadaire et elle lit un livre, debout au milieu du trottoir, comme si c'était un comportement normal. Cette vision m'arrache un sourire. Elle porte une veste de tailleur orange, un jean et une paire de bottines à talons qui semblent flambant neuves. Dès qu'elle m'aperçoit, un immense sourire éclaire son visage. Elle est tellement bronzée qu'on pourrait croire qu'elle est noire.

— Qu'est-ce que je me suis fait chier sans toi, Léa ! Et tu as bronzé ! On dirait presque que pour une fois tu as passé tes vacances au soleil comme une personne normale au lieu d'aller t'enfermer dans un gymnase toute la journée.

Je ris, heureuse de la voir.

— Et toi tu t'es coupé les cheveux.

Avec un sourire enchanté, elle secoue ses épaisses boucles brunes qui lui arrivent désormais au-dessus des épaules.

— Oui ! J'avais envie de changer.

— Ça te va bien, et ta tenue aussi, tu es canon !

— Je suis bien d'accord ! Ce sont juste des invendus que ma sœur m'a rapportés du magasin. La poche du jean était décousue, je l'ai réparée, et les bottines sont une pointure trop grandes, mais comme ça je les mettrai cet hiver avec des chaussettes épaisses.

Prise d'une impulsion, je la serre dans mes bras et son parfum citronné envoie une bouffée de bonheur directement vers mon cœur. Je la trouve belle, elle m'a manqué.

J'ai toujours détesté la rentrée. Amel, elle, déteste les vacances. Elle n'attend qu'une chose, que les cours reprennent. Cette fille est un mystère. Elle se dirige d'un pas décidé vers les portes automatiques.

— Amel ?

Elle se retourne avec un air interrogateur.

— Oui ?

— Tu pourras m'aider avec les cours cette année ? J'ai peur de vraiment galérer.

Elle fronce légèrement les sourcils.

— Tu veux dire vraiment t'aider ? Pas juste faire mes devoirs à côté de toi pendant que tu penses à autre chose ou que tu regardes du basket sur ton téléphone ?

— Oui.

— Carrément !

Elle s'empare d'un panier en plastique rouge et se dirige d'un pas décidé vers le rayon des fournitures.

— La première étape, c'est de t'acheter la panoplie complète de la première de la classe. En plus ça tombe bien, j'ai étudié nos emplois du temps sur l'intranet du lycée : on a quasiment tous nos cours en commun.

Je la suis, soulagée.

— C'est génial ça !

— C'est pas vraiment un hasard : ta mère m'a appelée au moment des choix de spécialités pour t'inscrire dans les mêmes que moi.

Je ne sais pas quoi répondre, une boule d'émotion s'est formée dans ma gorge. Ma mère ne m'a jamais dit qu'elle avait appelé Amel. Je commence à réaliser tous ces efforts qu'elle a faits pour moi, en silence, sans jamais rien me reprocher. Et même si j'ai encore du mal à lui pardonner d'avoir sorti le basket de ma vie sans préavis, sans envisager une autre solution, je sais qu'elle est là pour moi, comme Papa était toujours là pour moi.

Les jolis cahiers à spirales, les carnets colorés ou ceux qui ont des citations inscrites sur leur couverture, les stylos de couleur et tout ce qui touche à la papeterie est pour Amel une source de joie infinie. Ces courses sont l'équivalent pour elle des fois où j'allais acheter une nouvelle paire de baskets ou un nouveau maillot avec mon père. Tous les ans, ma mère me donne trop d'argent pour acheter des fournitures, et tous les ans, je donne à Amel mes cahiers Clairefontaine en échange des siens achetés en pack de dix chez Cdiscount pour toute la famille Zaoui. Je prétexte que c'est parce que mon stylo plume glisse mieux sur les siens.

Elle pose respectueusement dans le panier des feutres, un tube de colle et des Stabilo Boss de toutes les couleurs qui me serviront probablement deux fois dans l'année. On passe une heure à choisir notre agenda. Elle se décide pour un bleu avec écrit « Dream Big » sur la couverture et j'en choisis un tout moche, noir, tout à fait représentatif de ma vision de l'année scolaire à venir.

Après les courses, on décide de faire un crochet par le Café Strada. Amel commande un chaï latte et moi un café parfumé à la cerise griotte. On se raconte mutuellement nos vacances. Elle a déjà lu tous les livres du programme de première et a commencé à préparer le bac français. Je lui raconte mon été et finalement, je me lance :

— J'ai rencontré un mec… On sort ensemble.

Les yeux d'Amel s'arrondissent.

— À Arcachon ? C'est pour ça que tu donnais quasiment pas de nouvelles ?!

— Non, non, ici, avant de partir… Enfin, en vrai, je l'avais rencontré un peu avant… Tu te souviens du mec qui t'a rapporté ton vélo à la sortie quand je me l'étais fait piquer ?

Amel arque ses sourcils bruns parfaitement dessinés.

— Tony Edou ? Le frère de Liam Edou qui deale du shit dans le square en bas de chez moi ? Oui, je me souviens…

Alors, je lui raconte. Anthony, la première rencontre en partant de chez elle et les mercredis après-midi que je passais à jouer jusqu'à la veille de mon départ en vacances. Amel reste silencieuse, elle boit son thé en m'écoutant attentivement sans m'interrompre ; même au moment où j'évoque la veille, ma première fois avec Anthony, elle se tait.

Je m'attendais à ce qu'elle me coupe constamment pour me bombarder de questions, s'enthousiasme ou me félicite. Mais elle reste les yeux baissés sur sa tasse, le visage indéchiffrable. Le silence qui suit la fin de mon récit m'irrite. C'est pas comme s'il m'était arrivé beaucoup de trucs positifs ces derniers temps… C'est trop compliqué de faire semblant d'être un minimum heureuse pour moi ? Mon café est resté intact. J'étais trop emportée par mon récit pour penser à le boire. Je prends une gorgée pour me donner une contenance, gênée du silence d'Amel.

— Tu dis rien ?

— Tu m'as rien raconté de tout ça l'année dernière, lâche-t-elle finalement au bout d'un moment.

— Je sais, j'étais un peu paumée, je…

— Je croyais que j'étais ta meilleure amie.

Je ne suis pas capable de croiser son regard, je ne sais pas quoi répondre. Je ne sais pas pourquoi je lui ai menti. Mentir est devenu un réflexe, ma façon de communiquer. Peut-être parce qu'à force de se mentir à soi-même, on finit par mentir à tout le monde.

— Amel, je suis désolée, j'aurais dû t'en parler avant, mais tu n'es pas contente pour moi ? Je vais enfin mieux…

Elle me dévisage, incrédule, comme si j'étais complètement arriérée.

— Contente pour toi… ?! Tu crois que tu vas mieux… ? Mais enfin, Léa, tu déconnes complètement ! Tu devais arrêter de jouer !

— C'est bon, je…

— Je ne veux pas que tu meures !

C'est sorti presque agressivement, je m'apprête à répondre avec agacement que je ne vais pas mourir quand je réalise qu'Amel a les larmes aux yeux, je me radoucis.

— Ça fait des années que je joue, je ne vais pas mourir, je…

— Qu'est-ce que tu en sais ? Aux dernières nouvelles, t'étais pas cardiologue ! Je suis allée voir sur Internet, j'ai fait des recherches sur ton syndrome de Marfan.

— C'est pas « mon » syndrome de Marfan !

— Des gens meurent d'un anévrisme de l'aorte, et si tu n'es pas opérée immédiatement, tu fais une hémorragie interne et tu MEURS, Léa. Tu te rends compte de ce que ça veut dire ? Tu MEURS ! Et toi, tu ne prends pas ton traitement, tu n'écoutes pas les médecins ! Tu crois que c'est pour te faire chier que ta mère t'interdit de jouer ? T'es devenue débile ou quoi ?

Elle continue comme ça, tandis que je l'écoute, abasourdie à la fois par ses connaissances et par la violence de ses propos. Elle se met à me sortir par dizaines des détails techniques et médicaux dont j'ignorais totalement l'existence. Il aura suffi que j'évoque une fois devant elle les mots « syndrome de Marfan », pour qu'Amel, en bonne première de la classe, le note dans un coin de sa tête et aille écumer Internet pour lire tous les articles sur la question. Aujourd'hui, la connaissant, elle en sait probablement aussi long sur le sujet que la cardiologue de l'hôpital.

Je regrette de lui avoir avoué mon secret. Elle se penche par-dessus la table et attrape mes mains pour les serrer dans les siennes.

— Léa, jure-moi que tu ne joueras plus.

— Je ne peux pas, c'est impossible pour moi d'arrêter, Amel, je n'ai rien d'autre !

— C'est pas vrai, merde ! Tu as moi, tu as ta famille, Nico, le lycée ! Jure-moi que c'est fini, parce que je peux pas te laisser faire ça…

Son regard est tellement intense, son ton tellement suppliant… Et pourtant j'ai l'impression qu'il y a une menace derrière la prière.

— Et puis, ce mec, continue-t-elle furieuse, Tony, c'est encore plus n'importe quoi. C'est le frère de Liam Edou, il deale, il va finir en prison et si ça se trouve…

— Non, il ne deale pas, c'est un mec bien.

— Qu'est-ce que tu en sais ? C'est pas ton monde, tu te rends absolument pas compte. Tu penses vraiment qu'il te le dirait s'il était dealer ? Son frère a déjà été condamné avec sursis. Et je sais que Tony s'est déjà retrouvé en garde à vue. Il ne t'a pas raconté ça, j'imagine ?

Je sens une colère sourde poindre en moi. Elle n'a pas le droit d'attaquer Anthony, elle ne connaît de lui que des rumeurs et des mensonges.

— Arrête ! Je sais qu'il n'est pas comme ça !

Je sens mes joues s'empourprer de colère. Amel, habituellement si sûre d'elle, a l'air complètement perdue, elle m'examine avec effarement, comme si c'était la première fois qu'elle me voyait. Elle passe une main nerveuse dans ses boucles brunes, je n'arrive pas à interpréter l'expression qui s'est affichée sur son visage bronzé par le soleil d'Algérie. Histoire d'alléger la conversation, je demande :

— Et Alger ? C'était comme tu l'imaginais ?

Elle entrouvre la bouche, la referme, pour finalement chuchoter si bas que j'ai du mal à l'entendre :

— Je suis désolée, Léa, je peux pas… Je peux pas te parler là, il faut que je digère tout ça.

— Comment ça, que tu…

Mais elle s'est déjà levée, enfile sa veste et saisit son sac à main.

— Faut vraiment que j'y aille.

— Amel, attends… !

Elle secoue la tête.

— Léa, si tu parles pas à ta mère, je vais tout lui dire. Je peux pas te laisser faire n'importe quoi comme ça, c'est ta vie que tu mets en danger… Tout ça, tout ça, c'est… juste n'importe quoi.

Je la dévisage, horrifiée, sans vouloir y croire, mais elle a l'air parfaitement sérieuse.

— Si tu fais ça, c'est pas la peine de me reparler un jour.

Elle me jette un regard triste, la main sur la bandoulière de son sac.

— Je sais que c'est plus simple d'être en colère que d'être malheureuse, mais ça fait bientôt six mois que ton père est mort, Léa, et six mois que tout ce que tu ressens c'est cette espèce de rage noire, sans le moindre espoir. Ta mère a raison, tu sais, si tu n'arrives pas à accepter la réalité, tu devrais peut-être aller le voir, ce psy.

J'en ai le souffle coupé. Pas Amel. Amel ne peut pas me laisser tomber. Elle était le seul membre restant de mon équipe. Je sens mes ongles s'enfoncer dans mes paumes. C'est fou, d'avoir un cœur qui fonctionne mal, déjà brisé vingt fois, jamais réparé, et de continuer à l'entendre se fracasser comme s'il était tout neuf, chaque fois que la vie ou les autres te font du mal.

Alors, je la fixe droit dans les yeux, sans sourciller.

— Tu sais quoi, toi et moi, c'est fini. Je veux plus entendre parler de toi ! T'es pas une vraie amie, sinon tu m'imposerais pas ton jugement en plus de tout le reste !

Son visage se décompose, puis elle part sans se retourner et je me retrouve seule à la petite table du Café Strada, avec mes sacs Monoprix à mes pieds et mon café froid. Je n'avais jamais imaginé que, un jour, je pourrais détester Amel.

29

Je veux voir Anthony. Le temps passé loin de lui n'a plus de sens. Je lui envoie un texto dès que je me réveille, il me répond aussitôt :

Tony Basket
Viens quand tu veux.

Dans la salle de bains, je prends mon cachet. Ça fait quatre jours d'affilée. Pas si terrible, finalement. Je descends dans la cuisine, ma mère et Anaïs sont déjà habillées et attablées devant le petit déjeuner.

— Tu ne vas pas bosser ? je demande à ma mère qui porte une robe d'été à bretelles qu'elle ne mettrait jamais pour aller au bureau.

— Je bosse à la maison ce matin, Anaïs a rendez-vous à l'hôpital cet après-midi.

— Tu veux venir avec nous à Bichat ? demande Anaïs.

Je me demande quand l'hôpital Bichat-Claude-Bernard est devenu « Bichat », ça sonne comme le diminutif qu'on donne à un vieux pote qui fait partie intégrante de sa vie. Et je me demande aussi pourquoi Anaïs me pose cette question avec cet air angoissé.

Je suis touchée qu'elle me le demande, mais ma dispute avec Amel et le besoin d'être avec Anthony sont plus forts que ma culpabilité.

— Je peux pas, j'ai un truc… Désolée. Pourquoi Anaïs a un examen et pas moi d'ailleurs ?

Maman avale une gorgée de café et lève la tête de son journal. Elle échange un regard hésitant avec Anaïs et il me semble que ma sœur a un imperceptible mouvement de la tête. Je me sens exclue de leur échange silencieux.

— Je dois faire des échocardiographies plus régulièrement pour vérifier que ma dose de Bisoprolol est suffisante. Toi, tu n'as pas besoin de faire plus d'un examen par an pour le moment.

Je me demande quand des termes aussi techniques que « échocardiographie », ou « Bisoprolol » sont devenus aussi naturels que « canapé » et « gratin de courgettes » pour ma petite sœur.

— En fait, tu connais rien à Marfan, poursuit Anaïs en enfournant une bouchée de brioche au Nutella, t'es tellement obsédée par ton basket que t'es complètement à la ramasse.

Je m'apprête à l'envoyer promener, mais elle vide son jus d'orange d'un trait et part se laver les dents d'un pas furieux. Je me dis qu'elle a le droit d'être en colère elle aussi, après tout, et je laisse tomber. J'ouvre le pot de confiture et m'empare d'une tranche de pain de mie. Ma mère pousse un soupir.

— Léa, il va falloir qu'on parle de quelque chose de sérieux…

— Pas maintenant, s'il te plaît, j'ai suffisamment de problèmes, j'ai pas envie qu'on me prenne la tête.

Elle plie soigneusement son journal avant de le poser devant elle.

— Je sais que tu détestes les hôpitaux, mais je voudrais que tu viennes avec nous. Si elle te l'a demandé, c'est que c'est important pour elle. Tu sais, cette histoire de Marfan, c'est une histoire de famille, on devrait affronter ça en famille.

J'étale soigneusement la confiture jusque dans les moindres recoins de ma tartine.

— Je supporte pas d'aller là-bas.

— Comme tu ne supportes pas d'aller sur la tombe de Papa ?

La cuillère m'échappe des mains, je garde les yeux baissés sur mon pain. Trop de confiture. C'est stupide, je ne peux plus l'attraper sans me salir les mains maintenant. Ma mère a parlé d'une voix douce, sans reproche. Une partie de moi voudrait hurler que ça ne la regarde pas et une autre voudrait aller pleurer sur son épaule et lui demander pardon.

— C'est pas pareil, je murmure en évitant son regard, je viendrai la prochaine fois à l'hôpital, promis, mais aujourd'hui je peux pas.

Je quitte la cuisine en laissant ma tartine sur le comptoir. Je n'ai plus faim.

Quand j'arrive sur le terrain de basket, Anthony est déjà là. Il balance des paniers à la chaîne. Le voir suffit à ramener un sourire sur mes lèvres. Il m'embrasse et pendant un instant fugitif, j'ai l'impression que plus rien ne compte.

— N'essaye pas de me déconcentrer, murmure-t-il contre ma bouche, tu sais que je vais quand même gagner.

Je le repousse et m'empare de la balle. J'aimerais tant arriver à lui parler, le poids des non-dits m'étouffe tellement que parfois j'en ai mal à la poitrine.

— Ça reste à prouver !

Je pars comme une flèche en dribblant. Il est à peine dix heures du matin et pourtant il fait déjà chaud. J'ai l'impression d'être plus essoufflée que d'habitude, j'ai un léger vertige et machinalement je porte la main à ma poitrine. J'ai mal au cœur. Pas mal au cœur au sens débile où on emploie habituellement l'expression : je n'ai ni envie de vomir ni le ventre noué. J'ai mal à l'organe du cœur. Comme une courbature à un muscle. C'est même bizarrement la première fois de ma vie que je sens mon cœur, que je peux précisément le situer dans ma poitrine. Je m'arrête net, pliée en deux. Anthony me prend la balle et s'arrête quelques mètres plus loin quand il réalise que je ne le suis pas.

— Ça va ?

Je prends une grande inspiration, la douleur semble s'atténuer.

— Oui, oui !

Je reprends la course. C'est dans ma tête tout ça. Même pas une minute après, la même douleur, plus forte, encore plus localisée. Cette fois, je lâche la balle.

— Je me sens pas bien.

Je sens la panique déferler en moi. Mon père est tombé sur un terrain de basket. Je n'avais jamais pris au sérieux tous ces discours sur le fait que ça pouvait m'arriver à moi aussi et pour la première fois j'ai un doute. J'imagine une fuite dans l'artère, le sang qui coule et qui me noie peu à peu de l'intérieur.

— Hé, Léa, ça va ? Tu trembles…

Je secoue la tête. Anthony pose ses mains sur mes épaules, j'entends l'inquiétude dans sa voix. Je ne sais pas quoi répondre. De toute évidence, ça ne va pas. Mais je ne peux pas lui dire que je ne suis pas supposée jouer. Sinon, il fera comme les autres : il refusera de jouer avec moi. Je ne peux pas lui expliquer que mon père est mort, parce que ça fait des semaines que je lui en parle au présent. Si je lui dis la vérité maintenant, il me prendra pour une folle. Une déséquilibrée qui parle aux fantômes ou au mieux pour une mythomane. Et d'un autre côté, il faut que quelqu'un m'emmène à l'hôpital, parce que j'ai du mal à respirer.

— Faut que j'y aille.

— Attends !

Il m'attrape par le bras et je me dégage brutalement.

— Non, laisse-moi !

Je le repousse avec tant de violence que je vois la stupéfaction se peindre sur son visage. J'ai les mains qui tremblent, la respiration hachée. Un voile de sueur sur le front et des vertiges.

— Léa, explique-moi.

— Je ne peux pas, laisse-moi tranquille !

Je claque la grille du terrain derrière moi et lui lance :

— Je t'interdis de me suivre.

Je cours de toutes mes forces, mais mon corps ne suit pas, au bout de trente mètres à peine, la douleur est si forte que je dois m'arrêter, je suis tellement essoufflée que je me laisse glisser contre un mur. Celui du tag immense de la fille aux cheveux bleus. Est-ce que je vais mourir ici ? Je ne veux pas. Je sors mon téléphone et j'appelle. Ma respiration est tellement hachée que j'arrive à peine à hoqueter dans le combiné :

— Maman ? Viens me chercher s'il te plaît, quelque chose ne va pas, je n'arrive plus à respirer.

30

La cardiologue vient me chercher dans la salle d'attente. Ma mère se lève pour me suivre. Elle n'a pas prononcé un mot depuis qu'elle m'a récupérée au Val-Fleuri où elle a mis moins de quinze minutes à arriver.

J'ai balbutié :

— J'ai mal à la poitrine…

Elle m'a littéralement jetée dans la voiture et elle est passée en mode *Fast and Furious*. Elle a roulé sur la bande d'arrêt d'urgence jusqu'à Bichat à cent soixante kilomètres heure. Elle n'a fait aucune remarque sur le fait que j'étais en vêtements de sport. J'ai eu beau lui dire que la douleur s'était calmée, que c'était manifestement une fausse alerte, elle m'a traînée de force jusqu'au sixième étage de l'hôpital et a hurlé à l'accueil qu'il fallait qu'on m'examine de toute urgence parce que j'étais en train de faire une dissection aortique. Il y a eu un mouvement de panique. J'ai essayé d'expliquer que je n'avais plus mal, mais on m'a directement emmenée faire des examens.

La cardiologue referme la porte de son bureau et nous indique les sièges en face du sien, puis elle se tourne vers ma mère et lui dit gentiment :

— En cas de dissection aortique, la douleur est extrêmement violente et ne se calme pas, la personne atteinte est en général incapable de bouger et peut être prise de vomissements.

Ma mère hoche la tête et la cardiologue poursuit :

— Si l'une de vos filles présente un jour ces symptômes, il faut appeler immédiatement le SAMU, signaler qu'elle a un syndrome de Marfan et on la conduira directement aux urgences. Vous ne pouvez pas les emmener vous à l'hôpital. Dans ce genre de situation, chaque minute compte.

Ma mère, très pâle, hoche la tête comme une écolière prise en faute en triturant la bandoulière de son sac à main et je suis envahie par la culpabilité. J'essaye d'intervenir.

— C'est ma faute… J'ai paniqué, j'ai cru…

— Tu as eu raison de parler de ta douleur, Léa. Quand tu as un doute, c'est toujours préférable de consulter. Maintenant, qu'est-ce que tu étais en train de faire quand ces symptômes se sont manifestés ?

Je me mords la lèvre avant de finalement répondre :

— Je jouais au basket.

— Donc tu continues à jouer régulièrement ?

J'avale ma salive. Je jette un regard à ma mère, parfaitement immobile sur la chaise à côté de la mienne. Évidemment, je pourrais demander à ce qu'elle sorte. Elle n'aurait pas le choix de faire autrement, secret médical, etc. Mais si je demandais à être seule maintenant, elle saurait pourquoi.

— Toutes les semaines, enfin, j'avais arrêté pendant les vacances.

— Et c'est la première fois que tu as ce genre de douleur ?

— Oui.

Elle baisse ses lunettes et jette un coup d'œil à mon dossier.

— Quand est-ce que tu as commencé les bêtabloquants ?

Comme je ne réponds pas, ma mère finit par répondre pour moi d'une voix enrouée.

— En mai dernier.

La cardiologue hausse un sourcil incrédule et me regarde.

— Léa ?

Je voudrais être ailleurs. Je fixe mes ongles. Je les ai toujours coupés court, pour le basket, pas le choix. Avant, ils étaient nets, propres. Maintenant, les petites peaux autour que je mordille nerveusement tout au long de la journée forment des traces sanglantes. J'aurais dû traiter ce truc sérieusement, depuis le début. Parce que ce n'est pas seulement un « truc », justement.

— Je viens de commencer.

Je n'ose pas lever les yeux, j'entends l'exclamation étouffée de ma mère, mais je suis incapable d'assumer son regard.

— Je comprends mieux, poursuit la cardiologue sans relever l'incohérence entre la réponse de ma mère et la mienne. Tu sais comment fonctionnent les bêtabloquants, Léa ? Ils empêchent ton cœur d'accélérer trop vite, pour l'économiser. Quand tu joues au basket, ou quand tu fais n'importe quel sport qui demande une accélération brutale de ton rythme cardiaque, quand tu te mets à courir très vite d'un coup pour attraper ton bus ou même si tu te lances dans une chorégraphie frénétique sans échauffement préalable, ton cœur lutte pour essayer d'accélérer, mais les bêtabloquants l'en empêchent. C'est ce qui a causé la douleur dans ta poitrine. Tu peux aussi avoir au début quelques vertiges ou des chutes de tension, ça fait partie des effets secondaires. Ça peut être déstabilisant et c'est probablement ce qui a déclenché ta crise de panique, mais en soi ce n'est pas dangereux.

— OK…, je murmure.

— Jouer au basket, en revanche, comme je l'avais déjà évoqué : c'est dangereux. Précisément parce que ça demande à ton cœur d'accélérer et de ralentir perpétuellement et parce qu'il y a trop de risques de chocs.

Je voudrais que ma mère dise quelque chose, qu'elle me hurle dessus, qu'elle me colle une gifle, même, mais elle semble totalement ailleurs.

— Tu peux faire certains sports, ceux qui demandent à ton cœur un effort régulier et progressif, de l'endurance par exemple, sans forcer, mais il faut vraiment que tu arrêtes le basket.

Je ne réponds pas. Le silence de ma mère me tétanise.

— Votre deuxième fille a bien son rendez-vous avec l'anesthésiste cet après-midi, madame Martin ?

— Oui.

Le médecin conclut son monologue avec ce sourire toujours bienveillant et je la déteste, parce qu'elle devrait voir la détresse de ma mère, elle devrait la rassurer, lui apporter le réconfort que je suis incapable de lui donner.

Maman marmonne un remerciement inaudible et se lève. Elle se dirige vers la porte, comme si je n'existais pas. Je lui emboîte le pas, mécaniquement. Elle traverse le couloir, repasse devant l'accueil en ignorant les regards désapprobateurs du personnel. J'entends un infirmier grommeler : « C'est un hôpital ici, il y a des gens qui ont vraiment des problèmes. C'est irresponsable de faire perdre son temps au personnel hospitalier. » Arrivée devant l'ascenseur, elle sort son téléphone, toujours comme si je n'étais pas là. Je la vois fermer les yeux, prendre une grande inspiration. Quand elle parle finalement dans le combiné, malgré sa pâleur, sa voix est calme.

— Ma chérie, je suis désolée, j'ai dû emmener Léa à Bichat, si je reviens te chercher, tu risques d'être en retard à ton rendez-vous, je te commande un Uber et tu nous rejoins ici, OK ? Oui, oui, ne t'inquiète pas, tout va bien.

Je n'entends pas la réponse d'Anaïs dans le téléphone. Ça aussi c'est ma faute. Ma sœur va faire le trajet toute seule à cause de moi. Alors que son examen a probablement plus de raisons d'être que ma ridicule crise de panique. Je suis ma mère dans l'ascenseur avec l'impression de ne plus exister. Elle descend à la cafétéria, prend un sandwich thon-mayonnaise et un Coca rouge, ce qui n'a pas dû lui arriver depuis vingt ans. Elle est plutôt du genre à manger des salades de quinoa et à siroter du thé vert.

— Tu veux manger quelque chose ?

Elle s'est adressée à moi, sans me regarder, d'une voix lasse, abattue. Elle n'a pas pris la peine de faire semblant d'aller bien comme elle l'a fait avec Anaïs quelques minutes plus tôt. Je secoue la tête.

— J'ai pas faim.

J'ai une boule dans la gorge. D'un seul coup, je regrette. Tous mes mensonges, ses inquiétudes, nos disputes. Je comprends qu'elle ne va même pas m'engueuler. Et c'est pire que tout. Si elle aussi me laisse tomber, je n'ai plus personne.

On s'assoit l'une en face de l'autre. Deux zombies dans l'agitation de la cafétéria. Entre des médecins en blouse et une jeune fille qui aide un homme en chaise roulante à manger. Il a un appareil respiratoire et des tuyaux qui lui sortent du nez. Je frissonne.

— Je suis désolée, Maman.

Elle ne réagit pas et je me demande si elle m'a entendue. Elle boit plusieurs gorgées de Coca en fermant les yeux. Elle repose brutalement la canette sur le plateau en plastique.

— J'ai étudié la question, tu sais, dit-elle enfin.

Je la dévisage sans comprendre.

— J'ai passé des nuits à faire des recherches, à essayer de comprendre s'il y avait un moyen que tu continues à jouer sans mettre ta vie en danger. Tu n'es pas la seule joueuse de basket atteinte du syndrome de Marfan.

Elle déchiquète son sandwich en ne mangeant qu'un morceau sur cinq. Je ne sais pas pourquoi elle a choisi celui-là : elle a toujours détesté le thon.

— Isaiah Austin… Ça te dit quelque chose, j'imagine ?… Pour résumer : il existe des joueurs diagnostiqués Marfan, qui ont été interdits de jouer en France ou dans leur pays d'origine et qui ont réussi à continuer leur carrière à l'étranger, en Espagne, en Chine, sous surveillance évidemment. Après tout, chacun est responsable de sa vie… En revanche, il y a un endroit où on n'accepte jamais les joueurs atteints du syndrome de Marfan : c'est en NBA. Certains joueurs sur le point d'être draftés ont même été recalés, uniquement à cause de Marfan.

J'écoute, sidérée. Le simple mot « drafté » dans la bouche de ma mère semble aussi improbable que si elle s'était subitement mise à parler néerlandais. Je n'avais jamais imaginé qu'elle ait pu faire ça pour moi et je me sens tellement nulle que je secoue la tête mécaniquement, incapable de répondre. Elle balance le reste de son sandwich sur son plateau.

— Tu as dix-sept ans dans quelques mois, Léa, tu es presque majeure. Tu n'es plus une enfant et peut-être que j'ai eu tort de te traiter comme telle. C'est juste… (elle déglutit et ses yeux s'humidifient imperceptiblement) … l'idée que tu puisses mourir… comme Papa… Bref… Si tu as des enfants un jour, tu comprendras peut-être. Tu es jeune, intelligente, et quand tu décides de faire quelque chose, tu fais preuve d'une persévérance et d'une discipline totalement hors norme, même chez les adultes. Ton père, le sport de haut niveau t'ont appris ça. Il n'y a qu'à voir jusqu'où tu es arrivée. Je sais bien que tu fais partie de ces gens qui ne se contenteront jamais d'un plan B, mais je suis persuadée que si tu le décidais, tu pourrais trouver un nouveau plan A.

Elle s'interrompt, passe une main sur son visage avant de poursuivre lentement, sans me regarder, comme si chaque mot qu'elle prononçait était une aiguille qu'elle s'enfonçait sous l'ongle :

— Après, si pour toi la vie sans basket n'a réellement aucun sens, s'il t'est vraiment impossible de concevoir un autre avenir et que tu décides de continuer, malgré le risque… Peut-être que je pourrais arriver à l'accepter… Mais pas en cachette, sans surveillance, sans prendre tes médicaments, toute seule au fin fond d'une banlieue dangereuse. Je t'accompagnerai à tous les matchs, tous les entraînements, s'il le faut, je garderai le pouce posé sur le numéro des urgences au cas où, je préfère encore ça que revivre ne serait-ce qu'une seule fois cette matinée…

Elle a plongé son regard dans le mien, intense et suppliant. Je sens mon portable vibrer dans ma poche. Je jette un coup d'œil à l'écran.

Tony Basket
Ça va ?
On se voit demain pour la revanche ?

— Plus de mensonges, Léa, s'il te plaît, c'est la seule chose que je te demande, conclut ma mère.

Je regarde autour de moi, cet hôpital, beaucoup trop familier, ces malades, cette réalité que je voudrais ignorer mais qui existera toujours, malgré tout. Et je réalise brutalement qu'elle a raison. On ne peut pas continuer comme ça. Alors, je murmure :

— Promis, plus de mensonges.

Puis je tape rapidement en m'interdisant de réfléchir :

Léa Martin
Désolée, je peux pas demain.

31

Je rentre en transports pendant qu'Anaïs a son rendez-vous médical et pendant le trajet j'appelle Oncle Ben's pour lui dire que je veux lui parler dès cet après-midi. Il a l'air content de mon coup de fil, je ne lui ai pas adressé la parole depuis qu'il m'a virée du gymnase. Il a essayé de m'appeler des dizaines de fois, mais je n'ai jamais décroché.

Il m'a donné rendez-vous au Café Strada. Il a voulu avoir l'air cool, je crois, trouver un lieu familier où je me sentirais bien. C'est un échec, il n'y a pas d'adultes au Café Strada, c'est pour ça qu'on y va. Les profs l'ont bien compris, il a beau être juste en face du lycée, ils n'y mettent jamais les pieds.

Des regards curieux accompagnent l'entrée de mon parrain, il faut dire qu'avec sa carrure de bûcheron, il ne passe pas inaperçu. Je lui fais un signe de la main, je me suis assise à la table la plus discrète, planquée entre une plante verte et la porte des toilettes.

Il s'approche, s'assoit en face de moi et baisse la fermeture de son pull à col camionneur.

— Tu me fais toujours la gueule ?

Oncle Ben's n'est pas du genre à tourner autour du pot. Je hausse les épaules sans répondre et il fait signe à la serveuse :

— Une Guinness, s'il vous plaît. Tu veux quoi, Léa ?

L'ardoise au-dessus du comptoir met en avant la boisson signature du moment, je la pointe du doigt.

— Je vais essayer le pumpkin latte.

L'employée s'éloigne et il se tourne vers moi :

— Qu'est-ce que tu voulais me dire ?

— Maman est d'accord pour que je joue de nouveau.

Rapidement, je lui explique la discussion avec ma mère. Il écoute, laisse passer quelques secondes de silence, comme s'il réfléchissait, puis il se penche en avant et plonge son regard dans le mien.

— Tu es une vraie tête de mule, pire que ton père. Ta mère a cédé parce que tu ne lui as pas laissé le choix. Elle préfère encore savoir où tu es, plutôt que tu fasses tes conneries en cachette et mettes ta vie en danger. Mais moi, il est hors de question que je participe à ça : je ne t'entraînerai pas et tu ne mettras plus un pied au gymnase tant que j'y travaille.

Je sens mes doigts se crisper sous la table.

— Même pour Papa, tu refuses de m'aider ?

— Je ne fais que ça t'aider, Léa, pour ton père, justement ! Parce que tu crois quoi exactement ? Qu'il t'aurait laissée jouer ?

— Évidemment ! C'était notre rêve, à tous les deux ! Il aurait tout fait pour que je puisse continuer !

Benjamin secoue la tête, partagé entre l'émotion et l'agacement.

— Pour une fois, tu vas essayer de m'écouter sans m'interrompre, OK ?

Furieuse, je ne réponds pas. La serveuse apporte notre commande. Elle pose devant moi un grand verre rempli d'un café au lait aux teintes orangées, des miettes de spéculoos ont été saupoudrées sur la crème Chantilly et un biscuit accompagne le tout.

— Ça a l'air immonde, fait remarquer Oncle Ben's, je ne sais pas comment vous faites pour manger des trucs pareils.

Je trempe mes lèvres dans la chantilly qui sent l'automne et la cannelle, c'est délicieux. Il reprend :

— Tu es la meilleure joueuse, et quand je dis joueuse, j'inclus évidemment tous les mecs avec qui j'ai travaillé, que ton père et moi avons jamais entraînée. Tu étais la chance de notre carrière. Avec toi, le club avait un espoir de placer quelqu'un à un très haut niveau, voire en WNBA. C'était une ambition d'équipe, tu sais, pas uniquement ton objectif personnel. Je ne sais pas si tu es née avec un talent particulier ou si c'est parce que Alain t'a mis un ballon dans les mains à six mois, mais tu es le joueur sur lequel tout coach espère tomber un jour, et je ne dis pas ça parce que tes entraîneurs étaient ton père et ton parrain sénile. Mais quelqu'un d'aussi doué que toi, on en croise rarement deux dans une vie. Tu aurais probablement pu y arriver, c'est vrai.

— J'y serais arrivée.

— Tu n'en sais rien, des carrières brisées dans l'œuf, je peux t'en citer des dizaines, tu n'es pas la seule, Léa. Le problème, c'est qu'on ne voit que ceux qui ont réussi, on ne parle jamais de ceux qui se sont blessés la veille du match qui aurait dû les propulser au sommet, ceux qui ont eu un coup de malchance le mauvais jour. Ce que je sais, Léa, et crois-moi, je n'ai pas le moindre doute sur la question : c'est qu'à la seconde où il aurait su que le basket pouvait être un danger pour ta santé, ton père ne t'aurait plus laissée mettre un pied sur le terrain. Ça lui aurait brisé le cœur, peut-être même plus qu'à toi, mais il t'aurait amputée des deux jambes plutôt que de te laisser mettre ta vie en danger pour ce rêve-là. Et si tu penses que ce n'est pas le cas, tu ne comprends rien à rien.

Je saisis le sablé, le trempe dans la crème Chantilly et laisse le sucre fondre sur ma langue.

— Je trouverai quelqu'un pour m'entraîner.

Oncle Ben's fronce les sourcils, boit une gorgée de bière.

— Peut-être, mais moi en tout cas, je ne serai pas responsable s'il t'arrive quelque chose. Et tu sais quoi, effectivement, dans certains pays, on te laissera jouer, peut-être même que tu ne passeras pas ta vie sur la touche à attendre qu'une fille de ton équipe se torde une cheville pour pouvoir jouer trois minutes par saison. Mais dis-moi si je me trompe : je ne crois pas que ça corresponde à ton rêve, à l'ambition que tu avais. En tout cas, laisse-moi te dire que ce n'est pas celle que ton père avait pour toi. Et en France ou aux États-Unis, aucun médecin ne te fera un certificat médical. Dans la plupart des endroits où tu iras, tu seras interdite de compétition. Et tu sais pourquoi ? Parce que ta vie est plus importante que tout le reste. J'étais là quand ton père est tombé sur le terrain. Aucun rêve ne justifie de prendre ce risque-là !

— Tu ne comprends pas, je n'ai pas le choix !

— Si, tu as le choix. Celui d'admettre la réalité : le basket, pour toi, c'est fini. La seule solution, c'est de l'accepter. C'est dégueulasse, c'est injuste, c'est du gâchis, tout ce que tu veux… Tu es et tu resteras le plus grand regret de ma carrière, mais tu es jeune, tu as la vie devant toi, tu es intelligente, volontaire et débrouillarde, tu peux faire n'importe quoi ! Ce que tu as vécu, c'est une expérience extraordinaire, la meilleure école qui soit. Le niveau d'engagement et d'efforts que tu as été capable d'investir dans le basket, le jour où tu décideras de l'investir dans autre chose, quoi que tu choisisses, tu réussiras. Mais il faut le décider, Léa. Ton père te l'a suffisamment répété : la vie est un combat, mais le combat que tu as choisi de mener, il est perdu d'avance.

Oncle Ben's reste sourd à tous mes arguments. Pour couper court à la discussion, je prétexte un rendez-vous urgent. Je rentre furieuse à la maison et je claque la porte d'entrée. Pourquoi est-ce que les adultes veulent toujours décider de tout à ma place ? Je m'apprête à monter dans ma chambre pour appeler Anthony, seule perspective réjouissante de cette journée, quand je réalise que ma mère est rentrée de l'hôpital et est assise sur le canapé du salon, un verre de vin posé sur la table basse. Elle n'a enlevé ni sa veste ni ses chaussures, son regard est fixe. J'ai l'impression qu'elle ne s'est même pas rendu compte de ma présence.

— Maman ?

Elle ne répond pas et je m'approche lentement. En silence, je m'assois sur le canapé à côté d'elle. Je pose une main maladroite sur son bras.

— Ça va ?

Elle lève la tête. Ses yeux sont rouges et un peu de mascara s'est amassé sous ses cils. Un bref instant, je me demande si c'est à cause de moi, mais bizarrement, je ne crois pas.

— Il faut qu'on parle, Léa, murmure-t-elle d'une voix épuisée.

Je fronce les sourcils, quelque chose que j'ai volontairement occulté me revient et je sens la terreur m'envelopper dans un manteau glacé.

— Maman, pourquoi Anaïs avait rendez-vous avec un anesthésiste ?

32

Anaïs rentre à l'hôpital demain soir et se fera opérer après-demain. Son aorte est trop dilatée, elle pourrait se fissurer ou se rompre, comme celle de Papa, et provoquer une hémorragie interne. Ma mère était trop chamboulée pour me donner des détails, alors j'ai fait ce que j'aurais probablement dû faire depuis longtemps : je me suis assise devant l'ordinateur, j'ai pris une grande inspiration et j'ai tapé dans Google ces trois mots mystérieux qui me font plus peur que la réalité : syndrome de Marfan.

Et j'ai lu pendant des heures.

Anaïs rentre à l'hôpital demain soir.

On va lui ouvrir le torse,

Scier son sternum,

Écarter ses côtes comme on ouvre les deux portes d'un placard,

Sortir son cœur de son corps et le brancher dans une machine pendant deux heures,

Remplacer un morceau de son aorte par un bout de tuyau artificiel,

Remettre son cœur,

Refermer les côtes,

Agrafer son sternum,

Recoudre.

Si tant est que tout se passe bien jusqu'à la dernière étape. Les chances de succès d'une telle opération varient selon l'âge et l'état de santé du patient, précise l'article. Donc la probabilité de l'échec, c'est-à-dire, de finir dans une mare de sang, mort et le torse ouvert sur une table d'opération comme un cadavre d'animal sur l'étal d'une boucherie, aussi.

Et même si tout va bien, il y en a pour des heures d'opération, au moins deux semaines d'hospitalisation et plusieurs mois de convalescence. Elle aura mal chaque fois qu'elle rira pendant des mois.

Je fixe l'écran un peu hagarde, je clique mécaniquement sur des images de chirurgiens en blouse, leurs visages masqués penchés sur des corps ouverts, du sang sur leurs gants en latex. Il y a tellement de pensées qui tourbillonnent dans ma tête que j'en ai le vertige. Je crois que je vais vomir. Et tous ces tuyaux flexibles et emmêlés qui entrent et sortent dans ces corps endormis me rappellent les spaghettis de Mamoun sur la table de la cuisine à Arcachon. Voilà où la vie emmène nos destinées-spaghettis : à ma petite sœur, inconsciente sur une table d'opération, au risque de voir sa ligne de vie cassée net, encore plus tôt que celle de Papa. À une famille réduite à la moitié de ses membres, détruite à tout jamais. Juste, parce que dans le grand chaos de l'univers, tout se mélange et s'entremêle comme dans une casserole d'eau bouillante, sans logique, sans ordre et, surtout, sans le moindre sens.

— Qu'est-ce que tu fais ?

Je sursaute et je me retourne. Ma sœur se tient juste derrière moi. Paniquée, je referme toutes les fenêtres : elle ne doit pas voir ça, elle ne doit pas savoir. Puis je réalise qu'elle a probablement déjà tout vu, tout lu, tout étudié et probablement bien plus encore. Il n'y a que moi qui me voile la face dans cette famille. Je réponds d'une voix fausse que je ne reconnais pas :

— Rien, un projet pour le lycée.

Derrière les épais verres de ses lunettes, elle lève les yeux au ciel. Elle a vu mon écran.

— Te réjouis pas trop vite, je suis pas encore morte.

Elle tourne les talons et repart dans le couloir, je m'élance derrière elle :

— Mais je veux pas que tu meures !

C'est sorti tout seul. Les mêmes mots qu'Amel a prononcés lors de notre dispute. Une évidence que j'ignorais, un cri du cœur. Mais j'ai besoin qu'elle le comprenne, parce que j'ai déjà hurlé à ma petite sœur que j'aurais préféré qu'elle ne soit jamais née, ou qu'elle soit un mec, qu'elle me pourrissait la vie, qu'elle avait probablement été adoptée… J'ai déjà souhaité, en mon for intérieur, un monde sans elle.

Et pourtant, je n'avais jamais considéré sa mort comme une possibilité. Une petite sœur, ça ne meurt pas. Impossible. D'un autre côté, je n'avais jamais envisagé non plus que mon père puisse mourir. On voit ce que ça a donné.

Sans répondre, Anaïs retourne dans sa chambre et se laisse tomber sur sa couette rose. Elle saisit un livre sur sa table de nuit. Je reste muette dans l'encadrement de la porte, j'ai tellement de questions à lui poser que je ne sais pas par où commencer. Elle pousse un soupir excédé et referme le livre qu'elle vient d'ouvrir.

— Il vaut mieux opérer maintenant, c'est ce qui est le moins risqué, le chirurgien m'a tout expliqué.

— Mais comment tu vas faire pour le collège ?

— Je reprendrai en janvier, quand je serai suffisamment rétablie.

— Il doit y avoir une autre solution, ils ne peuvent pas décider comme ça d'un coup, de t'opérer dans deux jours, c'est beaucoup trop rapide…

Je ne sais pas comment elle fait pour être aussi calme. Pour ma part, je panique. Je devrais respirer, me calmer, réfléchir. Mais c'est impossible. Mes mains sont moites et glacées, ma respiration s'accélère. L'étonnement traverse le visage d'Anaïs, puis, lentement, elle s'assoit sur le lit et murmure comme si j'étais légèrement idiote et qu'il fallait m'expliquer plusieurs fois la même chose :

— Mais t'es vraiment grave, ils ont pas décidé d'un coup. La question de l'opération s'est posée dès le premier rendez-vous. La date est fixée depuis juin.

Je reste sans voix, la bouche légèrement entrouverte.

— Mais… Mais… pourquoi personne ne m'a rien dit ?

Je sens l'exaspération monter dans la voix d'Anaïs.

— Parce que au début Maman pensait que c'était mieux de t'épargner ça et vu que ton état ne s'est pas vraiment amélioré, j'avais pas envie qu'on t'en parle.

— Mon état ? Quel état ? Je… Pourquoi ? On aurait pu en parler, j'aurais pu t'aider, je…

Je m'interromps et porte une main à mon front. Ce n'est pas possible, je fais un mauvais rêve.

— C'est bon, arrête ton cinéma, Léa, y en a jamais que pour toi. Tes problèmes, ton basket, ta carrière. Tu crois que j'étais où, moi, toutes ces années où Papa ne s'est occupé que de toi ? Je voulais pas que Maman t'en parle, parce que tu t'en fous, tu penses qu'à toi. Et t'aurais probablement trouvé un moyen de ramener l'attention vers toi une fois de plus. La réalité, c'est que si tu t'intéressais sincèrement à moi, tu te serais demandé pourquoi ma dose de bêtabloquants était quatre fois supérieure à la tienne, tu accepterais de m'accompagner à l'hôpital, tu aurais insisté pour comprendre. Mais t'as jamais voulu savoir. La seule chose qui compte, c'est le basket ! Le basket, le basket, le basket ! Le reste, t'en as jamais rien eu à faire, ni de moi ni de Maman, et même pour Papa t'es pas foutue d'aller sur sa tombe. Et au passage, si tu pouvais éviter de péter un câble avec Maman ce soir, pour une fois, ce serait bien, parce que là, tout de suite, on a autre chose à gérer que tes conneries !

Je la fixe, hébétée, chacun de ses mots me fait l'effet d'une balle en plein cœur. Il n'y a rien à répondre : elle a raison. Sur toute la ligne. Anaïs va se faire opérer, passer des semaines à l'hôpital, tout le monde le sait depuis avant l'été. Tout le monde sauf moi. Parce qu'elle n'a pas voulu qu'on m'en informe. Je ne suis plus dans l'équipe, j'ai joué trop perso, je n'ai pensé qu'à moi. J'ai été exclue et c'est bien fait. Si j'avais su plus tôt, si elle m'avait fait confiance… je ne sais pas ce que j'aurais fait, mais au moins, j'aurais pu tenter quelque chose.

— Je suis désolée, je balbutie, tellement désolée…

Derrière les verres de ses lunettes, les yeux d'Anaïs s'arrondissent. Elle ne s'attendait pas à des excuses. Je dois avoir l'air particulièrement bouleversé, parce que après un long silence, elle poursuit d'une voix lasse :

— C'est comme ça. Et puis le chirurgien est vraiment bien, Maman a tout vérifié, elle a pris des rendez-vous avec plein de médecins différents pour être sûre de choisir le bon et il a l'habitude de cette opération.

C'est peut-être l'abattement dans sa voix ou le contraste entre ses propos trop adultes et le poster de Selena Gomez scotché de travers au-dessus de son lit, mais j'ai l'impression de recevoir un électrochoc. Ce n'est pas à Anaïs de me rassurer ou de me consoler. C'est à moi de la soutenir, je suis sa grande sœur, je devrais être en train de la réconforter au lieu de l'inquiéter davantage. Impulsivement, je viens m'asseoir sur le lit à côté d'elle et je lui prends la main, ce qui a l'air de la surprendre autant que si j'avais sorti une harpe et m'étais mise à clamer des chants lyriques en japonais.

— OK… Tu as raison, c'est un mauvais moment à passer, très mauvais, même, mais après, ton cœur sera réparé, tu seras tranquille, plus de stress qu'il t'arrive ce qui est arrivé à Papa.

— C'est pas faux…

— Et puis, six mois de collège qui sautent… C'est quand même trop cool !

Elle hausse les épaules.

— Moi, j'aime bien le collège… et j'ai peur d'avoir des notes pourries en revenant, d'être devenue nulle, ce serait dur pour moi, j'ai pas l'habitude.

En temps normal, j'aurais sans doute mal pris cette dernière remarque, j'aurais entendu « moi, contrairement à toi, je n'ai pas l'habitude d'être nulle ». Mais pour une fois, j'entends le vrai sens de sa phrase : elle a peur. Anaïs, toujours première, toujours scolaire, toujours bien sage au premier rang avec ses lunettes et son long bras mince qui se lève chaque fois qu'un prof pose une question, a peur de revenir au collège et d'être devenue nulle. C'est le monde à l'envers.

— Crois-en une experte : il te faudra bien plus que six mois sans cours pour devenir nulle. Ne jamais dépasser la moyenne dans aucune matière, tu sais, ça prend des années et si tu penses que tu vas prendre ma place comme ça, tu te trompes !

Anaïs a un léger rire, et ses doigts que je serre toujours entre les miens se détendent imperceptiblement.

— Anaïs ?

— Oui.

— Je vais venir demain à l'hôpital. Je vais venir tous les jours. Je t'apporterai les cours, j'irai les récupérer chez Jessica, je ferai des photocopies, tout ce que tu veux. Je te tiendrai compagnie pendant ta convalescence. J'ai été nulle, mais c'est fini, je te jure, maintenant, je vais me rattraper.

33

Tony Basket
Air Léa, on se voit demain ?
Les autres sont rentrés.
On peut se voir avant
et les rejoindre pour un match à 15 h ?

Léa Martin
Désolée, je peux pas.
Ni demain ni après-demain.
Bisous

Tony Basket
Ça va ?

Léa Martin
Oui, pourquoi ?

Tony Basket
J'ai l'impression que depuis l'autre jour,
tu m'évites…

Léa Martin
Non, des histoires de famille,
désolée, mais j'ai pas trop de temps
cette semaine.

Tony Basket
Si tu veux en parler,
tu peux m'appeler.
Bisous

Léa Martin
T'inquiète pas, ça va.
Bisous

34

Hier, Maman a dormi sur un lit pliant dans la chambre d'hôpital d'Anaïs. Comme je n'ai pas voulu rentrer à la maison, elle m'a réservé une chambre dans un hôtel à côté. J'arrive à Bichat avant sept heures pour embrasser ma sœur avant qu'on l'emmène en salle d'opération. Je n'ai pas dormi de la nuit et à voir la tête de Maman quand j'entre dans la chambre, elle non plus.

Anaïs est un peu pâle, elle tire sur l'oreille de son doudou, un vieux lapin rose décoloré qu'elle a ressorti du grenier pour l'occasion. Elle râle parce qu'elle a faim et qu'elle n'a pas le droit de manger. L'opération doit être réalisée à jeun. Une infirmière passe la tête.

— On vient vous chercher dans vingt minutes, OK ?

— D'accord, répond ma mère d'une voix enrouée.

Vingt minutes de temps effectif, deux siècles en temps ressenti. Une partie de moi voudrait juste appuyer sur une télécommande et faire « Avance rapide » pour les prochaines vingt-quatre heures. Une autre voudrait que les vingt minutes ne s'écoulent jamais, parce que ce qui nous attend après est pire. Ma mère me l'a expliqué quand j'ai annoncé que je voulais les accompagner : huit ou neuf heures d'attente, sans la moindre nouvelle, pendant lesquelles notre seule activité consistera à espérer qu'aucune complication n'est survenue, qu'Anaïs respire encore. Huit ou neuf heures sans savoir si elle est vivante ou pas.

Maman, stoïque, serre Anaïs dans ses bras, lui dit qu'elle est courageuse, que tout va bien se passer. Elle paraîtrait presque calme, si ce n'était la nervosité avec laquelle elle l'embrasse. Elle touche ses cheveux, sa joue, ses mains. À tel point qu'Anaïs s'agace d'être tripotée de la sorte et la repousse.

— C'est bon, Maman, on se voit tout à l'heure.

Ma mère a un sourire crispé, hoche la tête, je la vois retenir sa main qui, comme par réflexe, voudrait revenir immédiatement se poser dans les cheveux d'Anaïs.

Pour alléger l'atmosphère, je propose :

— J'ai une idée : on va faire une liste de ce que tu veux manger après l'opération, il paraît que la nourriture est dégueu ici.

— OK…

D'une voix maussade, Anaïs commence à énumérer tout ce que je suis supposée lui apporter : du saucisson, des M&M's, de l'Orangina, des cerises, une liste incroyablement détaillée de noms de bonbons en tout genre, des livres, des Petit écolier au chocolat au lait, sa tablette pour pouvoir regarder des séries…

Je note soigneusement dans mon téléphone toutes ses exigences. Elle finit par se prendre au jeu et s'enthousiasme. Quand deux infirmières entrent dans la chambre pour venir la chercher, j'ai presque oublié pourquoi on était là.

— Allez, c'est l'heure, mademoiselle, dit l'une d'elles avec un sourire encourageant.

Ma mère l'embrasse « une dernière fois » douze fois de suite. Puis les infirmières emmènent le lit roulant dans le couloir et je fixe bêtement ma sœur qui s'éloigne sous les néons. Elle agite la main, comme si elle partait en colonie de vacances.

— Et des cookies de chez Cookie Dream ! crie-t-elle. Il paraît que c'est la meilleure boutique de Paris.

— OK, OK.

Je ne note plus, je marche derrière le lit, mécaniquement, avec la main de ma mère qui broie la mienne. Je retiens mon envie de repousser les infirmières et de les empêcher de l'emmener, consciente que c'est le moment de prononcer quelque chose d'encourageant, de positif…

Mais rien ne vient.

Alors, Anaïs nous envoie un baiser au moment où son lit roulant passe la double porte après laquelle nous n'avons plus le droit de la suivre et elle clame avec un immense sourire et un courage inouï :

— À tout' les mecs !

— À tout à l'heure, ma chérie, murmure ma mère.

Mais elle a parlé si bas que je ne suis pas sûre que ma sœur ait entendu. Puis le bruit des roues du lit disparaît et à travers le hublot de la porte à battants, le couloir est désormais vide. Cette fois, elle est partie. Je voudrais qu'on me mette moi aussi sous anesthésie pour les prochaines heures. Me réveiller et savoir que tout est terminé. Je n'ai pas le temps d'y réfléchir, parce qu'à côté de moi, avec un gémissement, ma mère vient de s'effondrer par terre.

Salut,

C'est moi.

Je voulais te faire un récit factuel et détaillé de l'opération d'Anaïs, mais c'est la quatrième fois que j'efface tout et que je recommence cette lettre. Il faut se rendre à l'évidence, j'en suis incapable. Trop dur, trop de désordre dans ma tête, trop envie d'oublier. Je sais juste que certains moments resteront gravés dans ma mémoire et que je me les rappellerai avec une précision qui me fera mal, même dans des années. Même quand je serai vieille.

Il y a eu le moment où la porte à battants s'est refermée et où je me suis dit : « C'est peut-être la dernière fois que je la vois. » Je me souviens de chaque détail : du néon qui clignotait au bout du couloir, de sa chemise de nuit qui bâillait sur son cou mince, de sa longue main de pianiste tellement crispée sur le barreau du lit que ses phalanges avaient blanchi. Je me rappelle la scène au ralenti, comme dans un film, son sourire, malgré tout, son courage.

Il y a eu le moment où Maman s'est effondrée en larmes sur le sol, où j'ai voulu l'aider à se relever mais ses jambes ne la soutenaient plus. Alors, je me suis assise par terre, j'ai pris sa tête sur mes genoux et j'ai murmuré que tout allait bien se passer, qu'il fallait avoir confiance. Même si je n'en savais rien, en vrai, et que je n'avais pas confiance du tout, mais on ne pouvait pas être deux à avoir peur, alors j'ai menti.

Il y a eu ces huit heures quarante-cinq de torture dans la pièce aux murs nus et sans fenêtre à côté de la salle d'opération, où on a attendu en silence sans la moindre nouvelle et où chaque minute semblait durer une heure. J'avais tellement mal au dos sur la chaise en plastique que j'aurais voulu m'allonger sur le sol. Mais je ne pouvais pas, parce qu'il aurait fallu lâcher la main de Maman.

Il y a eu le moment où le chirurgien, l'air fatigué, a fait irruption dans la pièce et a prononcé ces mots que je n'oublierai jamais : « tout s'est bien passé » et où j'ai dû me retenir de le serrer dans mes bras.

Il y a eu cette visite dans la salle de réanimation, quelques heures à peine après la fin de l'opération, la vision d'Anaïs encore à moitié dans les vapes qui marmonne des propos incohérents. Le pansement qui dépasse de l'encolure de sa chemise d'hôpital, les traces brunes sur sa peau et le tissu verdâtre. De la Bétadine ou du sang, je ne sais pas. Tous ces tuyaux, des veines en caoutchouc, qui entraient et sortaient de son corps, les bips et les lumières sur les écrans partout autour. Une blessée de guerre dans un vaisseau spatial. J'ai pris sa main avec précaution, pour ne pas faire bouger l'aiguille de la perfusion qui y était plantée. Elle n'avait pas la force de parler. Mais ses doigts se sont refermés sur les miens. La pression était à peine perceptible et pourtant elle a laissé une empreinte indélébile. Une empreinte qui voulait dire : on a vécu ça, rien ne sera plus comme avant.

Pour la première fois depuis que tu es parti, je crois que tu aurais été fier de moi, Papa. J'ai été là, tout le long. Je n'ai rien lâché. Je suis allée au distributeur régulièrement acheter des chips, de l'eau, des barres de céréales et j'ai forcé Maman à manger, parce qu'elle ne voulait pas s'éloigner pour aller à la cafétéria. Je l'ai accompagnée aux toilettes, parce qu'elle aurait oublié d'y aller, je n'ai jamais craqué, toutes les fois où elle s'est mise à pleurer. Je l'ai prise dans mes bras, je l'ai calmée. Et tout le long, si absurde cela soit-il, j'ai contenu mes larmes. Ces larmes que j'ai retenues pendant des mois et qui subitement étaient là, prêtes à sortir aussi naturellement qu'un éclat de rire. J'avais oublié la sensation. Cette montée d'eau qui fait gonfler la gorge et qui empêche l'air de passer, le nez qui picote, les yeux qui piquent… Une torture. J'avais envie que ça sorte en torrents, enfin, que ça dégouline en rigoles sur le carrelage trop moche, que ça explose en mode chutes du Niagara et éclabousse tous les murs. Mais je suis restée forte. J'ai compris maintenant que toutes ces fois où tu m'as dit de serrer les dents, que la vie était un combat, de prendre sur moi, d'encaisser la douleur et de rester debout, ce n'était pas pour la NBA, l'INSEP et tout le reste. C'était pour ce combat-là.

Anaïs va bien. J'aurais peut-être dû commencer par cette information, d'ailleurs. Le pire est passé, elle en a encore pour de longs mois de convalescence, elle a mal et ce n'est pas facile, mais elle ne va pas mourir et c'est tout ce qui compte. La vie est belle.

Maintenant, il y a un autre sujet dont il faut qu'on parle. Il n'y a jamais eu de mensonges entre nous de ton vivant, je ne vais pas commencer maintenant que tu es mort. Il y a quelque chose que je ne peux pas te cacher plus longtemps. Tu m'as appris qu'on était maître de son destin, que si je n'avais pas toujours le choix des événements, j'aurais toujours celui de ma réaction face aux circonstances. Alors, voilà, face aux circonstances, j'ai pris ma décision.

Je vais laisser tomber le Map, Papa.

Ça me brise le cœur, mais je vais renoncer à notre rêve : je ne jouerai jamais en WNBA.

Il n'y aura plus de basket.

Il n'y aura pas de rentrée à l'INSEP.

Il n'y aura pas de voyage à New York, pas de taxi jaune.

Je ne serai jamais draftée pour une équipe de la WNBA.

Je ne serai jamais basketteuse de haut niveau.

Pas parce que je n'ai pas assez travaillé, ni parce que je n'ai pas le talent ou les compétences nécessaires et surtout pas parce que j'ai peur.

Mais parce que je ne peux pas faire ça à Maman, à Anaïs, à ma famille. J'ai mis longtemps à le comprendre, mais maintenant, je sais : mon équipe, la vraie, c'est elles.

J'espère que tu comprendras. C'était un sacré match, complètement inéquitable : moi contre l'univers, je me suis battue jusqu'au bout.

J'ai perdu, ça arrive aux meilleurs.

Bisous et à un de ces quatre, peut-être,

Léa

35

Je me réveille en sursaut au beau milieu de la nuit, dégoulinante de sueur. J'ai le cœur qui bat à toute allure. Puis je me souviens : tout s'est bien passé. Anaïs est sortie de la chambre de réveil. J'ai eu le droit de voir ma sœur après l'opération, juste quelques minutes, pour ne pas la fatiguer. Elle était à peine consciente, mais elle m'a souri. Elle a réussi à marmonner :

— N'oublie pas mes cookies.

Ma mère dort avec elle à l'hôpital. Je suis rentrée à la maison toute seule en métro et en RER. Je me suis couchée à vingt heures trente et me suis endormie comme une masse, épuisée par les émotions des jours précédents. Je saisis mon portable sur ma table de nuit pour voir l'heure, trois heures vingt-sept du matin. Deux textos et un appel en absence, tous d'Anthony.

Je les lis plusieurs fois. Il me demande si ça va, pourquoi je ne donne pas de nouvelles. Il s'inquiète. Il ne propose plus de me voir demain. Il ne termine plus ses textos par « bisous ». Plus de cœur ou d'émoticône. Il est trop intelligent pour ne pas comprendre que quelque chose cloche.

Je sais que je devrais au moins lui avouer que j'étais à l'hôpital pour ma sœur. Lui expliquer. Je tape le début d'un message, je l'efface. Je n'ai pas le courage. Si j'avais rattrapé le coup au début, peut-être qu'il aurait pu comprendre. Mais tous ces mensonges, accumulés les uns sur les autres alors qu'on devenait de plus en plus proches, ont fini par constituer les briques d'un mur infranchissable entre lui et moi. Et de toute façon, sans le basket, qu'est-ce qu'il nous restera en commun ? Le sport était ce qui définissait ma personnalité, mes ambitions et mes rêves. Sans ça, je n'ai plus rien, je ne suis plus rien.

Je sais que notre relation n'a pas d'issue possible. La réalité, c'est que nos destinées n'auraient jamais dû se croiser. Elles auraient dû rester parallèles indéfiniment, comme deux spaghettis crus oubliés sur une table de cuisine, parce que nos mondes n'ont rien en commun et leur rencontre n'a fait qu'aggraver un peu plus le chaos de nos vies respectives. Soit je lui dis la vérité et il me quitte probablement, soit je continue de m'enferrer dans mes mensonges jusqu'à ce qu'il découvre qui je suis vraiment. Et pourtant, j'ai trop besoin de lui pour supporter l'idée de son absence. Je lui renvoie un message.

Léa Martin
Ça va. On peut se voir demain ?

Mon téléphone vibre quelques secondes plus tard. Son nom apparaît sur l'écran et je pense à lui, à l'autre bout de la ville, qui ne dort pas non plus.

Tony Basket
Oui, 14 h ?

Je tape « OK » et je rajoute « bonne nuit » et une émoticône qui souffle un cœur. Il ne répond pas.

Anthony m'attend à l'extérieur du terrain, assis sur un des bancs qui longent le grillage. Il fait rebondir machinalement le ballon entre ses jambes, il a l'air plongé dans ses pensées. Il sourit quand il me voit et c'est plus fort que moi, je me jette dans ses bras et je l'embrasse. Je sens l'angoisse des jours passés remonter à la surface, se dissoudre dans son étreinte chaude et rassurante. Je tremble et il me serre plus fort contre lui.

— Ça va ? T'as pas l'air en forme.

— C'est rien, t'inquiète.

Ma voix est faible. Avant, mes mensonges sortaient naturellement, maintenant, ils me brûlent la gorge.

Il hésite, me dévisage avec ce regard attentif qui semble lire ce qui se passe dans ma tête, même si je doute qu'il arrive à saisir ce que moi-même je ne comprends pas.

— Tu veux jouer ?

Je secoue la tête. Encore un mensonge.

— OK, viens alors, je voulais te montrer un endroit sympa.

Dix minutes plus tard, il me fait emprunter la sortie de secours d'une tour de béton qui ne paye pas de mine et on se retrouve sur le toit, dans un étrange jardin de gravier à ciel ouvert, fleuri de paraboles et de sorties de bouches d'aération. Je le suis jusqu'à l'une des extrémités. Il s'assoit sur le muret, les jambes dans le vide. Prudemment, je me glisse à côté de lui, et je contemple la vue en silence. Pas un nuage dans le ciel de septembre et l'océan de toits qui s'étale sous mes pieds me fait légèrement tourner la tête. On voit jusqu'à Paris, la tour Eiffel et la tour Montparnasse.

— Tu vois, la mairie de Tarny, m'indique Anthony en pointant le doigt, un peu à droite, ce gros bâtiment gris c'est ton lycée et ta maison doit être quelque part entre le petit parc et cette tour de bureaux.

— C'est calme, dis-je.

Et comme pour me contredire, un avion qui vient sans doute de décoller d'Orly passe au-dessus de nos têtes dans un vrombissement de moteur.

— Je me demande toujours où ils vont, dit Anthony le visage levé vers le ciel, tous ces gens qui voyagent.

— Tu voudrais aller où ? Los Angeles ? Singapour ? Tahiti ?

J'examine le profil d'Anthony qui se dessine, net sur le bleu du ciel. Son expression un peu rêveuse tranche avec le trait dur de sa mâchoire.

— J'ai toujours rêvé d'aller à New York, dit-il après un moment, je voudrais voir Central Park, les gratte-ciel, assister à un match au Madison Square Garden avec ces mains géantes débiles en mousse qu'on voit dans les films, les lumières de Times Square, l'Empire State Building, tous les clichés pour touristes, quoi… Pas toi ?

Sa question réveille une douleur brutale dans ma poitrine. Je rêvais aussi d'aller à New York avant. Avec Papa.

— Non, pas New York, j'irai jamais à New York.

Mon ton est brutal, je ramène mes genoux contre ma poitrine et y pose mon menton. Il tourne le visage vers moi, m'observe à nouveau attentivement.

— Tu as trop de secrets, Air Léa.

— Je n'ai pas de secrets, je… je ne me sens pas de tout te dire, c'est tout.

Je suis sur la défensive, mon intonation est plus sèche que je ne le voudrais.

— Évidemment, tu as le droit d'avoir ta vie, mais j'ai besoin de comprendre pourquoi tu passes aussi souvent d'un extrême à l'autre. Un jour tu m'écris toutes les cinq minutes, le lendemain c'est à peine si tu me réponds, tu couches avec moi, et tu pars en courant quand on se voit en m'interdisant de te suivre, tu m'ignores pendant des jours, puis tu me files un rendez-vous au milieu de la nuit et tu te jettes sur moi comme si j'étais l'amour de ta vie. Ça devient vraiment difficile de comprendre ce que tu veux.

Il a parlé tranquillement, sans colère. Je serre un peu plus mes genoux contre moi. Malgré le soleil, je frissonne.

— Qu'est-ce que tu veux dire ? Tu ne veux plus qu'on soit ensemble ?

J'ai posé la question froidement, bien qu'elle me brise le cœur, mais je ne sais pas comment faire autrement. Une expression d'étonnement traverse son visage.

— C'est pas ce que je dis, j'essaye juste de comprendre ce qui se passe dans ta tête.

— C'est compliqué.

— Alors explique-moi… Tu peux me parler, tu sais… Ça sert à quoi d'être avec quelqu'un si tu es incapable de lui dire quand tu vas pas bien ?

— Tu pourrais pas comprendre.

— Ce qui est sûr c'est que si tu me dis rien, je risque pas de comprendre !

L'agacement perce derrière son calme apparent. Je l'ai blessé. Il n'a probablement plus la patience de me supporter, moi et mes mystères sans explication. Je ne sais pas pourquoi je suis en colère contre lui. Et je me souviens de ces mots d'Amel, quand on se parlait encore : c'est plus simple d'être en colère que d'être triste. Je me rends bien compte que plutôt que d'affronter le chagrin en face, la rage est toujours ma porte de sortie, même si au fond je sais qu'elle mène dans une impasse.

— Ma vie n'est pas facile en ce moment, OK ? Et ce serait bien que tu ne la compliques pas plus qu'elle ne l'est déjà.

Il a un rire dur, très bref, qui n'atteint pas ses yeux gris, perdus dans l'horizon.

— En ce moment seulement ? Depuis que je te connais, tout a l'air compliqué pour toi, y compris les choses simples.

Il y a une ironie dans sa voix qui me déchire le cœur.

— J'ai pas besoin de ton jugement, OK.

— Non, c'est vrai, il n'y a rien à juger parce que je ne sais rien. Mais de l'extérieur, je t'avoue que c'est pas évident de te plaindre : tu as tout pour toi, un talent de ouf, une famille en or dans une baraque immense, un super lycée, un avenir tout tracé sans le moindre obstacle. Et malgré tout, ça ne va jamais…

Je fixe la tour Eiffel au loin, comme si je pouvais m'accrocher à elle pour ne pas m'effondrer. Voilà donc ce qu'il pense de moi. Je pourrais me pencher en avant et basculer dans le vide, régler d'un seul coup tous mes soucis. Pourquoi chaque fois que tu crois que la situation ne peut plus empirer, quelque chose d'autre te tombe dessus et brise ton cœur déjà en miettes ?

— Tu t'en fous probablement, mais mon frère s'est fait arrêter ce matin, cette fois, il échappera pas à la prison ferme, ma mère en est malade.

— Je suis désolée.

— Vraiment ? Parce que parfois, tu donnes juste l'impression d'en avoir rien à foutre de quoi que ce soit en dehors de toi-même.

J'aurais voulu qu'il me comprenne sans que je parle, mais évidemment c'est impossible. Il poursuit sur un ton de plus en plus mordant, et je sens la colère vibrer dans tout son corps, comme si elle avait été trop longtemps contenue et qu'enfin elle faisait exploser tous les barrages.

— Il y a des gens qui ont des vrais soucis, figure-toi. Je t'ai parlé du jour où j'ai fait deux jours de garde à vue pour couvrir Liam en prétendant que sa weed était la mienne juste pour qu'il ne finisse pas en taule ? Ma mère s'est fait virer de son job la semaine dernière, et au passage, comme elle était payée au black, elle n'a droit à rien et on va encore devoir passer devant le juge pour essayer d'obtenir quelque chose de mon connard de père, parce que si on paye pas le loyer encore une fois, on va se retrouver dehors.

Je suis stupéfaite par ces révélations et surtout par la façon dont il les énonce : je ne savais pas que son flegme et sa tranquillité dissimulaient autant de frustration, je n'avais pas compris. Cette impression de se connaître, ces conversations téléphoniques sous la couette tout le mois d'août… Tout n'était qu'une illusion, un mensonge réciproque. On ne se connaît pas. On ne se comprend pas. Et c'est peut-être la raison pour laquelle je ne peux pas lui parler. Parce qu'on n'est pas si proches, parce que je ne sais même pas s'il accepterait cette fille que je suis vraiment, avec mon syndrome de merde, mon cœur trop fragile, mon interdiction de jouer au basket, mes journées à l'hôpital…

Le silence s'étire entre nous, et je sais que je suis supposée répondre quelque chose, mais ma bouche est sèche. Il pousse un soupir, déçu par mon silence.

— Je le savais depuis la première fois que je t'ai vue : c'était la pire des conneries de tomber amoureux de toi, on vient de mondes trop différents.

Je voudrais lui dire qu'en ce qui me concerne, la seule chose qui n'aura pas été une connerie, aura été de tomber amoureuse de lui, que la bouée de secours dans l'océan où je me noyais, c'était lui. Mais je ne supporte plus tous ces mensonges et il n'y a qu'un moyen de me sortir de cette situation sans salir tout ce qu'on a vécu avant. Alors, je fixe la tour Eiffel qui se dresse dans le ciel gris, je ravale la boule dans ma gorge et, sans le regarder, je dis :

— Tu as raison, il vaut mieux qu'on arrête là.

— C'est ce que tu veux vraiment ? demande-t-il après un silence.

Je descends du muret et lance avant de me diriger vers la sortie de secours qui n'a jamais aussi bien porté son nom :

— Oui, je ne veux plus qu'on se voie.

Au moins, ce sera mon dernier mensonge.

36

Je suis venue en transports jusqu'à l'hôpital, ma mère ne pouvait pas m'accompagner. La rentrée est passée comme dans un rêve, Anaïs est à l'hôpital depuis une semaine. Anthony m'a envoyé un texto d'excuses : il ne pensait pas ce qu'il m'avait dit. Je lui ai demandé de ne plus m'écrire. Il me manque terriblement, mais je sais qu'il n'y avait pas d'autre fin possible.

Les premiers jours, Anaïs pouvait à peine parler tellement elle était fatiguée.

— Salut, t'es pas en cours ? demande-t-elle étonnée en me voyant entrer.

— J'ai séché la dernière heure pour venir te voir.

Elle sourit faiblement. J'ouvre mon sac à dos et en sors les cours de sa copine Jessica soigneusement photocopiés, quatre paquets de bonbons Haribo, des mini-saucissons, deux bouteilles d'Orangina et l'intégralité des produits de la liste qu'elle avait pris soin de me faire avant de partir pour son opération.

— Oh… merci beaucoup mais je n'ai pas très faim, murmure-t-elle.

Je dissimule ma déception derrière un sourire enthousiaste. J'étais même allée jusque dans le deuxième arrondissement acheter chez Cookie Dream les gâteaux qu'elle avait réclamés.

— T'inquiète, je les laisse ici et comme ça, quand tu auras de nouveau faim, tu n'auras qu'à te servir.

J'aligne les sucreries sur le rebord de la fenêtre, à portée de main de ma petite sœur. Anaïs m'observe, elle a l'air fatiguée mais contente de me voir. Je m'assois au bord de son lit.

— Tu as l'air d'aller mieux…

— Un peu… Mais j'ai encore très mal.

Je hoche la tête, je n'ose toujours pas regarder le pansement sur la cicatrice verticale qui divise sa poitrine en deux et qui dépasse de son pyjama parsemé de cœurs. Il me paraît immense. En dessous, j'imagine une plaie béante, une crevasse qui ne se refermera jamais totalement.

On discute, elle me parle de la série dont elle enchaîne compulsivement les épisodes, de l'infirmière sympa qui lui raconte des blagues, des médecins qui passent l'examiner toutes les heures et qui la gonflent. Il y a un silence puis elle me demande.

— Et toi ? Ça va ?

— Oui, oui, la rentrée s'est bien passée, je vais me taper des notes de merde toute l'année et j'aurai même plus l'excuse du basket, mais je suis avec Amel dans la plupart des cours…

J'évite de lui dire qu'Amel et moi ne nous sommes pas adressé une seule fois la parole depuis la rentrée, malgré les multiples tentatives de Nico pour nous réconcilier.

Elle hoche la tête, semble hésiter.

— Je sais que je te l'ai jamais dit, mais moi aussi je suis désolée, Léa.

— Désolée pour quoi ?

— Pour le basket… la NBA, tout ça…

Je hausse les épaules.

— Pas besoin d'être désolée, c'est pas comme si tu y étais pour quelque chose.

— Mais en vrai, tu te sens comment ?

Je pousse un soupir. Je ne sais pas moi-même comment répondre à cette question.

— Je sais pas trop… Tu as déjà dû renoncer à une chose à laquelle tu tenais plus que tout ?

Anaïs réfléchit longuement, puis son visage s'éclaire faiblement.

— Tu te souviens des chaussures à talons que Maman m'avait achetées pour mes neuf ans ?

Je ne risque pas d'oublier les chaussures les plus moches jamais imaginées. Une abomination rose fuchsia à faire vomir un aveugle qu'Anaïs a réclamée à cor et à cri pendant des mois avant son anniversaire. Ma mère trouvait qu'elle était trop jeune pour porter des talons aussi hauts, elle a toutefois fini par céder. Il se trouve qu'Anaïs s'est foulé la cheville le lendemain de son anniversaire et qu'elle n'a jamais pu les mettre.

— Oui, je me souviens.

— Bon, et bien c'est probablement ce qui se rapproche le plus d'un rêve auquel j'ai dû renoncer.

— Je suis pas sûre que ça ait grand-chose à voir pour être honnête…

Je me suis forcée à garder un ton neutre, non agressif, même si la comparaison entre mes ambitions de devenir joueuse en WNBA et sa paire de chaussures m'irrite.

— Je sais bien, je ne compare pas, mais j'en ai rêvé des mois et quand enfin je les ai eues, je n'ai jamais pu les porter.

— Et comment tu as réussi à te remettre de cette terrible tragédie ?

J'ai du mal à masquer l'ironie de ma question, mais Anaïs ne paraît pas s'en formaliser. Les yeux un peu dans le vague, elle répond avec le plus grand sérieux :

— Je les avais posées sur ma table de nuit et je passais mes journées en béquilles à les contempler en pleurant. Je savais que le jour où j'aurais le droit de les mettre, j'aurais pris une pointure et je ne rentrerais plus dedans. Et puis, un matin, Maman a déclaré que c'était absurde, que si je ne pouvais pas les porter, la seule façon de me consoler un peu, c'était de faire un magnifique papier cadeau et de les offrir à quelqu'un que j'aimais.

Je dévisage ma sœur en silence et je laisse la culpabilité et la honte m'engloutir. Anaïs doit penser que j'attends la chute de l'histoire, que je connais pourtant déjà, car elle précise :

— Je te les ai offertes à toi, Léa, et c'est vrai que ça m'a un peu consolée.

Je m'en souviens parfaitement. À l'époque, malgré nos deux ans d'écart, Anaïs était déjà aussi grande que moi et on avait la même pointure. Je ne sais pas ce qui a le plus marqué mon souvenir : le paquet cadeau extravagant, les multiples feuilles de papier de soie multicolores, les paillettes dont elle avait rempli la boîte et dont on a retrouvé des survivantes des années après entre les lames du plancher du salon, ou le fait que ma sœur m'ait offert une paire de chaussures roses à talons, à moi qui ai toujours détesté le rose et les talons. Inutile de préciser que je ne les ai jamais portées. Je n'avais jamais saisi la signification de ce cadeau. À vrai dire, je l'avais même mal pris. J'avais pensé qu'elle ne savait pas quoi en faire, qu'elle n'avait pas voulu dépenser d'argent, que c'était un manque de considération, voire du mépris pour mes goûts et mes centres d'intérêt. Bref, comme d'habitude, je n'avais rien compris.

En la contemplant, pâle et fatiguée dans ce lit d'hôpital, je me demande combien de fois j'ai mal interprété ses mots et ses gestes, à quel moment on a commencé, l'une comme l'autre, à voir des sous-entendus et des jugements là où, parfois, il n'y avait rien d'autre qu'une mauvaise communication.

Je parviens à balbutier :

— Merci…

Elle hausse les épaules et a un petit rire avant de reprendre d'une voix très douce, en fixant quelque chose au loin à travers la fenêtre.

— Évidemment pour toi c'est plus compliqué, c'est pas comme si tu pouvais mettre les dix dernières années de ta vie dans un paquet cadeau et offrir tes rêves à quelqu'un que tu aimes… Mais bon, déjà, peut-être que tu devrais les enlever de ta table de nuit et arrêter de les regarder toute la journée. Je crois que ça te ferait du bien. C'est un peu comme arrêter d'espionner son ex sur Facebook quand tu es supposée passer à autre chose…

37

Deux heures plus tard, je suis de retour à la maison. Je me sens très fatiguée, vidée de toute énergie. J'avais le cœur serré à l'idée de laisser Anaïs toute seule dans cet énorme hôpital pour aller prendre mon RER, de me dire que même quand elle en sortira, elle devra aller plusieurs semaines dans un centre de rééducation et de convalescence, mais je retournerai la voir demain.

Seul le silence m'accueille désormais quand je rentre de cours. La maison semble encore plus vide sans ma sœur. Je n'avais jamais imaginé qu'elle me manquerait autant. Assise sur mon lit, je contemple ma chambre : le poster de Stephen Curry, les photos de matchs et de joueurs, les médailles, l'écharpe des Golden State Warriors suspendue comme une banderole au-dessus de la porte…

Je repense à cette histoire de chaussures et je me mets à fouiller furieusement dans mon armoire jusqu'à ce que je les retrouve. Anaïs avait dessiné des cœurs et collé des gommettes à paillettes sur la boîte. À l'intérieur, les feuilles de papier de soie ont un peu perdu de leur éclat, les paillettes s'envolent et viennent incruster la moquette. Les chaussures roses sont là, comme neuves, toujours aussi fuchsia. Elles me paraissent moins moches que dans mon souvenir. Doucement, je les sors et je caresse le nubuck immaculé. L'émotion que j'aurais dû ressentir des années plus tôt, quand ma sœur m'a offert le plus beau cadeau qu'elle ait jamais reçu, me serre brutalement la gorge. Ce n'est pas juste une paire d'escarpins atrocement kitsch. C'était son envie de grandir, un rêve de Cendrillon, la possibilité d'être mieux acceptée à l'école, d'être aussi belle que les connasses de sa classe qui lui en faisaient voir de toutes les couleurs. Voilà ce que ma sœur m'a offert quand elle avait neuf ans. Je regrette de ne pas l'avoir compris plus tôt, de ne pas avoir fait honneur à ce cadeau.

Je repense à ses paroles. « Peut-être que tu devrais enlever tes rêves de ta table de nuit et arrêter de les regarder toute la journée. »

J'ouvre le tiroir de mon bureau et j'en sors la liste, commencée quand j'avais dix ans et soigneusement mise à jour au fur et à mesure des années, des joueuses françaises qui ont un jour joué en WNBA.

1. Isabelle Fijalkowski
2. Lucienne Berthieu
3. Laure Savasta
4. Audrey Sauret
5. Emmeline Ndongue
6. Émilie Gomis
7. Sabrina Palie
8. Edwige Lawson-Wade
9. Céline Dumerc
10. Sandrine Gruda
11. Valériane Ayayi
12. Endy Myiem
13. Marine Johannès

Et au feutre noir, je barre trois fois la dernière ligne :

14. Léa Martin

Je retire ensuite mes baskets et monte sur le lit face à mon poster de Stephen Curry. Quand je l'ai accroché, ma mère était furieuse, ce n'était pas le genre de décoration qu'elle espérait sur le papier peint fleuri. Je me retourne un ongle en enlevant la première punaise. Elle est bien enfoncée. Je l'arrache et le coin de l'affiche se replie aussitôt, dissimulant le visage souriant de mon héros. Je le roule soigneusement et le pose dans un coin, puis, une à une, je décroche les photos de matchs collées sur l'armoire, je pose au pied de mon lit les médailles, les visages souriants de Tamika Catchings, Kobe Bryant, Michael Jordan, Seimone Augustus et Sue Bird, les maillots, les pages de magazines. Tout ce qui de près ou de loin a un lien avec le basket. Je fais un beau tas sur la moquette. Quand j'ai terminé, il n'y a quasiment plus rien sur les murs de ma chambre et les étagères semblent à moitié vides.

Puis je m'allonge sur mon lit et, les chaussures d'Anaïs serrées contre ma poitrine, je ferme les yeux. Je prends une grande inspiration et juste une dernière fois, je m'apprête à faire l'exercice de visualisation que mon père m'avait appris quand j'étais encore toute petite. Un truc de sportif de haut niveau : à force de se représenter les images de son succès, on programme son cerveau pour réussir.

Alors, j'imagine l'avion pour New York, ma main dans celle de mon père. Le taxi jaune à l'aéroport, les lumières sur les écrans géants de Times Square. Je nous vois rejoindre le Lincoln Center, toujours tous les deux, je vois la salle bruyante, les tables rondes, recouvertes de nappes noires, où les joueurs attendent de savoir s'ils vont être appelés, on peut difficilement imaginer autant d'espoirs réunis au même endroit. Je sais qu'en réalité, ça ne se serait pas passé comme ça. Parce que les filles ne sont pas draftées au Lincoln Center, et il y a beaucoup moins de monde pour assister à l'événement. Mais puisque rien n'aura lieu, puisque c'est la dernière fois que je m'autorise à faire ce rêve-là, autant se payer la version luxe. J'entends les cris et l'agitation de la foule, les panneaux qui clignotent, la présentatrice qui appelle mon nom dans un micro, j'ai été choisie par les Los Angeles Sparks, comme Candace Parker. Je me lève, sur le chemin vers l'estrade je frôle du bout des doigts la main de Magic Johnson. Papa, debout, applaudit frénétiquement. *Je suis tellement fier de toi, Chouquette.*

Je souris derrière mes yeux fermés.

Une dernière fois, je sens le contact du ballon sous mes doigts, le frottement du maillot sur ma peau.

Puis je visualise la boîte en carton recouverte de cœurs et de gommettes à paillettes d'Anaïs et entre des feuilles de papier de soie multicolores je dépose ces images qui ont bercé mon enfance et toutes les émotions qui vont avec, le souvenir des matchs, les premiers paniers avec Papa derrière le garage, la première fois que j'ai joué avec Nico, le premier match qu'on a gagné, et tous les suivants. Je prends le temps de me remémorer chaque instant avec mon père, les progrès comme les jours de découragement, les succès et les échecs, les bons moments et les coups durs…

Quand j'ai terminé, je referme la boîte et j'attache solidement l'énorme nœud doré pour être sûre de ne pas la rouvrir. J'inspire profondément et quand je rouvre les yeux, je sais exactement ce que j'ai à faire.

Oncle Ben's décroche au bout d'une sonnerie.

— Salut Léa, comment ça va ?

— Bien. Tu pourrais faire un truc pour moi ?

— Ça dépend, si c'est encore pour essayer de trouver un moyen détourné pour jouer…

— Non, pas du tout. Je vais te donner l'adresse d'un terrain de basket et tu vas y aller mercredi prochain à seize heures, OK ?

— Heu… OK… Pourquoi ?

— Tu te souviens de ce que tu m'as dit au Café Strada ?

— Oui… que ton père ne t'aurait jamais laissée continuer à jouer.

— Non, pas ça, qu'une joueuse comme moi, on n'en rencontrait qu'une dans sa vie et que je serais toujours ton plus grand regret ou un truc dans le genre.

— Oui, c'est la vérité, Léa.

— Je crois que je n'ai jamais été la plus grande chance de ta carrière, j'étais celle de Papa.

Il y a un silence au bout du fil et je comprends que sans le vouloir je l'ai blessé, je poursuis malgré tout :

— La chance de ta carrière, elle est au Val-Fleuri, derrière le centre de réinsertion sociale, il y a un terrain de basket. Tu ne peux pas le louper, à droite après le tag de la fille aux cheveux bleus. Il y a un joueur qui s'appelle Anthony, il faut que tu ailles le voir jouer, il faut que tu le convainques de venir jouer au club…

Il y a un silence au bout du fil, j'attends qu'il assimile l'information. Je sais qu'il ira, ne serait-ce que pour me faire plaisir, et je sais qu'une fois qu'il aura vu Anthony jouer un quart d'heure, ce sera réglé.

— Il a quel âge ?

— Dix-sept ans.

— Il joue où, avec qui ?

— Nulle part pour le moment, mais si tu n'y vas pas, crois-moi, le plus grand regret de ta carrière, ce sera lui.

Il pousse un soupir.

— Dix-sept ans, c'est tard pour commencer…

— Tu dis toujours que pour les vrais talents, il n'y a pas de règle… S'il te plaît, donne-lui une chance, fais-le pour moi, OK ? Et autre chose…

— Oui ?

— Tu n'as pas besoin de me tenir au courant, c'est ta décision. Je ne veux jamais que tu lui parles de moi, ni que tu lui dises que c'est moi qui t'ai envoyé ou même que tu me connais, tu me promets ?

J'ai l'impression de l'entendre lever les yeux au ciel dans le silence qui suit.

— OK, Léa, et si je lui donne une chance, tu arrêtes de me faire la gueule ?

— Peut-être.

— Ça me va, dit-il un sourire dans la voix.

— OK, je grommelle pour dissimuler l'émotion dans la mienne.

Je réalise que, malgré tout, il m'a terriblement manqué.

— Allez, bisous.

— Bisous.

Et je raccroche. Après tout, le but c'était de mettre quelqu'un du club en NBA ou à un vrai haut niveau, une victoire d'équipe, pas une victoire personnelle. Et peut-être qu'Anaïs a raison et que la seule chose qu'on peut faire avec ses rêves perdus, c'est les offrir à ceux qu'on aime, à d'autres qui auront le droit de les vivre, qui comprendront leur importance et leur signification.

Je pousse un profond soupir et je contemple les rectangles plus clairs sur le papier peint à fleurs, là où j'ai décroché les images et les posters. Tout ce vide qu'il va falloir combler. J'en ai le vertige.

Je ne sais pas par où commencer, alors je sors mon téléphone de la poche de mon jean, je me rallonge sur mon lit et je branche mes écouteurs. Je me connecte à

YouTube et je vais sur le compte d'Amel. Au milieu des différentes vidéos qu'elle a sauvegardées, pour la plupart, des tutos de physiques, de maths ou des analyses de livres au programme du bac français, je trouve la playlist qu'elle avait promis de me faire. Je refuse de réfléchir et je clique sur le lien : « Léa – chansons pour pleurer ». La première piste est notre chanson d'enfance qu'on adorait, la bande originale de *Toy Story*, « Je suis ton ami ». C'était la sonnerie que je lui avais attribuée dans mon téléphone et que j'avais changée quand on est entrées en seconde, parce que je la trouvais trop gamine. Je craque au troisième accord. C'est comme si un barrage volait en éclats dans ma poitrine sous la pression d'un torrent furieux.

Et je pleure. Enfin.

38

Ma mère frappe à la porte de ma chambre et j'ouvre un œil.

— Léa ?

Je grommelle :

— Oui.

Elle passe la tête par l'entrebâillement.

— Amel est en…

Elle s'interrompt net ; son regard stupéfait parcourt les murs vides et le tas de souvenirs sur la moquette.

— Oh, Léa, tous tes posters, toutes tes médailles…

Elle se précipite pour ramasser un trophée quelconque comme si c'était subitement devenu un bijou précieux. Je m'assois sur mon lit en soupirant.

— Tout le monde voulait que j'arrête… Alors voilà, j'arrête…

Elle me dévisage sans répondre, l'air tellement triste que je sens la boule gonfler à nouveau dans ma gorge et je panique :

— Pourquoi tu me réveilles si tôt ? J'espère que ce n'est pas Anaïs ?! Elle va bien ?!

Elle semble se souvenir subitement de la raison de sa présence et repose soigneusement sur la table de nuit la coupe en plastique dorée qu'elle tient à la main.

— Non, non, tout va bien. Amel est en bas, elle veut te parler…

— OK, merci.

J'enfile mes pantoufles et un sweat à capuche par-dessus mon pyjama.

— Tu veux… Tu veux que je mette tout ça dans un carton ? demande ma mère alors que je m'apprête à sortir.

Je hausse les épaules.

— Je veux bien que tu mettes tout à la poubelle s'il te plaît, moi je suis pas sûre d'en avoir le courage.

Amel fait les cent pas dans l'entrée, ses sourcils bruns froncés et concentrés, comme si elle préparait ce qu'elle avait à dire. Hier à vingt-trois heures trente, après avoir écouté sa playlist en entier et avoir pleuré non-stop quatre ou cinq heures d'affilée (j'ignorais que j'avais autant d'eau en moi, pas étonnant que j'aie eu l'impression de me noyer), je lui ai envoyé un texto pour la remercier et lui dire qu'elle me manquait. Et évidemment, elle a débarqué à la première heure et ça me donne envie de pleurer à nouveau, mais pas de tristesse cette fois.

— Je suis désolée, dit-elle à la seconde où elle m'aperçoit.

Et sans me laisser le temps de répondre, elle me serre dans ses bras.

Je me retourne et je crie en direction du premier étage :

— Maman, je vais faire un tour avec Amel !

— En pyjama ?! crie ma mère depuis ma chambre.

— Oui, j'en ai pas pour longtemps !

— Vous voulez petit-déjeuner après ? Je peux faire des pancakes avant qu'on parte pour l'hôpital.

Je n'ai jamais vu ma mère faire de pancakes, c'est toujours mon père qui s'occupait de ce genre de truc, mais Anaïs doit lui manquer et je ne me vois pas la laisser petit-déjeuner toute seule.

— OK, à tout' !

J'enfile mes baskets et entraîne Amel jusqu'au square du bout de la rue. Il n'y a pas d'enfants à cette heure-là, je m'assois sur une des balançoires qui oscillent paresseusement et Amel se laisse tomber au bout du toboggan.

— C'est gelé, ce truc ! s'exclame-t-elle en se relevant précipitamment.

Je ne peux m'empêcher d'éclater de rire et elle tire sur sa jupe en grommelant avant de se glisser sur la balançoire à côté de la mienne. Elle sort un Twix de sa poche et me tend une des deux barres.

— Donc, je suis désolée, reprend-elle, je…

— Non, je coupe, c'est moi, je n'aurais jamais dû te mentir et te crier dessus, on ne ment pas à ses amis, je regrette…

Elle lève une main pour m'interrompre.

— Je sais que cette année… Tout ce que tu as vécu… a dû être très difficile pour toi. Entre ton père, ton interdiction de jouer, et je ne savais pas… pour l'opération d'Anaïs, ta mère m'a expliqué… Franchement, je n'ose même pas imaginer comment je me sentirais à ta place, donc je n'ai pas à juger les décisions que tu as prises ou ta façon de faire ton deuil, parce que ce qui compte, ce n'est pas que je sois rassurée, c'est juste que tu trouves un moyen d'aller mieux. Et je suis encore plus désolée parce que je me rends compte que si tu ne m'as pas parlé, si tu t'es sentie obligée de me mentir, de me cacher ce que tu faisais c'est que je n'ai pas su être présente pour toi.

Je mords dans la barre chocolatée et savoure le goût du caramel sur ma langue.

— C'est pas vrai, Amel, tu es la meilleure copine que j'ai jamais eue…

— Je ne crois pas. J'aurais dû te poser des questions, te forcer à parler. De l'extérieur, j'avais l'impression que tu allais mieux, mais maintenant je réalise que ce n'était pas du tout le cas. Et je supporte pas l'idée que tu m'en veuilles, tu fais partie de ma famille Léa, on ne peut pas s'engueuler. Tout ce temps sans te parler, ça m'a rendue malade. J'ai eu ton texto direct, parce que ça fait des jours que je ne dors pas.

Je lui donne un léger coup d'épaule.

— Je ne veux pas non plus m'engueuler avec toi, c'est un des pires trucs qui pourraient m'arriver, qu'on ne se parle plus, mais mon père disait qu'il faut s'engueuler de temps en temps avec les gens qu'on aime, ça permet de leur rappeler qu'ils sont importants quand on se réconcilie avec eux.

Amel sourit et j'ajoute :

— Tu m'as manqué, tu sais, et ta playlist… tu devais être certaine que je chialerais au bout de trois minutes, on n'a pas idée de faire une playlist aussi niaise !

— J'en étais sûre !

— Quand je pense qu'il y avait même du Lara Fabian…

— C'était pas pour la qualité musicale, mais pour ce truc que te disait ton père chaque fois qu'il te déposait au lycée : « Comme dirait Lara Fabian, je t'aime. » J'ai toujours trouvé ça trop chou.

Je me balance doucement en fixant la pointe de mes baskets. Après un silence, elle poursuit :

— T'es pas allée au cimetière ?

— Non…

— OK, n'oublie pas le nom de code : « Les carottes sont cuites. »

J'ai un vague sourire et Amel me donne un coup de coude.

— Bon et ce mec, Tony, ton dealer beau gosse, on en parle ?

— Il est pas dealer…

— Ah ah, j'en déduis que pour le côté beau gosse, tu es OK…

Je lève les yeux au ciel, mais je n'arrive pas à retenir un sourire, même si la tristesse m'envahit à nouveau. Je raconte à Amel que c'est terminé, que tout était fondé sur des mensonges et qu'Anthony n'a jamais su qui j'étais vraiment. Elle écoute attentivement en dessinant des arcs de cercle du bout du pied dans le bac à sable. Quand j'ai terminé, elle répond d'une voix prudente :

— Écoute, si tu tiens à lui, je crois que tu devrais lui avouer la vérité. Ce sera à lui de décider ce qu'il en pense et s'il veut te pardonner.

— Impossible… Il se dirait sûrement que je suis folle, ça gâcherait tous nos souvenirs ensemble… Et puis, ce qu'il aimait chez moi, ce qu'il admirait, c'était qu'on partage la même passion. Sans le basket, je ne suis pas sûre qu'il s'intéresse à moi.

— Ça vaut le coup de vérifier, non ? S'il ne t'aime que pour ça, c'est un con. Si tu veux tout savoir, moi j'ai toujours trouvé ça très chiant toutes ces histoires de basket, et pourtant tu es la fille que je préfère au monde…

— Merci… Mais je m'en suis tellement pris plein la figure ces derniers temps… J'ai trop peur de sa réaction, je crois que c'est plus facile pour moi de garder un souvenir intact de notre histoire plutôt que de la voir finir mal.

Amel hoche doucement la tête, sans répondre, et avale le reste de son Twix. Quand on rentre à la maison, ma mère nous attend devant une table digne d'une pub Ricoré, jus d'orange, confiture, brioche, croissants et en respirant la douce odeur du café, je réalise que malgré le demi-Twix que je viens d'avaler, je meurs de faim.

— Finalement, je suis allée à la boulangerie, j'ai acheté des croissants et une brioche, annonce Maman, j'ai essayé de faire des pancakes, mais il y a manifestement un problème avec la farine.

Je fixe la bouillie bizarre aussi épaisse qu'une pâte à tarte que ma mère a essayé de faire cuire en boule dans une poêle (dans laquelle elle a par ailleurs oublié de mettre du beurre) et je me retiens de rire.

— Sûrement la farine, oui…

4e quart-temps

ACCEPTATION

39

Je sors de l'armoire l'unique robe que je possède. Elle est gris foncé, ma mère me l'avait achetée il y a deux ans pour l'anniversaire de mon grand-père. C'est une robe d'hiver en laine, trop épaisse pour le soleil de mi-avril qui brille par la fenêtre, et elle est un peu trop courte, j'ai pris quelques centimètres ces derniers mois. Ma mère m'a prêté des collants, je les enfile et je sors l'affreuse paire de ballerines noires achetées pour la même occasion. Je grimace en glissant mes pieds dedans, elles sont franchement trop petites, mais pas le choix. Je jette un coup d'œil dans la glace et lève les yeux au ciel. J'ai l'air d'une gourdasse à la journée portes ouvertes d'un pensionnat pour jeunes filles bien élevées. Après une hésitation, je sors d'un tiroir l'écharpe aux couleurs des Chicago Bulls que Papa avait rapportée d'un voyage aux États-Unis et je la passe autour de mon cou.

Quelques-unes de mes affiches sont revenues sur le papier-peint fleuri. Contrairement à ce que je lui avais demandé, Maman n'avait rien jeté. Elle avait tout soigneusement rangé dans un carton, en attendant le bon moment pour les ressortir. Le psy dit que ce n'est pas parce qu'on doit faire le deuil de quelque chose qu'il faut éradiquer toute preuve de son existence passée. Le basket fera toujours partie de mon histoire et je n'ai pas besoin de le renier. Ce serait comme supprimer tout ce qui est lié à Papa, sous prétexte qu'il n'est plus là. J'ai raccroché le poster de Stephen Curry, quelques médailles et certaines photos, toutes celles où je figure avec mon père, notamment. Pour les autres, j'en ai fait un album. Je le regarde de temps en temps et je me surprends à sourire à certains souvenirs. La différence, maintenant, c'est qu'il y a d'autres choses que le basket sur mes murs : les clichés pris avec Amel au photomaton déréglé, deux places d'un concert auquel je suis allée avec Anaïs en février dernier, des souvenirs de vacances en famille, quand Papa était encore là, d'un séjour linguistique en Angleterre, des photos d'une soirée chez Nico pour son anniversaire, une autre encadrée de Nico, Amel, Anaïs et moi en train de hurler de terreur dans une attraction à Disneyland. J'ai même ressorti la citation d'Oscar Wilde encadrée que mon père m'avait offerte.

Après beaucoup de débats et de discussions avec le psy, la cardiologue et Maman, j'ai décidé de continuer à jouer de temps en temps. Pas trop longtemps et pas trop souvent. Oncle Ben's ne me laisse toujours pas revenir au gymnase, mais on a trouvé un autre terrain, en extérieur. Maman a longuement négocié avec la cardiologue qui a finalement conclu : « Vous connaissez les risques, certaines personnes choisissent de faire des choses qui sont risquées, c'est votre choix. » Je dois faire des examens plus souvent et j'ai juré de ne plus jamais oublier mes médicaments. Tant que les examens sont bons, le danger est limité. Si ça se dégrade, on verra… La première fois que j'ai proposé à Nico de rejouer avec lui, j'ai cru qu'il viendrait seul, qu'on ferait des paniers pendant une heure et ça me paraissait très bien. Mais quand je suis arrivée sur le terrain, ils étaient cinq. Nico et quatre filles de mon équipe historique, celles que j'avais laissées tomber pour jouer avec les garçons. Il y avait même Salomé qui m'a accueillie avec une accolade amicale :

— Alors, Martin, c'est quoi ce manque de discipline ? On se pointe plus à l'heure aux matchs maintenant ?

J'aurais pu leur faire un câlin tellement j'étais touchée de les voir.

La seule condition quand je joue, c'est que je prévienne ma mère, la plupart du temps, elle se débrouille pour venir et elle se pose sur un banc avec son ordinateur. Parfois, elle regarde un peu le match ; l'autre jour, elle a même crié « Faute ! » d'un air furieux car une joueuse m'avait fait un croche-pied. Quand elle ne peut pas venir, Nico a ordre de l'appeler au moindre signe suspect. Ce sont des matchs cool, sans pression ni enjeux, comme quand j'étais petite. Parfois, je trouve ça agréable, et parfois je voudrais ressentir à nouveau l'adrénaline, le frisson du challenge.

Une ou deux fois, Nico ou les filles ont évoqué « le nouveau », un génie du basket qu'Oncle Ben's serait allé dénicher au fin fond d'une cité. Je n'ai jamais relevé. Je pense que Nico n'insiste pas, parce qu'il ne veut pas me faire de la peine en insinuant que j'ai été remplacée. Je n'ai pas revu Anthony depuis notre dispute sur le toit. Souvent j'ai voulu l'appeler, le psy pense que notre histoire n'est pas vraiment finie dans ma tête. Mais plus le temps passe et plus il me semble impossible de recoller les morceaux. Et même s'il m'arrive encore de relire nos échanges de textos tard le soir quand je n'arrive pas à dormir, je sais qu'il m'a probablement oubliée, d'autant plus que je doute qu'Oncle Ben's lui laisse une minute de répit.

Je travaille beaucoup avec Amel, deux heures, quatre soirs par semaine, ce qui m'occupe l'esprit. J'essaye, progressivement, de rattraper mon retard. Au deuxième trimestre, j'ai réussi à avoir 10,1 de moyenne générale et certaines matières commencent à être moins pénibles, l'anglais et les mathématiques par exemple. J'ai même tellement aimé un livre qu'on a étudié en cours que je l'ai lu deux fois : *L'Attrape-Cœurs*, de J.D. Salinger.

Je descends l'escalier en grimaçant dans mes ballerines trop petites, je passe devant la photo de moi à la maternité dans le maillot des Chicago Bulls, Papa tout sourire à mes côtés. Maman a été catégorique : c'est sa maison et cette photo ne bougera jamais d'ici.

D'ailleurs, elle m'attend dans l'entrée. Elle est en train d'enfiler une veste gris clair par-dessus sa robe noire. Comme d'habitude, elle est parfaitement maquillée et coiffée. Je me demande comment elle arrive à marcher avec des talons aussi hauts. Elle me scanne rapidement des pieds à la tête, fronce les sourcils, et je m'attends à ce qu'elle fasse une remarque sur l'écharpe rouge et noire.

— Tu as mis tes ballerines ? Elles sont trop petites, non ?

— Toutes mes chaussures sont trop petites.

— Oui, je sais, je t'en ai acheté des nouvelles. Je voulais attendre demain pour te les donner, mais vu que tu n'as plus rien…

Elle attrape une boîte blanche sur l'étagère du placard à chaussures et me la tend.

— On les a choisies avec Anaïs, c'est pour te féliciter pour ton dernier bulletin.

— Merci.

J'attrape machinalement la boîte. Il est statistiquement impossible qu'elle ait réussi à dénicher une paire de chaussures plus immondes que celles que je porte actuellement, même avec l'aide d'Anaïs. J'ouvre le paquet et reste quelques secondes sans voix.

— Elles te plaisent ?

Je sors lentement la paire de baskets du papier de soie, elles sont montantes, noires vernies avec un scratch orange autour de la cheville et sur le côté, la virgule Nike s'étale en énorme et en orange fluo.

— Elles sont…

Je cherche les mots, en caressant les semelles, j'ai envie de fourrer mon nez dedans et de respirer l'odeur du cuir neuf. Elles sont juste…

— On peut les renvoyer si elles ne te plaisent pas, mais à ce moment-là il ne faut pas que tu les portes.

— Non, non… elles sont… parfaites.

Ma mère affiche un sourire soulagé et attrape son sac à main avec enthousiasme.

— Super !

Je m'assois sur la dernière marche et enfile mes nouvelles chaussures avec un sourire ravi. Quand je me relève, prise d'une impulsion subite, je serre ma mère dans mes bras.

— Merci, M'man.

— C'est une édition limitée…, précise-t-elle non sans fierté en me rendant mon étreinte, on a dû les commander aux États-Unis.

— Si j'avais une paire de chaussures chaque fois que je dépasse la moyenne, vous seriez toutes les deux enterrées sous les escarpins, râle Anaïs qui descend justement l'escalier.

Je donne une petite tape dans le dos de ma sœur.

— Très bon choix, merci.

— Je sais, répond-elle avec suffisance, peut-être que celles-là tu les mettras plus souvent que la dernière paire que je t'ai offerte.

Elle me fait un clin d'œil et je retiens un sourire à l'évocation des chaussures roses toujours soigneusement rangées dans mon armoire.

On arrive au gymnase en avance. Je dois prendre une grande inspiration avant de pénétrer dans la plus grande salle, celle où j'ai joué si souvent. La dernière fois que j'y suis venue, je m'en suis fait chasser comme une pestiférée. Les gradins sont encore à moitié vides, Oncle Ben's teste le micro sur un podium monté pour l'occasion. Dès qu'il nous aperçoit, il descend nous accueillir à bras ouverts et nous embrasse avec enthousiasme.

— Installez-vous sur les chaises réservées aux intervenants !

Je m'assois à côté d'Anaïs qui pianote sur son téléphone portable. Elle a un copain depuis le mois dernier, ils passent leur temps à s'envoyer des cœurs et à se raconter le moindre détail de leur journée, y compris quand ils l'ont passée ensemble. Les gens commencent à arriver et un brouhaha de plus en plus sonore résonne dans la salle au haut plafond. Un soleil printanier entre par les fenêtres et les rayons pâles caressent le sol usé au fil des années par des milliers de baskets. J'inspire doucement l'odeur familière de bois et de caoutchouc. L'odeur du passé.

Oncle Ben's demande le silence et commence à parler dans le micro. Je ne me suis pas retournée, je n'ai pas la moindre idée de qui est venu et combien nous sommes, mais je sais qu'il y a du monde. Aujourd'hui, on inaugure l'extension du gymnase dont toutes les infrastructures sont adaptées aux joueurs handicapés.

On a donné à ce nouveau bâtiment le nom de mon père parce qu'il était à l'initiative du projet, même s'il n'a jamais pu en voir l'aboutissement. Oncle Ben's a demandé à plusieurs joueurs, dont moi, de dire quelques mots. J'ai beaucoup hésité, je n'aime pas parler en public, encore moins de quelque chose qui me touche autant, mais j'ai fini par accepter. J'écoute attentivement les mots des adolescents qui passent sur le podium, chacun raconte une anecdote sur Papa, une fille a même écrit un slam. C'est Nico qui passe le dernier. Il parle de l'exigence et de la discipline que seul mon père a été capable de lui enseigner et il conclut en me regardant dans les yeux, avec son vrai sourire, pas celui qu'il utilise pour draguer les filles ou amadouer les profs :

— Pour conclure, je laisse la parole à la meilleure joueuse que ce gymnase ait jamais eu l'honneur de voir jouer, la seule à avoir jamais été prise à l'INSEP. Vous avez de la chance de la voir ici plutôt qu'à la télé, parce que dans un univers parallèle, un peu moins con que celui-là, elle serait sûrement aux États-Unis en train de se préparer pour l'ouverture des playoffs dans la meilleure équipe de la WNBA… Léa, c'est à toi.

Je me lève sous quelques applaudissements timides. J'ai les jambes qui tremblent un peu. Entre mes mains moites, mon discours plié en quatre, imprimé la veille, est humide et froissé. Je monte sur l'estrade, ajuste le micro, plus pour me donner une contenance que par réelle nécessité. Je déplie soigneusement ma feuille A4, la pose sur le pupitre et la lisse du plat de la main. Dans un film américain à la con, comme dirait Anthony, ce serait probablement le moment où je décide impulsivement de faire un discours qui n'a rien à voir avec celui que j'ai préparé. Mais s'il y a une chose que j'ai apprise cette année, c'est qu'on ne vit pas dans un film américain. Je croise le regard d'Anaïs et avec un sourire elle lève discrètement sa main droite, plie son pouce sur sa paume, referme ses doigts dessus et agite la phalange qui dépasse. Le premier test qu'ils nous avaient fait faire à l'hôpital, en ce qui me concerne, un des rares signes extérieurs de mon syndrome de Marfan. C'est devenu une sorte de blague entre nous, un signe de reconnaissance, que personne ne peut comprendre à part elle et moi. Sous le pupitre, je referme mes propres doigts sur mon pouce pour me donner du courage, je prends une inspiration et je me lance.

— Bonjour, je m'appelle Léa Martin. Je suis la fille d'Alain Martin qui a longtemps enseigné le basket à Tarny et qui est à l'origine de ce projet d'extension, où tous les équipements sportifs seront accessibles aux personnes en situation de handicap. Vous avez tous parlé du coach qui vous a suivis toutes ces années et ma famille et moi avons été très touchés par ces témoignages, mais je ne suis pas venue vous parler du coach. Je suis venue vous parler de mon père.

Je poursuis d'une voix mal assurée, je parle de la photo dans l'escalier, de toutes ces heures de sa vie qu'il a dédiées à la réalisation de mon rêve d'enfant. Et puis je parle des pancakes du dimanche matin, des rendez-vous chez la gynéco, des nuits passées à regarder les playoffs en s'empiffrant de chips et de Nutella. Je parle de Marfan, parce que si le syndrome était un peu plus connu, peut-être qu'il n'en serait pas mort. Je ne m'y attarde pas non plus, parce que ce n'est pas ce que je retiendrai de lui, tout comme je refuse que ce soit ce qu'on retienne de moi.

C'est à ce moment-là que je lève la tête pour la première fois pour scanner machinalement l'assistance. Et je m'arrête net. Évidemment, je me doutais qu'Anthony pourrait être là. Mais on est samedi et le samedi, il bosse à la mairie. Sans compter qu'une inauguration de gymnase en l'honneur d'un type qu'il n'a jamais connu, il doit avoir mieux à faire. J'en ai la respiration coupée. Le silence est si pesant que j'ai l'impression que l'assemblée s'est figée, que tout le monde est conscient de notre échange muet. Il a les cheveux plus courts que dans mon souvenir, son regard toujours aussi intense et scrutateur, même à l'autre bout d'un gymnase bondé. Des murmures s'élèvent dans la salle et je réalise que je me suis arrêtée en plein milieu d'une phrase. Je baisse la tête sur mon papier, je n'arrive plus à lire, tout est flou. Je ferme les yeux, je les rouvre et je reprends :

— Il paraît que j'avais un talent pour le basket, malheureusement le français ce n'est pas encore ça, donc j'ai choisi une citation qui illustre mieux que je ne suis capable de le faire la personnalité de mon père. Oscar Wilde a écrit : « Il faut toujours viser la lune, car même en cas d'échec, on atterrit dans les étoiles. » C'est précisément ce que mon père m'a transmis. Depuis que je suis toute petite, il m'a appris à balayer les doutes, à ne pas me poser de questions, à avoir confiance en moi, à avoir des rêves impossibles et à les réaliser quand même, à toujours faire mon maximum quels que soient les obstacles, quels que soient les jugements des autres… Quand on m'a interdit de jouer pour des raisons de santé et que j'ai compris que je ne réaliserais jamais ce rêve d'enfant, le monde s'est effondré. J'ai mis longtemps à comprendre que toutes ces années passées à m'entraîner, à jouer et à espérer, que tous ces efforts n'avaient pas été vains. Aujourd'hui, je sais que j'ai eu la chance inouïe de vivre une enfance extraordinaire, de me lever la plupart des matins en sachant que j'allais faire la chose que je préférais au monde, avec la personne exceptionnelle qu'était mon père. Et même si, comme disait quelqu'un que j'aimais bien, « on n'est pas dans un film américain avec un happy end à la con » et que malheureusement, je n'atteindrai jamais la lune, j'ai compris aujourd'hui que grâce à mon père, et à toutes ces années pendant lesquelles j'ai poursuivi ce rêve fou, moi, Léa Martin, j'ai eu cette chance immense de frôler les étoiles.

40

Les gens se dispersent dans le nouveau gymnase. Le maire serre des mains, quelques coupes de champagne en plastique circulent. Ma mère discute avec Oncle Ben's, je crois qu'elle est touchée qu'il ait réussi à mener à son terme le projet de Papa. C'est bizarre la vie, ils s'entendent mieux maintenant que du vivant de mon père. Je sens que quelqu'un me tape légèrement dans le dos et je me retourne.

— Génial ton discours ! s'exclame Nico. Je savais pas que tu étais si bonne à l'oral…

— Je suis pas bonne, je l'ai juste répété deux cent mille fois.

Il boit une gorgée dans sa coupe en plastique en riant. L'année prochaine, il partira dans un centre de formation au basket, dans le Sud-Ouest. Je suis heureuse pour lui, mais il va me manquer.

— Canon tes chaussures au fait…

Je baisse les yeux sur mes nouvelles baskets, plutôt fière de leur petit effet.

— Merci.

— Léa… (il hésite un instant, comme s'il cherchait ses mots) … je voulais te dire : j'organise une soirée chez moi avec deux trois potes de l'équipe pour l'ouverture des playoffs… Je sais… que tu avais l'habitude de les voir avec ton père et que tu ne regardes plus de matchs, mais je me disais que peut-être… tu pourrais venir ?

Il me faut quelques secondes pour répondre.

— Tu sais quoi… OK… je crois que je vais venir.

— Génial ! Vu le décalage horaire avec les US, viens vers vingt-trois heures, OK ?

Je hoche la tête quand j'aperçois Anthony un peu plus loin dans la foule. Il me tourne le dos. J'hésite à peine une seconde.

— Faut que je fasse un truc, je reviens après.

— Pas de problème, à tout'.

Nico part tout sourire discuter avec quelqu'un d'autre. Contrairement à moi, il est parfaitement dans son élément à ce genre d'événement.

Anthony a les mains dans les poches de son pantalon. C'est la première fois que je le vois porter une chemise. Je m'approche doucement, le cœur battant. J'ai le trac, pire qu'avant un match.

— Salut…

Il se retourne lentement après une imperceptible hésitation. Autour de nous les conversations continuent, personne ne semble avoir remarqué le malaise si épais entre lui et moi que j'ai l'impression de manquer d'air.

— Beau discours…, dit-il.

J'avais oublié à quel point j'aimais sa voix.

— Merci… je croyais que t'étais jamais dispo le samedi ?

— Plus maintenant… J'ai entraînement tous les samedis, j'ai dû laisser tomber mon taf.

Cette nouvelle me rend étrangement heureuse, ça signifie peut-être qu'il a fini par prendre son talent au sérieux.

— Je suis désolé pour ton père…

— Merci… Et ta mère ça va ? Elle a retrouvé du boulot ?

— Oui, elle est même un peu mieux payée qu'avant. Elle revit, parce que Liam a fait trois mois ferme et qu'il est sorti en disant qu'il ne dealerait plus. Il est parti dans le Sud, il est serveur dans une pizzeria maintenant.

— Je suis contente que ça aille mieux pour vous… Tu joues pour le club de Tarny alors ?

— Oui. Benjamin pense même que je pourrais être pro, il m'a vu jouer une fois au Val et il m'a plus lâché jusqu'à ce que je cède.

— C'est marrant, ce coup de bol extraordinaire… Ça me fait penser à un mec qui m'a dit il n'y a pas si longtemps que ce genre de miracle n'arrivait que dans les films américains…

— Oui, enfin, j'ai bien compris que le coup de bol extraordinaire n'était pas juste un heureux hasard quand j'ai vu la photo de toi et de ton père dans le bureau de l'administration du gymnase…

Je me contente de sourire.

— Tu peux être mieux que joueur pro, tu sais, si tu t'en donnais vraiment la peine et que tu faisais l'effort d'apprendre à jouer un peu moins perso, tu pourrais évoluer un jour en NBA, j'en suis persuadée.

Il sourit de nouveau et une fossette se creuse sur son menton, je dois me faire violence pour ne pas poser ma main sur sa joue.

— Et si c'est « la meilleure joueuse que ce gymnase ait jamais eu l'honneur de voir jouer » qui l'affirme, peut-être que je devrais te croire…

Il laisse planer un silence avant de reprendre :

— J'ai voulu t'appeler des dizaines de fois, tu sais… Je voulais te remercier déjà, d'avoir envoyé Ben me voir jouer et aussi te demander quelque chose, mais comme tu m'avais dit que tu ne voulais plus me parler, je me suis retenu…

— Me demander quoi ?

Ma voix frémit d'espoir à l'idée que tous ces mois où je n'ai pas cessé de penser à lui, il pensait peut-être à moi aussi, peut-être qu'il regrette autant que moi…

— Je voulais te demander de me coacher.

— De te coacher ?

Je m'attendais à tout sauf à cette demande et je ne sais pas trop si je suis déçue ou flattée.

— Oui, tu te souviens quand tu donnais des conseils aux autres en prétendant qu'ils venaient de ton père ?

— J'appelle pas vraiment ça du coaching…

— C'était exactement du coaching, le groupe a radicalement changé de niveau à partir de ce moment-là. Tu as l'œil pour repérer les forces et les faiblesses de chacun… La première fois qu'on s'est parlé, tu es venue spontanément m'expliquer que je jouais trop perso, Djibril, Teddy et Roméo ne savaient juste pas jouer avant de te connaître, ils l'admettent tous d'ailleurs…

— J'ai dix-sept ans, j'ai même pas le bac et toi tu as Oncle Ben's… Benjamin, je veux dire, il a des années d'expérience, il te fera devenir le meilleur joueur que tu puisses être.

— C'est vrai, il est génial, mais toi tu as autre chose dont j'ai absolument besoin : tu ne doutes pas, tu ne lâches jamais rien. Tu n'abandonnes jamais, il n'y a qu'à écouter ton discours. Il n'y a jamais de demi-mesure, de compromis, de répit. Je ne sais pas comment l'exprimer, c'est limite religieux : tu as la foi et c'est contagieux. Et moi, j'ai besoin de quelqu'un qui y croit vraiment, parce que ma faiblesse, c'est le mental. J'ai grandi dans un environnement où, quoi que tu fasses, l'avenir paraît bouché. J'ai besoin de quelqu'un qui me rappelle constamment que tout est possible. Et puis, je n'ai jamais autant aimé le basket que quand je jouais avec toi, je n'ai jamais eu autant envie d'être bon, de gagner, que quand tu me défiais. J'ai beau être trop perso, c'est un sport d'équipe et pour réussir, j'ai besoin de toi dans mon équipe.

Je suis touchée par ses paroles et la sincérité avec laquelle il les a prononcées. Je repense à ce qu'affirmait mon père depuis que je suis toute petite : « Léa a quelque chose que je n'ai jamais eu, que très peu de gens ont : elle a le feu sacré. » Et ce qui est bizarre c'est que je crois encore qu'en se battant, on peut réaliser ses rêves, qu'il n'existe pas d'obstacle infranchissable ou d'échec insurmontable. « Le feu sacré », je l'ai toujours. Je m'en suis servie pour me relever et me reconstruire. C'est grâce à lui que j'ai retrouvé goût à la vie. Et je comprends soudain pourquoi dans le grand bazar de l'existence, ma destinée a croisé celle d'Anthony : parce qu'on est complémentaires. À deux, on est capables de réussir ce qu'on ne peut pas accomplir chacun de notre côté. Seuls on étaient tous les deux très bons, mais ensemble, on devient imbattables. On forme une super équipe.

— OK, dis-je subitement animée d'une énergie nouvelle, OK, je veux bien !

— Cool !

Il y a un silence un peu gêné, et je sais qu'il nous reste encore quelque chose à clarifier. J'essaye de ne pas réfléchir et je me jette à l'eau :

— Moi aussi, j'ai voulu t'appeler mille fois depuis l'automne dernier… Je voulais te dire… je suis désolée de t'avoir menti, de ne pas t'avoir dit tout de suite pour mon père et pour le basket… J'allais très mal et j'ai tout gâché avec mes mensonges.

Il hoche la tête doucement, tout en me dévisageant avec ce regard gris et scrutateur. Je voudrais me serrer contre lui, retrouver son odeur, sa chaleur, mais comment pourrait-il encore vouloir de moi ? Pourtant, je poursuis, parce que en l'apercevant dans la foule, j'ai compris que le psy avait raison : j'ai besoin d'avoir cette explication pour admettre que notre histoire est terminée.

— Et si ça t'intéresse encore, je voudrais t'expliquer… ce que je n'arrivais pas à te dire quand on était ensemble… Mais je comprendrais aussi que tu sois passé à autre chose et que ça ne t'intéresse pas de savoir pourquoi je me suis comportée comme ça… On peut aller ailleurs si ça t'embête pas ? Il y a beaucoup de monde, ici…

Je parle sans m'arrêter parce que son visage reste impassible et son silence m'angoisse. Est-ce qu'il se tait parce qu'il est encore en colère ou pire, parce qu'il s'en fout ?

— Oui, bien sûr, comme tu veux.

Son ton est neutre et j'ai peur de sa réaction, mais tant pis, au moins il saura qui je suis vraiment. Je me faufile entre les gens qui sirotent leur champagne jusqu'à la porte à double battant. Il y a encore du monde dans le couloir et comme je ne sais pas trop où aller pour être tranquille, je pousse la porte du vestiaire des filles.

— On n'a qu'à se mettre là.

Je m'assois en tailleur sur le banc en bois entre les deux rangées de casiers. Anthony se place en face de moi, une jambe de chaque côté, à la fois trop proche et beaucoup trop loin.

— Alors voilà : tout ce que je t'ai dit sur mon père, notre relation, le fait qu'il m'entraînait depuis que j'étais petite, c'était vrai… Mais, comme tu l'as compris, il est mort l'année dernière et si je t'ai toujours parlé de lui au présent, ce n'est pas parce que je ne te faisais pas confiance, c'est parce que c'était trop dur pour moi d'admettre la réalité.

— Je suis désolé.

— C'était très brutal… Tu te souviens du jour où tu m'as rapporté le vélo au lycée l'année dernière ? Ça s'était produit quelques jours avant.

— J'ai toujours pensé qu'il t'était arrivé quelque chose entre ces deux fois où on s'était vus, murmure-t-il, la Léa joyeuse et passionnée qui était venue jouer la première fois, on ne l'a plus jamais revue…

Je continue mon histoire en fixant un cœur brisé gravé au canif sur la porte d'un casier. Je parle du diagnostic, de l'interdiction de jouer, de la renonciation, de ces mois passés sans prendre mon traitement, à refuser la réalité…

— Donc quand tu venais jouer avec nous le mercredi, tu savais déjà que c'était dangereux pour toi ?

— Oui…

— Et tu joues encore ?

Je hausse les épaules.

— De temps en temps, mais plus vraiment à fond et je fais des examens de contrôle régulièrement.

— Et tout ça, tu ne pouvais pas me le dire il y a six mois ?

— J'avais peur que tu me prennes pour une folle, que tu ne veuilles plus jouer avec moi, que tu sois… déçu. J'avais peur de n'être plus personne d'intéressant sans le basket… j'avais peur que tu me quittes.

Il hausse un sourcil et pour la première fois un demi-sourire soulève le coin de ses lèvres et allume une étincelle familière au fond de ses yeux.

— Donc si je comprends bien, tu es en train de m'expliquer que tu m'as quitté parce que tu avais peur que je te quitte ?

— Je sais, c'est con. Je n'avais pas prévu qu'on se sépare ce jour-là, ma sœur venait de se faire opérer, ma mère avait découvert que je jouais, tout s'écroulait. Je ne pouvais plus tenir la réalité à distance… Et puis tu as dit…

Je déglutis, j'ai du mal à aller plus loin, parler de ces moments ravive la douleur passée, des blessures que je pensais cicatrisées.

— J'ai dit quoi ?

— Que tu avais toujours su que tu ne pouvais pas faire pire connerie que de tomber amoureux de moi… Et ça m'a vraiment fait mal. Parce que moi… tomber amoureuse de toi, c'est probablement la seule chose que j'ai faite de toute l'année dernière qui n'était pas une connerie, justement.

Anthony m'examine attentivement, comme s'il cherchait ses mots.

— Je suis désolé… Pour ton père, pour ta sœur, pour tes rêves partis en fumée et je suis désolé de t'avoir dit cette connerie-là et beaucoup d'autres ce jour-là. La réalité, c'est que mon frère venait de se faire arrêter, ma mère pleurait du matin au soir et ça me rendait fou de voir que tu t'éloignais de moi, que tu mettais de plus en plus de barrières… Ça sautait aux yeux que tu étais malheureuse, mais je me sentais impuissant, j'aurais voulu te consoler, et tu ne me laissais pas…

— Je regrette d'avoir tout gâché…

Je n'ose pas croiser son regard, je fixe bêtement mes ongles et j'ai envie de pleurer. Le silence s'étire entre nous et c'est lui qui finit par le rompre, et même sans le voir je devine le sourire dans ses yeux à son ton plus léger.

— Ça fait vraiment bizarre de te voir en robe.

— C'est rare…

— Si c'est pour me draguer, je vais être honnête, j'avais un gros faible pour la Léa en maillot des Golden State Warriors.

Je me mords les lèvres pour ne pas sourire.

— Je te drague pas, c'est une cérémonie d'inauguration, j'allais pas venir en jogging.

— Oh, d'accord et c'est aussi pour inaugurer le nouveau gymnase que tu m'as entraîné et enfermé dans le vestiaire des filles…

— Tu n'es pas enfermé, tu peux sortir quand tu veux.

Il se penche et murmure à mon oreille :

— Admets-le, tu m'as toujours dragué, dès que tu me vois, tu peux pas t'en empêcher.

Il se penche un peu plus vers moi. Il est beaucoup trop proche. Ma peau devient moite sous la robe en laine et mon cœur s'accélère.

— Et peut-être même que si on était dans un film américain avec un happy end à la con, tu me prendrais la main.

La proximité de son corps me fait frissonner, et comme par réflexe, ma main vient se poser sur la sienne. Je lève la tête, son visage est tout proche, je peux sentir son souffle sur mes lèvres.

— Mais comme tu me l'as longuement expliqué, on n'est pas dans un film américain avec un happy end à la con…

— Et pourtant tu vas encore essayer de m'embrasser sans prévenir.

— Je ne vais pas essayer de t'embrasser.

— Bien sûr que si tu vas…

Je ne le laisse pas finir, je franchis les quelques centimètres qui nous séparent et je colle mes lèvres aux siennes. Instantanément, il me prend dans ses bras et me fait glisser contre lui, je passe mes jambes autour de sa taille et j'oublie le reste de l'univers. Je ne sais plus comment j'ai survécu tous ces mois sans lui, comment j'ai pu croire que j'allais l'oublier, comment j'ai pu penser que ma vie était plus simple loin de lui.

Au bout d'un moment, on se détache l'un de l'autre. Il me contemple quelques secondes sans lâcher mes mains qu'il tient serrées dans les siennes.

— Tu m'as manqué, Air Léa…

— Je ne suis plus Air Léa…

Contre toute attente, il éclate de rire.

— Bien sûr que si… Tu crois quoi ? Que Michael Jordan n'est plus Air Jordan depuis qu'il a arrêté de jouer ?

Il sourit et vient replacer une mèche blonde derrière mon oreille.

— Tu seras toujours Air Léa.

Salut,

C'est moi.

Ça m'aura pris plus d'un an pour venir ici, je sais, c'est naze, mais cette fois, je suis là. J'ai apporté mon carnet et mon stylo. Je ne me sens pas encore de parler aux pierres tombales, mais il fallait bien une conclusion à ces lettres décousues que je vais te laisser en partant, et n'étant pas très au fait des moyens de communication avec l'au-delà, je continue comme j'ai commencé : en t'écrivant.

Amel m'attend à la grille. Elle a même apporté une Thermos de café et une provision de Twix pour me remonter le moral à la sortie. Comme d'habitude, elle avait raison, parfois quand les bons mots n'existent pas, mieux vaut avoir un langage codé. Alors au milieu de la nuit, après avoir regardé le dernier match des playoffs chez Nico avec Anthony et les autres, je lui ai écrit : « Les carottes sont cuites. » Elle était devant ma porte à huit heures du matin. Tu ne devineras jamais la nouvelle lubie d'Amel, d'ailleurs ! Elle veut absolument que j'écrive toute cette histoire. Elle est persuadée que ça ferait un super roman et elle a même promis de me corriger les fautes. OK, je t'ai écrit pas mal de lettres cette année, mais de là à écrire un livre… Je crois que je ne saurais même pas comment démarrer. Ou peut-être que si, en fait. Je commencerais par le début : je commencerais par toi.

Il est pas si mal ce cimetière. Les mecs du club de Tarny t'ont fait faire une plaque avec un ballon de basket dans un coin et il y a des fleurs fraîches dans un vase. Maman continue de venir toutes les semaines. Tu as de la chance d'avoir une femme comme elle dans ta vie. Enfin, techniquement, dans ta mort. Elle est encore triste, tu sais, elle continue de dormir parfois dans le pyjama que tu portais la veille de l'accident.

Je vais voir Mamie à l'EHPAD toutes les semaines. On parle beaucoup de toi enfant, puisqu'elle est désormais définitivement coincée dans les années 1980. J'éprouve une sorte d'apaisement à l'idée qu'il existe un univers parallèle, dans son esprit, où tu es encore parmi nous. Ça nous rend heureuses toutes les deux. Je voulais aussi t'annoncer une grande nouvelle : j'ai un nouveau Map. Et attention, ne va pas croire que c'est un plan B. C'est juste le plan A légèrement modifié : je ne serai jamais la quatorzième basketteuse française acceptée en WNBA. C'est la lose d'être quatorzième quand on peut être première. En revanche, je serai la première coach française en WNBA. Tout ce que tu m'as appris, je vais m'en servir pour faire progresser les autres. Les filles surtout, parce qu'on ne prend pas assez les filles au sérieux dans le sport de haut niveau. Tu ne peux pas savoir à quel point ce projet m'enthousiasme. Maman a fait des tonnes de recherches pour voir quelles formations je devrais suivre. Et Oncle Ben's va me laisser entraîner les juniors du club officiellement une fois par semaine à partir de septembre. Apparemment, je suis pas trop mauvaise pour motiver les autres, je me demande de qui je le tiens…

Et puis évidemment, il y a Anthony. Il a des doutes, Oncle Ben's aussi, même s'il en a de moins en moins quand il voit ses progrès. Mais d'ici deux ans max, je suis prête à parier mon aorte que le club placera un joueur de Tarny en NBA et que ce sera lui. Et quand ça arrivera, je serai fière de me dire : c'est grâce à son talent, à son travail et à sa persévérance, mais aussi grâce à moi, à toi, à Oncle Ben's et à beaucoup d'autres. Parce que au final, le succès, c'est toujours un travail d'équipe. C'est sans doute la chose la plus importante que j'ai apprise avec le basket.

Bref, ne t'inquiète pas, je vais bien maintenant. Au fond, être au courant que la vie est fragile est une grande chance, l'opportunité de savoir qu'il ne faut pas la gaspiller, puisqu'on ne sait jamais vraiment combien de temps il nous reste. D'ailleurs, merci de m'avoir accordé tout le tien, les seize premières années de ma vie.

Je pense souvent à cette phrase que tu me répétais quand je me plaignais que le sport de haut niveau était trop dur pour les filles : « Tu peux en faire ton excuse ou tu peux en faire ton histoire. » Clairement, je ne ferai jamais de Marfan une excuse, mais je n'en ferai pas non plus mon histoire. Mon histoire, c'est notre histoire à tous : toi, Maman, Anaïs, Anthony et moi. Et elle ne se résumera jamais à un gène de traviole. C'est beaucoup plus que ça. Marfan, c'est notre syndrome du spaghetti à nous, comme dirait Mamoun.

Notre existence aurait pu être tranquille, droite et linéaire, mais la vie fait des destins tout tracés ce que la cuisson fait aux spaghettis : elle les emmêle, parfois elle les rompt sans prévenir et parfois elle entrelace des destinées qui n'auraient jamais dû se croiser. Être plongé dans l'eau bouillante, on va pas se mentir, ça peut faire très mal, mais en regardant bien, au milieu du chaos, on peut vivre de belles surprises, comme le fait de tomber amoureuse d'un garçon qu'on n'aurait jamais dû connaître, comprendre qu'on peut adorer sa petite sœur, même sans aucun goût en commun ou qu'on peut réapprendre à être une famille en traversant main dans la main la pire des épreuves.

Au final, mon plus grand regret, la seule chose qui me fait encore mal trop souvent, ce n'est pas d'avoir renoncé à jouer en pro, de ne pas être allée à l'INSEP ou de ne jamais savoir si j'aurais réussi à aller au bout de mon rêve. C'est cette idée que si la vie était mieux faite, j'aurais pu vivre avec toi encore quarante ou cinquante ans de plus et que la plus grande partie de mon existence se déroulera sans toi (et tes vannes à deux balles). Cette idée-là, une partie de moi ne pourra jamais vraiment s'y habituer. Je suis un peu con aussi, toutes ces années, je m'étais persuadée que tu étais immortel.

Je dois y aller, alors je vais conclure avec sept mots que je regrette de ne pas t'avoir dits plus souvent parce que, en définitive, c'est la seule chose qui compte :

Comme dirait Lara Fabian, je t'aime.

Bisous et à la semaine prochaine,

Air Léa

Un dernier mot pour la route…

On ne choisit pas toujours les histoires qu'on va écrire, parfois c'est l'histoire qui vous choisit. C'est ce que j'aurai appris avec ce roman.

En 2016, à quelques mois d'intervalle, mon père a fait une double luxation des cristallins (ses cristallins se sont détachés et il est devenu quasiment aveugle…). L'ophtalmologue qui l'a opéré à deux reprises s'est déclaré très surpris, tant la répétition du phénomène lui semblait statistiquement improbable. Tellement improbable d'ailleurs, qu'un médecin consciencieux a alors prescrit une échographie cardiaque « juste au cas où, pour vérifier quelque chose ». L'échographie a révélé une aorte au diamètre largement supérieur au seuil considéré comme présentant un danger mortel. On lui a annoncé qu'il était sûrement atteint du syndrome de Marfan (ce qui a été confirmé plus tard par l'analyse génétique) et il a été opéré en urgence, juste après Noël. Je vous passe les détails de ces fêtes de fin d'année, très éloignées de la féerie de rigueur.

J'ai trois frères, le syndrome de Marfan étant héréditaire (statistiquement une chance sur deux qu'une personne atteinte le transmette à ses enfants), nous avons tous été convoqués à l'hôpital pour suivre plus ou moins le même parcours que Léa et Anaïs. Pour ne pas alourdir inutilement le rythme de l'histoire, j'ai d'ailleurs pris, en connaissance de cause, quelques libertés avec la temporalité dans le roman. Dans la réalité, Léa et Anaïs auraient probablement subi les premiers tests juste après la mort de leur père et l'analyse génétique serait venue confirmer les résultats de ces tests plusieurs mois plus tard. En ce qui me concerne, on m'a diagnostiqué, tout comme à l'aîné de mes frères et deux de mes neveux, un syndrome de Marfan en février 2017. J'ai peu de symptômes visibles : comme Léa, j'ai le pouce qui dépasse d'une phalange quand je replie mes doigts sur la paume, une scoliose marquée depuis l'adolescence, et des genoux dotés d'une fâcheuse tendance à se déboîter à l'improviste. Comme elle, il m'a fallu plusieurs mois pour accepter de vivre sous bêtabloquants alors que je me sentais en parfaite santé.

Depuis, j'ai passé un certain nombre d'heures dans la salle d'attente du sixième Nord de l'hôpital Bichat, à Paris, notamment durant ma grossesse, période considérée comme particulièrement risquée pour les femmes atteintes du syndrome de Marfan. J'ai eu le temps d'y observer les patients et de laisser voguer mon imagination. Si l'idée d'écrire sur Marfan m'avait parfois effleurée, je n'aurais jamais imaginé qu'un jour j'écrirais un roman qui parlerait de basket. Il faut dire que le fait d'avoir épousé un fan de basket qui met son réveil au milieu de la nuit pour regarder les playoffs NBA à l'heure des États-Unis n'a pas contribué à me rendre ce sport très sympathique… Pourtant, le jour où je suis tombée sur un article du *Monde* racontant le destin d'un jeune basketteur français repéré par la NBA et recalé à la visite médicale pour cause de syndrome de Marfan, j'ai été bouleversée. L'article est encore sur mon bureau, froissé d'avoir été lu et relu. Peu de temps après, Léa, sa détermination, son talent et son syndrome de Marfan, sont apparus dans un coin de ma tête. Avec l'entêtement qui la caractérise, elle ne m'a plus lâchée jusqu'à ce que j'accepte de raconter son histoire. Et c'est comme ça que j'ai commencé à écrire *Le Syndrome du spaghetti*.

Je voudrais préciser aussi ici que la phrase « Tu peux en faire ton excuse ou tu peux en faire ton histoire » (« *You can make this your excuse or you can make it your story* ») n'est pas de moi. Elle a été prononcée par la mère d'Isaiah Austin, basketteur américain promis à un avenir exceptionnel et à qui son syndrome de Marfan a coûté un œil et sa carrière en NBA. Les deux basketteurs ont fait le choix de continuer à pratiquer leur sport. Ils jouent aujourd'hui à l'étranger dans des pays dont les ligues professionnelles sont moins strictes sur le plan médical et où leur syndrome de Marfan ne leur interdit pas la pratique de leur passion.

Le syndrome de Marfan est, aujourd'hui encore, très mal connu en France, y compris par une partie du corps médical, alors qu'il concerne une personne sur cinq mille. L'absence de diagnostic a provoqué et continue de provoquer des tragédies dans de nombreux foyers qui n'ont pas eu la même chance que ma famille et moi. C'est d'autant plus regrettable que si la maladie est diagnostiquée et traitée à temps, la plupart des personnes atteintes peuvent être mises hors de danger, vivre une vie normale, voire écrire des romans.

Remerciements

Comme toujours, pour leur temps, leurs retours, leur patience et leurs encouragements, un merci venu tout droit du cœur à mon Vincent, mon papa et ma maman, Olivier, Camille, Clément et Paul. Je ne serais sans doute pas écrivain aujourd'hui sans leur soutien inébranlable malgré les années qui passent. Un merci particulier à Clément pour les blagues que je me suis permis de lui piquer, notamment le surnom *Stéphane Curry de poulet* qui, aujourd'hui encore, fait frémir d'horreur son beau-frère.

Pour sa bienveillance, l'engouement dont il a fait preuve en lisant cette histoire, ses conseils avisés et le renouvellement de sa confiance après l'aventure d'*Elia, la Passeuse d'Âmes*, un immense merci à Xavier D'Almeida, ainsi qu'à Natacha Derevitsky pour son retour particulièrement enthousiaste suite à la lecture de ce roman.

Pour leur lecture de la première version de cette histoire, le partage de leur talent et de leur expérience, leurs conseils avisés et, surtout, leur honnêteté si précieuse, merci à Sophie Henrionnet, mon amie de cœur et de plume, à ma Tonie Behar et à Carène Ponte.

Merci à Noélie et Inès pour leur lecture de la première heure et leurs commentaires.

Merci à tous ceux chez Pocket Jeunesse qui vont consacrer leur temps à défendre ce livre, et tout particulièrement à Valentine Lenglet et Marie Belhomme.

Et enfin, merci aux lecteurs, aux blogueurs et aux libraires qui lisent et soutiennent mes romans, m'écrivent et me défendent et dont les mots sur les réseaux sociaux et dans la vraie vie renouvellent constamment mon énergie et ma motivation à écrire.

Merci d'avoir lu jusqu'ici :-)

J'espère que vous avez passé un bon moment
avec cette histoire, n'hésitez pas à me suivre
et à me donner votre avis sur les réseaux sociaux :

Instagram :
@Marie_Vareille

Facebook :
facebook.com/vareille.marie

Si vous voulez en savoir plus sur le syndrome
de Marfan, rendez-vous sur :
www.assomarfans.fr

Ouvrage composé par
PCA – 44400 Rezé

#lisez! engagé
www.lisez.com
Pour plus d'information :
Imprimé sur du papier issu de forêts gérées durablement.

Imprimé en France par MAURY IMPRIMEUR
en mars 2024
N° d'impression : 277061

POCKET – 92, avenue de France – 75013 Paris

S33521/04